小書痴的下剋上

為了成為圖書管理員不擇手段！

第四部 貴族院的自稱圖書委員 III

香月美夜——著
椎名優 繪 許金玉 譯

本好きの下剋上
司書になるためには
手段を選んでいられません
第四部 貴族院の自称図書委員 III

CONTENTS

第四部　貴族院的自稱圖書委員 III

序章……009
奉獻儀式與返回城堡……023
母親大人與哈爾登查爾的印刷業……039
冬季的社交……053
風雪止息與接到召見的商人們……069
我的歸屬之地……084
與基貝・哈爾登查爾的會面……106
返回貴族院……114
社交週開始……130
領地對抗戰的準備與尤修塔斯……144
與王子會面……158
全領地的茶會……173
領地對抗戰……199
安潔莉卡的畢業儀式……215

一年級結束……233
情報購買與魔力壓縮講座……249
菲里妮的家務事……266
帶康拉德前往神殿……282
販售會與檢討會……293
約定……305
我與神官長……318
終章……327
時光流轉與新的約定……337
畢業儀式與祝福之光……355
後記……376
卷末漫畫——
輕鬆悠閒的家族日常……380
作畫：椎名優

登場人物

第三部劇情摘要

成為貴族以後，羅潔梅茵因為領主養女與神殿長的身分忙得不可開交。好不容易印刷機完成了，還在城堡舉辦了販售會，歌牌、撲克牌與書正順利普及開來。然而，就在喬琪娜來訪以後，情勢變得非常緊張。不只韋菲利特遭到算計，羅潔梅茵為了拯救被擄走的夏綠蒂，被敵人灌下毒藥性命垂危。雖然浸入了尤列汾藥水，但再次睜眼醒來，時間竟然已是兩年後……

羅潔梅茵

本書主角。因為沉睡了兩年，外表仍是七歲幼童。內在也還是沒什麼改變。到了貴族院，依然是為了看書不擇手段。現為貴族院一年級生。

艾倫菲斯特的領主候補生

韋菲利特

齊爾維斯特的長男。羅潔梅茵的哥哥，現為貴族院一年級生。

夏綠蒂

齊爾維斯特的長女。羅潔梅茵的妹妹，年紀小一歲。明年才要就讀貴族院。

羅潔梅茵的監護人們

斐迪南

齊爾維斯特的異母弟弟，羅潔梅茵的監護人。

齊爾維斯特

收養羅潔梅茵的艾倫菲斯特領主，羅潔梅茵的養父。

芙蘿洛翠亞

齊爾維斯特的妻子，三個孩子的母親。羅潔梅茵的養母。

卡斯泰德

艾倫菲斯特的騎士團長，羅潔梅茵的貴族父親。

艾薇拉

卡斯泰德的第一夫人，羅潔梅茵的貴族母親。

波尼法狄斯

齊爾維斯特的伯父，卡斯泰德的父親，羅潔梅茵的祖父。

黎希達

首席侍從。熟知三名監護人孩提時期的上級貴族。

莉瑟蕾塔

貴族院四年級生，中級見習侍從。安潔莉卡的妹妹。

布倫希爾德

貴族院三年級生，上級見習侍從。

哈特姆特

貴族院五年級生，上級見習文官。奧黛麗的么子。

菲里妮

貴族院一年級生，下級見習文官。

安潔莉卡

貴族院六年級生，中級見習護衛騎士。莉瑟蕾塔的姊姊。

柯尼留斯

貴族院五年級生，上級見習護衛騎士。卡斯泰德的三男。

萊歐諾蕾

貴族院四年級生，上級見習護衛騎士。

優蒂特

貴族院二年級生，中級見習護衛騎士。

達穆爾

下級護衛騎士。未隨同至貴族院。

奧黛麗

上級侍從。哈特姆特的母親。未隨同至貴族院。

羅潔梅茵的近侍

羅潔梅茵的專屬

艾拉　專屬廚師。
雨果　專屬廚師。
羅吉娜　專屬樂師。

貴族院的教師

赫思爾

艾倫菲斯特的舍監。斐迪南的師父。

普琳蓓兒　庫拉森博克的舍監。
洛飛　戴肯弗爾格的舍監。
傅萊芮默　亞倫斯伯罕的舍監。
鮑琳　法雷培爾塔克的舍監。音樂老師。
索蘭芝　貴族院的圖書館員。

貴族院的學生

羅德里希　艾倫菲斯特的中級見習文官。
隸屬舊薇羅妮卡派。
托勞戈特　艾倫菲斯特的上級見習騎士。
黎希達的外孫。
藍斯特勞德　戴肯弗爾格的領主候補生。
漢娜蘿蕾　戴肯弗爾格的領主候補生。
阿道芬妮　多雷凡赫的領主候補生。
奧爾特溫　多雷凡赫的領主候補生。
蒂緹琳朵　亞倫斯伯罕的領主候補生。
喬琪娜的女兒。

艾格蘭緹娜
庫拉森博克的領主候補生。

亞納索塔瓊斯
中央的第二王子。

神殿的侍從

法藍　負責管理神殿長室。
薩姆　負責管理神殿長室。
妮可拉　神殿長室與廚房的助手。
莫妮卡　神殿長室與廚房的助手。
吉魯　負責管理工坊。
弗利茲　負責管理工坊。
葳瑪　負責管理孤兒院。

貴族院　其他

休華茲　圖書館的魔導具。
懷斯　圖書館的魔導具
歐斯溫　亞納索塔瓊斯的首席侍從。

其他貴族

艾克哈特　斐迪南的護衛騎士。
卡斯泰德的長男。
尤修塔斯　斐迪南的文官。黎希達的兒子。
蘭普雷特　韋菲利特的護衛騎士。
卡斯泰德的次男。
布麗姬娣　羅潔梅茵的前護衛騎士。
已返回故鄉伊庫那。
維克多　布麗姬娣的丈夫。
喬琪娜　齊爾維斯特的姊姊，
亞倫斯伯罕的第一夫人。
薇羅妮卡　齊爾維斯特的母親。
現正受到幽禁。

菲里妮的家人

卡席克　菲里妮的父親。
約娜莎拉　卡席克的繼室。
康拉德　菲里妮的弟弟。

平民區的商人

班諾　普朗坦商會的老闆。
馬克　班諾的得力助手。
路茲　都帕里學徒。
歐托　奇爾博塔商會的老闆。
珂琳娜　奇爾博塔商會的裁縫師。
谷斯塔夫　商業公會的公會長。

平民區的家人

昆特　梅茵的父親。
伊娃　梅茵的母親。
多莉　梅茵的姊姊。
加米爾　梅茵的弟弟。

其他

戴爾克　與戴莉雅情同姊弟的身蝕孤兒。
戴莉雅　青衣見習巫女時期的前侍從。

第四部

貴族院的自稱圖書委員Ⅲ

序章

這天屋外依然颳著暴風雪。吉魯注視著打在玻璃窗上的雪花。現在冬之主肯定正到處肆虐吧。希望騎士團可以盡快打倒冬之主，他心想。這樣一來天氣就會短暫放晴，可以去採他的主人羅潔梅茵冬天最愛吃的帕露。

「凱伊，這個箱子也搬過去吧。塞利姆，你拿這邊架上的紙……」

吉魯向眾人下達指示，吐出的氣息白得彷彿會瞬間結凍落地。羅潔梅茵工坊內放有紙張等大量易燃物品，再加上原本就是倉庫，所以沒有暖爐。工坊內部冷得好像會從腳尖開始結冰。吉魯輕輕在原地踏步，不時朝指尖呵氣。

「吉魯，該搬的東西都搬完了嗎？」

灰衣神官阿希姆問道，吉魯再一次轉頭檢查工坊。紙類與工作器具這些打包好的東西，都吩咐灰衣神官們搬走了。工坊內已經沒有任何用來做手工活的工具。吉魯點頭回應後，牢牢鎖上大門。緊接著，他與阿希姆兩人以最快速度離開工坊。接下來要在有暖爐的孤兒院食堂工作。

「吉魯，辛苦你在這麼寒冷的天氣下監督了。現在要怎麼分配？也該交換了吧？」

看見吉魯回到食堂，弗利茲暫停下達指示，朝他走來。聽到弗利茲詢問接下來的工作分配，吉魯想了一會兒。直到昨天為止，吉魯都負責監督灰衣神官們，算算時間好像該交換了。為了向羅潔梅茵報告時能讓內容更準確客觀，他與弗利茲都會適時交換彼此的工作。因為兩人在觀察過灰衣神官們的工作表現與人際關係後，總會有不同的見解。

「那今天我負責監督裝訂作業，歌牌與黑白翻轉棋那邊就麻煩弗利茲了。」

決定好了誰要負責監督哪邊的作業後，弗利茲往灰衣神官們所在的角落走去。

吉魯往正在裝訂書籍的灰衣巫女們那邊移動。冬季尾聲將在城堡舉辦販售會，所以必須在那之前裝訂完書籍。販售會一年比一年受到重視，販售的書本數量也越來越多，冬天的手工活讓大家都忙得不可開交。

「戴爾克，你看。要小心注意這裡，兩張紙必須完美地疊在一起才行喔。」

曾是羅潔梅茵侍從的戴莉雅，正在指導想要幫忙的戴爾克怎麼裝訂書籍。去年冬天之前，戴爾克還只能待在食堂的角落或者一樓的兒童室，以免妨礙到大家工作。大一點以後，他已經能乖乖遵照大人的指示，所以最近也開始慢慢在幫忙。

……這件事可能也該向羅潔梅茵大人報告一聲。

羅潔梅茵特別在意戴莉雅兩人現在過得怎麼樣。在魔法契約的限制下，羅潔梅茵無法以家人的身分見到自己的弟弟加米爾，所以都透過戴爾克想像加米爾成長的模樣。

「啊，吉魯，你今天負責這邊嗎？既然來了，你要不要看看戴爾克進步了多少？他現在變得很厲害喔。你再向羅潔梅茵大人報告吧。」

不是傻爸爸，而是傻姊姊的戴莉雅一看見吉魯便向他招手。吉魯往旁邊的位置坐下，觀看戴爾克努力工作的模樣。接近黑色的深棕色雙眼非常認真。他留意著戴莉雅剛才提醒過的地方，小心地把紙疊在一起。

「看來再過一陣子，戴爾克也能出入工坊了。等積雪完全融化，說不定也能帶你去森林了喔。」

「真的嗎？他成天一直嚷著想趕快去工坊呢。戴爾克，好期待喔。」

可能因為說話對象是認識多年的戴莉雅，吉魯不自覺變回了從前的說話語氣。但是，戴莉雅也沒有糾正他的遣詞用字說：「你這樣沒有神殿長侍從該有的樣子。」戴爾克聽見吉魯這麼說，更是認真地疊起紙張。

看著努力工作的戴爾克，戴莉雅微微一笑，接著開始用線把疊好的紙張裝訂起來，製成書籍。吉魯也同樣做起裝訂作業。

「吉魯，羅潔梅茵大人現在的情況怎麼樣了？」

工作途中，戴莉雅冷不防開口問道。她的雙眼依然緊盯著手上的東西，給人的感覺就只是在閒話家常。吉魯稍微瞥了眼她的側臉後，避重就輕回道：「羅潔梅茵大人不是來巡視過了嗎？」但這似乎不是戴莉雅想聽見的答案，她微微噘起嘴唇。

「莫妮卡來孤兒院時，跟我們說過羅潔梅茵大人現在身體很虛弱，得靠魔導具才能勉強移動。可是，羅潔梅茵大人來孤兒院巡視的時候，看起來就跟一般人沒兩樣吧？因為她以前身體虛弱，所以我很擔心她是不是真的恢復了健康。而且，她有時候會在奇怪的事情上賣力過頭……」

戴莉雅曾在青衣見習巫女時期當過侍從，所以曉得莫妮卡與妮可拉都不曾見過的「梅茵」。由於接觸過她完全不加掩飾的樣子，戴莉雅的觀察十分敏銳。而且吉魯自己也與戴莉雅有相同的擔心，對她更是產生了強烈的同伴意識。

「羅潔梅茵大人好像還不能卸下魔導具……但她明明身體這麼虛弱，還是預計要參加奉獻儀式。之前先是去城堡與貴族交流，後來又去了貴族院，現在好不容易回來了，在神殿又要幫神官長的忙，還得去叫他吃飯。我忍不住在想，怎麼能讓沉睡了兩年、病才剛好的羅潔梅茵大人做這麼多事情嘛……」

吉魯不由得脫口說出了藏在心裡的不滿。戴莉雅朝他投來帶有試探意味的眼神。

「……法藍對於這種情況什麼也沒說嗎？」

「法藍和薩姆每次都一口咬定說有神官長在，不會有問題。我有時候真想問問他們，你們到底是誰的侍從啊？」

神殿長室裡的所有侍從都非常敬重神官長，這點讓吉魯覺得很奇怪，甚至也感到很不愉快。但是，斐迪南是決定羅潔梅茵行動的人，所以在神殿長室裡，他很難說出自己心裡對神官長的不信任。況且他也不想因此和法藍還有薩姆鬧僵，所以平常都把這些話藏在心底。可是，其實他很希望他們能把羅潔梅茵擺在第一順位。大概是因為他覺得戴莉雅會認同自己的想法，忍不住就一鼓作氣說了出來。

「嗯……不過，畢竟法藍原本就是神官長的侍從嘛。從以前開始，他就習慣優先遵照神官長的指令行事。可是呢……」

戴莉雅點了好幾次頭，聽完吉魯說的話後，水藍色的雙眼定定看著他。那雙眼睛看來就像平靜無波的泉水。

「萬一吉魯過於眼裡只有羅潔梅茵大人，聽不進旁人的忠告與意見，你說不定也會變得和我一樣喔。我那時候也完全沒想過要讓戴爾克遇到危險。」

當時就是因為眼裡只有戴爾克，戴莉雅才不顧法藍他們的勸告，跑去向前任神殿長求助。然而，結果卻害得她最重視的戴爾克差點喪命。聽見戴莉雅提醒自己，別和她一樣盲目地只把羅潔梅茵放在首要順位，吉魯大受衝擊，彷彿被人打了一巴掌。

「我們並不了解貴族社會的情況。儘管身體狀況這麼糟，但羅潔梅茵大人還是接受了神官長的安排，那就代表背後可能有什麼原因，讓她非做不可吧？吉魯因為是古騰堡的一員，比起其他侍從更常不在神殿，應該多和大家好好溝通喔。」

戴莉雅微笑說道。直到這一刻，吉魯才意識到她的成長。同時他也察覺到，自己雖然長大了，也自認為擁有出色的工作表現，但其實內在還是個小孩子。

「今天是法藍和莫妮卡陪著羅潔梅茵大人嗎？」

神殿侍從們的三餐是由上往下分送，但因為一定要有侍從陪在羅潔梅茵身邊，所以從不可能所有人同時一起吃飯。隔著一扇門的神殿長室後方，有儲藏室、侍從專用的樓梯與首席侍從的房間。侍從們都是在首席侍從的房間裡輪流吃飯。一旦主人搖響呼喚用的手鈴，才能馬上聽見。

「對了，吉魯。你剛才和戴莉雅在聊什麼？」

吃飯時弗利茲問道，吉魯想了一會兒。現場還有薩姆在，把好像在批評神官長的對話說出來沒關係嗎？吉魯看了眼在喝湯的薩姆。察覺到吉魯的視線，薩姆頓時有些警戒，綠色雙眼發出銳利光芒。

「難道是戴莉雅有什麼可疑的舉動？」

戴莉雅還是前任神殿長的見習侍從時，曾讓神官長與羅潔梅茵身陷險境，因此不少人都覺得對她下達的處分太輕了。其實當時吉魯也這麼認為。然而，現在他已經不認為戴莉雅仍是危險人物，也不覺得無法離開孤兒院是很輕微的處罰。

「戴莉雅非常感謝羅潔梅茵大人，不會再有危害到她的舉動了。」

吉魯斬釘截鐵地說完，接著想起了戴莉雅說過，他應該與大家好好溝通。於是他沒有看著發問的弗利茲，而是看著薩姆回答：

「戴莉雅只是在擔心羅潔梅茵大人。因為她沉睡了兩年，現在才剛醒來不久，卻好像非常忙碌。明明身體那麼虛弱，沒必要還要求她戴著魔導具到處奔波吧。像現在這樣讓羅潔梅茵大人這麼辛勤工作，真的有必要嗎？……對此我也有同感。」

儘管戴莉雅已經提醒過自己，但對於斐迪南的行事作風，吉魯的不滿仍未因此消失。雖然沒有講明，但薩姆也察覺到了他的弦外之音吧。薩姆不快地略略皺眉。

「吉魯，你不相信神官長說的話嗎？若不是有神官長……」

「我知道神官長救了羅潔梅茵大人，也知道他很了不起。」

沒讓薩姆說完，吉魯搖頭打斷。

「既然如此，你也明白只要把事情交給神官長，一切就不用擔心。」

薩姆的回答一如既往，讓吉魯心生反感。他當然感謝斐迪南，也知道斐迪南在貴族當中，已經算是通情達理的人。可是，他不認為讓大病初癒的羅潔梅茵承受那麼多的重擔，這麼做就是對的。

「可是，為什麼不讓羅潔梅茵大人先調養好身體，再去城堡和貴族院？這是病才剛好的羅潔梅茵大人非做不可的事情嗎？就算羅潔梅茵大人笑著說她已經沒事了，但她癱軟著身體完全使不上力，還有她害怕得臉龐僵硬、左右環顧四周的模樣，仍然在我的腦海裡揮之不去。」

吉魯把至今累積在心底的話一股腦吐出。他固然感謝斐迪南救了羅潔梅茵，但這與日積月累的不滿是兩回事。

「吉魯，我明白你的心情，請稍微冷靜一點。」

聽到弗利茲這麼說，吉魯咬住嘴唇。因為要他冷靜這句話，聽起來就像在否定他的意見。在這裡，根本沒有人站在我這一邊——吉魯正如此心想時，妮可拉開口了。

「我非常能明白吉魯的心情喔。現在羅潔梅茵大人是因為神官長提供的魔導具才能行動，但她甚至無法靠自己走路，連沐浴時也不能卸下魔導具。」

妮可拉因為會協助羅潔梅茵沐浴，所以清楚知道羅潔梅茵在剛醒來時，身體不能動彈的程度有多嚴重，她對此又感到多麼不安。

「雖然羅潔梅茵大人得幫忙神官長處理公務，也必須與貴族交流，但我也希望她可以先專心養好身體。因為我不想看見羅潔梅茵大人消沉的樣子。」

光是有妮可拉認同自己的想法，吉魯便感到安心許多。原來除了自己以外，也有侍從把羅潔梅茵放在首要順位。

聽完兩人的意見，薩姆沉思半晌，然後似乎想到了什麼，看著吉魯與妮可拉說：

「不論是神官長，還是法藍與我，都希望羅潔梅茵大人能早日康復。這點絕無虛假。我們都是真心如此希望。但是在貴族社會，絕不能暴露出自己的弱點。我想是我們對這方面的認知並不相同。」

「這是什麼意思？」

「吉魯與妮可拉只服侍過羅潔梅茵大人，所以從未去過貴族的宅邸吧？你們並非真的了解貴族，也沒有見識過貴族社會。為了減輕羅潔梅茵大人以貴族身分生活時的負擔，神官長一直在幫她設想。」

這點薩姆說得倒是沒錯，吉魯與妮可拉從未去過貴族的宅邸。真正見過面的，只有來到神殿的貴族而已。聽到薩姆說在貴族社會必須這麼做，吉魯無話可說。甚至不由得心想，真的是他們錯了嗎？這讓他很不甘心，想要反駁說點什麼，拚了命動腦思考。

「……可是，這幾天神官長都待在工坊裡頭，只顧著自己做研究，還得羅潔梅茵大人去叫他才吃飯，不然就是遲遲不出來，為羅潔梅茵大人造成了困擾吧？這在貴族社會難道是必要的負擔嗎？況且是神官長自己說了，只有他才救得了羅潔梅茵大人，所以我希望他能優先讓羅潔梅茵大人恢復健康。」

似乎是沒料到吉魯對此有所不滿，薩姆睜大了綠色眼睛。一發現可以進攻的空隙，吉魯接著說出他最想說的話。

「我知道神官長很厲害，但薩姆不是羅潔梅茵大人的侍從嗎？我只是希望，你可以再重視羅潔梅茵大人一點。」

吉魯暗想自己贏了，正要繼續說下去，但弗利茲抬手制止了他。

「吉魯，薩姆會最擔心神官長也是無可厚非。嚴格說來，其實薩姆並不算是羅潔梅

茵大人的侍從，你不能期待他會把羅潔梅茵大人擺在首要順位。」

弗利茲用安撫吉魯的語氣這麼說道。不只吉魯，連薩姆也吃驚地看向弗利茲。看著面帶溫文微笑的弗利茲，吉魯不明白他為何這麼說。

「弗利茲，你這話是什麼意思？這是在侮辱我嗎？」

「這不是侮辱，我只是陳述事實。更何況我也不覺得這有什麼不對，只要好好說明，我相信吉魯與妮可拉也能明白。」

弗利茲說完，講述起了往事。

「我與薩姆以前服侍的主人是斯基科薩大人，他是位性情非常粗暴、難以控制自己情緒，服侍起來相當費心的大人。即便如此，有主人與沒有主人的生活仍有著天差地別。隨著斯基科薩大人還俗，我們被迫回到孤兒院以後，我才體會到這個事實。當時孤兒院的情況十分糟糕吧？」

吉魯點了點頭。當時因為還不能離開孤兒院，所以他沒有見過那名青衣神官。但是，他還清楚記得弗利茲他們回到孤兒院時的情景。那段時間，孤兒院裡原為侍從的人越來越多，生活一下子變得非常困苦。他一直希望有人能來救救他們，所以被納為羅潔梅茵的侍從時，吉魯非常開心。

「當時拯救了我、吉魯與妮可拉的是羅潔梅茵大人，而拯救了薩姆的是神官長。而且，薩姆是因為羅潔梅茵大人的侍從人數不足，才奉神官長之命調來這裡。即便他現在服侍著羅潔梅茵大人，效忠的對象仍是神官長。這件事並沒有對錯，只是立場與想法在根本上就不一樣。」

「原來是這樣啊……」

妮可拉與薩姆似乎都明白了弗利茲想表達的意思。吉魯聽完，也完全可以理解。他以古騰堡一員的身分活動時，羅潔梅茵也命令過他，要聽從普朗坦商會的指示，就和這種情況一樣吧。想通了以後，以侍從的身分服侍羅潔梅茵與效忠斐迪南這兩件事，便能在吉魯心裡同時並存。

「可是，我還是覺得神官長一直待在工坊裡不太好吧……」

吉魯嘟起嘴唇說，妮可拉也帶著苦笑表示同意。薩姆輕笑出聲，先是說：「只要把立場對調過來，便很容易理解吧。」接著說了：

「假如這兩年來是神官長不在，羅潔梅茵大人始終無法看書，必須一直努力處理工作吧。後來神官長終於回來了，如果羅潔梅茵大人在這時說她想要看書一整天，吉魯會怎麼做呢？難道你不會覺得都已經努力兩年了，不過是給羅潔梅茵大人幾天的讀書時間，又有什麼關係嗎？」

本來吉魯還相當氣憤，神官長為什麼偏偏挑在這種時候待在工坊裡不出來，但聽了薩姆的比喻後，瞬間徹底釋懷。為了拯救羅潔梅茵，這兩年來斐迪南一直獨自一人默默努力，現在不過是他終於獲得了短暫的休息時光。羅潔梅茵肯定也是明白這一點，儘管嘴上會說「神官長又不出來了嗎？」，但也予以包容。

眼看吉魯總算釋懷，弗利茲也鬆了口氣，露出微笑。

「倘若對神官長有什麼請求，只要透過原是侍從的薩姆與法藍，神官長也很可能願意考慮喔。舉例來說，像是請他在檢查過羅潔梅茵大人的身體狀況後再去研究……」

薩姆輕聲一笑，點點頭說：「我會試著向神官長提議。」

「那麼，現在對於要與普朗坦商會解除魔法契約，我想羅潔梅茵大人內心一定非常不安。請幫我問問看，神官長對此有什麼想法。」

「知道了，我會幫你問問看。」

薩姆笑著一口答應，吉魯內心十分感激。在秘密房間裡與路茲他們交談時的羅潔梅茵，與她離開秘密房間以後的模樣完全不同。只有見過她在秘密房間裡是什麼樣子的人，才看得出兩者的差異吧。藉由變成貴族生活下去，她保護了自己的家人與古騰堡們。吉魯希望她可以不用再勉強自己，還有就像與路茲還有班諾他們談天時那樣，他也希望有個地方能讓羅潔梅茵盡情開懷大笑。他和法藍不一樣，不想要只是說句「畢竟現在身分不同了，這也是無可奈何」，就不再做任何努力。他希望羅潔梅茵能和回到平民區的住家、說著「我回來了」時一樣，露出那種安心的笑容。

……想歸想，但其實我也是無能為力。

吉魯心情苦澀地在內心補上這一句。然後，他想起了先前羅潔梅茵好不容易要摸頭稱讚自己時，他卻讓她大失所望。

在羅潔梅茵沉睡的期間，吉魯為了讓她願意早點醒來，努力印製書籍，增加新書的數量。他渴望著快點長大成人，希望旁人視他為獨立的個體。所以每當薩姆與法藍把他當作小孩子看待時，他都會告訴他們：「我的年紀已經不小了。」但也因為這樣，羅潔梅茵想摸頭的時候，他也反射性作出了相同的回答。

吉魯慌忙改口，跪下來後，羅潔梅茵用有些落寞的聲音稱讚了他。

自己兩年來的努力與成長得到認可，吉魯真的非常非常高興……胸口一陣發熱。

啊啊，這麼溫柔的撫摸將是最後一次了吧——一思及此，他感到非常寂寞，後悔著早知道就別無謂抗拒，請羅潔梅茵再多摸一會兒、再多稱讚自己一點就好了。

與此同時，撫摸自己的那一隻手也好像比記憶中要小得多，讓他感到想哭。

至今都是他被拯救，得到支持與守護，如今他覺得輪到自己要支持這個外表依然年幼，而且看似充滿不安的主人。

聽到要解除魔法契約時，對於路茲他們與羅潔梅茵之間的聯繫即將消失，吉魯也同樣感到不安。像是首次踏出神殿那天，還有一起走在平民區裡，一路護送梅茵回家的這些記憶，都還鮮明地殘留在腦海裡。如今，羅潔梅茵已不會再前往平民區。有時吉魯會覺得，那時的記憶好像開始漸漸變得模糊了。

吉魯邊吃飯邊沉浸在思緒裡，不知不覺就吃完了。接著要收拾餐具，準備把剩下的食物送到孤兒院。由於之後吉魯與弗利茲會直接留在食堂做手工活，所以運送神的恩惠是兩人的工作。他們一起推著放有大鍋子的沉重推車。

「吉魯，就算你請薩姆問了神官長，我想魔法契約的解除恐怕還是勢在必行吧。契約解除以後，你想怎麼做？比起神官長會為羅潔梅茵大人做些什麼，我認為吉魯今後打算怎麼服侍羅潔梅茵大人更重要。」

聽見弗利茲這麼問，吉魯想了一下。自己可以做到什麼？羅潔梅茵的願望又是什麼？

「以前都是透過路茲幫忙送信，羅潔梅茵大人才能與平民區保有聯繫，所以我希望今後換成待在神殿的我，能讓羅潔梅茵大人與平民區繼續保有交流。」

「……這主意真不錯呢，羅潔梅茵大人與普朗坦商會也會安心多了吧。」

他想在身邊支持著羅潔梅茵，希望至少在自己帶著新書過去時，她臉上的笑容永遠不會變，也不會被貴族所改變。訂下自己的目標後，吉魯用力握緊了推著推車的手。

奉獻儀式與返回城堡

第二鐘響，我吃著早餐時，安潔莉卡出現了。

「安潔莉卡，好像有幾天沒看到妳了呢。」

「因為我接受了波尼法狄斯大人的訓練，父母也叫我回去一趟。不過，我終於取得了接下來能在神殿留宿的許可。」

安潔莉卡因為尚未從貴族院畢業，目前只是破例允許她在神殿執行護衛工作。本來還不允許她住在神殿，必須每天往返。但現在因為風雪實在太過猛烈，這種情況下回去非常危險，所以她向父母提出了請求，希望能在神殿留宿。

「由於都允許我在神殿執行護衛工作了，我也試著拜託師父，能不能再破例讓我參加冬之主的討伐，結果卻遭到了拒絕。」

真可惜——安潔莉卡托著臉頰，垂下眼睫說。旁人只看表面，根本看不出來這個憂鬱美少女的煩惱，其實只是「真想和強大的敵人大打一場」吧。

第三鐘一響，就要往神官長室移動。這是我在神殿的日常生活。

「神官長，第三鐘響了喔。請出來工作。」

像這樣朝著工坊出聲叫喚，斐迪南就會用心不甘情不願的聲音回道：「……我知道了。」再一臉不甘不願地走出來。這幅光景也在這幾天變得稀鬆平常。

「神官長，我一天才叫你一次而已，請別露出那麼可怕的眼神。」

斐迪南從工坊走出來後瞪著我瞧，我也沒好氣地瞪回去。我又不是自願每天叫他出來。由於斐迪南一旦進入工坊，就會完全無視鐘聲，我才必須特意通知他。艾克哈特因為呼喚他的次數太過頻繁，聽說現在他再怎麼喊，斐迪南都會自動忽略。

「如果你不喜歡我叫你，那艾克哈特哥哥大人叫你時，就應該要聽見才對啊。」

「……妳一天只來一次，艾克哈特卻會叫上一整天。讓我聯想到了某個時期的波尼法狄斯大人。」

「咦？祖父大人曾經做過什麼嗎？」

我正納悶著兩人有什麼交集時，斐迪南表情充滿苦澀，搖搖頭說：「反正都過去了，我不想再回想。」看來波尼法狄斯曾做過什麼讓斐迪南不堪其擾的事情。

讓斐迪南離開工坊以後，就要開始工作。我朝自己往常的位置坐下，拿出石板。

「羅潔梅茵大人，您平常在神殿都要處理這些工作嗎？」

安潔莉卡第一次看見我在神殿裡工作的模樣，露出了不敢置信的表情，看了看我，再看向堆積如山的資料。

「其實負責處理神殿文件的人都是神官長。本來我才是神殿長，這些應該是我的工作，但我全權交給了他。我能做的，就只有幫忙計算而已，還無法批閱公文。」

「……不，可以計算這麼多資料，我覺得您已經非常了不起了。」

因為不擅長學科才成為騎士的安潔莉卡，一雙藍眼燦亮地看著我。與此同時，斐迪南開始分配起工作。只要是在神官長室裡的人，一律平等都會被分配到工作。

「艾克哈特，這個給你；達穆爾，你在那邊處理這些；安潔莉卡就與達穆爾一起……」

「身為護衛騎士，我會死守在門邊不讓任何人進來。」

安潔莉卡倒吸口氣，整個人緊緊貼在門上。「我好不容易才修完貴族院的學科……」看見她淚眼汪汪的模樣，斐迪南很乾脆地剔除了她。

「這麼說來，波尼法狄斯大人說過，妳是差點就要留級的問題學生。把工作分配給無能的人也只是浪費時間。那我們開始吧。」

聽到安潔莉卡被評為「無能」，又被剔除在外，達穆爾大概是感到擔心，神色擔憂地看向安潔莉卡，然而當事人很明顯只是如釋重負。顯然白擔心了。

待在神官長室裡，卻只有她一個人沒在處理文書工作的安潔莉卡，正經八百地站在門前動也不動。看來是打算把護衛工作做到無懈可擊。

所有人都安靜地處理著文書工作，不久第四鐘響了，到了吃午飯的時間。

「神官長，請你一定要用完餐後再進去工坊喔。」

我邊收拾桌上的東西邊提醒斐迪南，他卻定睛看著我。

「不了，下午我要檢查妳的身體狀況。」

「……咦？」

「除了昨天用晚餐時，我今天也觀察了妳工作時的動作，妳似乎只是一味仰賴魔導具，回復速度非常緩慢。況且也有人提醒我，妳從貴族院回來以後，我還沒有檢查過妳的身體狀況……看妳現在的臉色，其實狀況恐怕非常糟糕吧？」

「並、並沒有這回事喔！」

雖然很想蒙混過關，但此刻斐迪南的注意力已經暫時從研究上移開，沒有那麼容易被我搪塞過去。他微勾嘴角，像要看穿我內心的想法般定定注視我。

……完了。要惹神官長生氣了。會被他發現我完全沒在鍛鍊體力。

我試著向身邊的人求救，然而達穆爾與安潔莉卡卻別開視線，法藍更是露出了帶有一絲寒意的笑容問我：「身體狀況其實非常不好，這究竟是怎麼一回事呢？」至於全面支持斐迪南的艾克哈特，也不可能站在我這一邊。完全沒有同伴。大危機！

「法藍，我下午會過去一趟。」

「遵命，靜候您的到來。」

……法藍，不要擅自決定！我還沒答應耶?!

喂～！但我只是在心裡反駁，誰也沒聽見。斐迪南的侍從們還和樂融融地互相說著：

「神官長的研究總算告一段落了。」

「羅潔梅茵，那妳回房吃午餐吧。」

我還惶惶不安，想要尋找同伴時，他們已經把我撇除在外，決定好了下午的行程。

「神官長，你可以待在工坊裡頭繼續做研究喔。對了，像是休華茲與懷斯的新衣，必須快點做好才行……」

「我記得是妳說過，只要在明年冬天前完成就好。」

……啊、啊嗚。對喔。我這個笨蛋大笨蛋！

「呃……對了、對了，赫思爾老師也在等著你修好她的魔導具。」

「已經修好了。」

……咦？咦？已經修好了？

「那麼樂曲的改編呢？樂曲必須在我返回貴族院之前改編好，所以要請神官長盡快處理。尤其是獻給光之女神的那首曲子……」

「明日下午我會和妳一起練習飛蘇平琴。因為現在妳把樂師留在了貴族院，說不定正心想著可以不必練習。」

……被發現了?!

「才沒有這回事呢。呵呵呵……呵呵……」

「羅潔梅茵，妳別再逃避了。今天的行程已經決定。妳快點回神殿長室吃午餐吧。在我過去之前，記得先卸下身上的魔導具。」

「……是。」

離開神官長室後，我有氣無力地走回神殿長室。果然沒辦法蒙混過關。就算現在開始訓練肌力，也絕對趕不上下午的身體檢查。

「法藍，你為什麼擅自決定了我的行程？」

我幾乎是遷怒地瞪向法藍，他只是回我沉穩的微笑。

「目前與普朗坦商會的會面已經結束了，奉獻儀式之前也沒有任何安排。盡早讓神官長看看您的身體狀況也好吧？我也十分擔心羅潔梅茵大人的身體健康，神官長願意為您檢查，我便放心了。」

法藍說他只知道我在前往貴族院前的狀態，所以想了解現在的身體狀況。我的侍從們對此也都表示贊成，說道：「只要交給神官長就沒問題了吧。」由於協助我製作尤列汾藥水、為我解毒、這兩年來一直照顧著我的人都是斐迪南，所以大家比起我，似乎都更信任他。很顯然完全慘敗，我只能乖乖閉上嘴巴。

「神官長明明還熱中於自己的研究，卻仍然特意撥出時間，代表他真的非常擔心羅潔梅茵大人吧。儘管總是疾言厲色，但他其實是很溫柔的人。」

法藍的眼神中透著尊敬，誇讚斐迪南。

……不對、不對，他才不是溫柔！我心想著「完了！」的時候，神官長還一臉邪惡地壞笑喔！法藍根本被神官長洗腦了！

早知道不管艾克哈特與侍從們如何哀求，直到我恢復體力與肌力之前，都該讓斐迪南繼續待在工坊裡面。

……真是人算不如天算。天岩戶，快回來啊——！

吃完午餐，我用借來的奧多南茲向奧黛麗捎去訊息，請她幫忙安排與基貝．哈爾登查爾的會面。捎完訊息後，再請莫妮卡與妮可拉為我摘下身上的魔導具。卸下的瞬間，身體驀地變得無比沉重，我一骨碌坐在準備好的椅子上。

「羅潔梅茵大人?!您沒事吧?!」

「我沒事，一點問題也沒有喔。」

「但您不是突然沒有力氣，連站也站不住嗎？看起來不像一點問題也沒有。」

妮可拉與莫妮卡都拿著魔導具，泫然欲泣地察看我的臉色。我輕輕揮手，想強調自己沒事，卻很快就揮不動了。我立即集中精神，讓魔力覆滿全身，強化身體，再次抬手揮了揮。

「只是因為沒有了魔導具，一下子無法動彈而已。妳們看，我沒事對吧？」

「……您突然間就無力坐下，嚇壞我們了。您真的沒事了嗎？」

我站起來，在她們面前像正常人一樣走動。妮可拉與莫妮卡這才鬆了口氣，緊繃的表情舒緩開來。接著我如同往常穿上衣服，等著斐迪南到來。

「羅潔梅茵，快解除身體強化的魔法。」

然而斐迪南才踏進來，就被他完全看穿。聽見他嘆著氣這麼下達指示，我默默別開視線。居然一眼就被識破。

「還是說，這表示妳想遭受到不得不解除身體強化的攻擊嗎？」

斐迪南冷著臉平靜說道，右手變出了思達普。瞬間，我急忙解除身體強化的魔法。與此同時，安潔莉卡也舉起魔劍斯汀略克，切進我與斐迪南之間。

「神官長，一下子就訴諸武力太過分了！」

我躲在安潔莉卡背後，只露出一顆頭開口譴責，但斐迪南只是哼笑一聲。

「說話別這麼難聽。剛才那句話的意思，只是要妳讓我省點力氣。」

「我才沒聽說過貴族有這種委婉的表現方式！」

由於解除了身體強化的魔法，我再也沒有力氣站著，一邊反駁一邊當場癱坐下來。仍然舉著斯汀略克的安潔莉卡也表示同意，點了好幾下頭。

「真是學不夠教訓。」

斐迪南無奈地搖搖頭說。本來還擋在我面前當盾牌的安潔莉卡聽了，恍然大悟般地瞪大雙眼，立即退到一旁說：「我的學習確實還不夠充分，不知道有這樣的意思。」

……等一下，別這麼輕易就撇下我啊！

看到我想向安潔莉卡求救，斐迪南轉頭對身後說：

「艾克哈特，你與安潔莉卡去貴族門前的廣場訓練一下吧。一直守在房間，安潔莉卡的身體也變鈍了吧？」

「可以嗎?!」

「這裡的護衛有達穆爾就夠了。直到送去奧多南茲之前，你們都不必回來。」

「是！遵命。」安潔莉卡喜孜孜地與艾克哈特一起走了出去。這種檢查身體的時候最需要女性騎士在場，怎麼能跑掉呢。

……安潔莉卡這個笨蛋大笨蛋！太容易被操控了啦！

「嗯。雖然她對妳的忠心能讓她毫不猶豫地對我舉劍，但毫不用腦的程度還真教人吃驚。羅潔梅茵，讓她擔任妳的護衛騎士真的沒問題嗎？」

「……目前為止我從來沒像現在這麼擔心過。」

接著，法藍在斐迪南的吩咐下抱起我，讓我坐在椅子上。然後我照著斐迪南的指示動動腳、動動手臂。在無法強化身體的情況下，動起來非常痛苦。

「真是的……妳在貴族院完全沒有鍛鍊身體吧？」

「因為發生了許多事情，每天都很忙。」

「報告上可是寫著妳後來每天都去圖書館。」

「往來圖書館就是我的運動時間。」

「在貴族院時，當然是最好別不慎暴露自己的弱點，但現在既已回到這裡，不可能遭遇襲擊，妳就趁著在神殿的這段時間努力恢復體力吧。」

結果不只飛蘇平琴的練習，我又多了義務要戴著魔導具練習奉獻舞，以及卸下魔導具進行復健。

「奉獻儀式時會使用大量魔力，到時若能卸下輔助身體強化用的魔導具，能更有效率地進行奉獻。為此，妳要努力恢復到能靠自己移動。」

「卸下魔導具的時候，只要強化身體就好了。我現在變得比較熟練了喔。」

「那可不見得，因為妳還不習慣。」

檢查完身體後，接受高強度復健的日子便開始了。由於斐迪南一臉認真地說：「再這樣放置不管，羅潔梅茵必須一輩子都戴著魔導具才能活下去。」所以法藍與其他侍從都不遺餘力，協助我復健。侍從們的愛與擔心固然令我高興，但我真的很想大聲說：

……大家，神官長只是想讓自己有時間盡情研究而已。你們快點發現啊！

我照著斐迪南訂定的計畫努力復健。雖然只是在摘下魔導具後，抬抬腳、轉動手臂，但因為至今一味依賴魔導具，沒靠自己活動過身體，所以我每天都累得像攤爛泥。再加上現在變成斐迪南在指導我飛蘇平琴，練習時他要求的難度也一下子提高許多。

「嗚嗚，好想快點回貴族院喔。貴族院有圖書館，也沒有這麼多事情要做，簡直是再完美不過的生活環境了。」

「妳做事老是不懂瞻前顧後，只會害得身邊的人疲於奔命。在領地對抗戰快要開始前，才會讓妳回貴族院。必須趁著冬季的社交界，讓妳稍微學習貴族之間是如何社交，否則太危險了。」

「怎麼這樣，太過分了。我的圖書館……」

看著意志消沉的我，斐迪南居然還一臉認真地說：「我還有再過分一點的計畫。」

……什麼意思？這也太恐怖了吧！

奉獻儀式的早晨非常忙碌。先是淨身，然後穿上神殿長的儀式服，再戴上使用了冬季貴色的紅白兩色髮飾，準備才真正就緒。今天因為已經卸除了魔導具，所以我讓身體強化的魔法覆滿全身，好讓自己可以動彈。強化身體時，想像畫面就是那個。就是騎士跨坐在摩托車上時穿的，那種緊緊包住全身的皮革……那叫什麼來著？對了，就是連身皮衣。我此刻就好比是穿著用魔力形成的緊身衣。

之前佩戴的魔導具確實如斐迪南所說，是用來幫助我學會身體強化，所以一直戴著魔導具的我雖然沒能恢復體力與肌力，強化身體的能力倒是進步了一些。

「奉獻儀式究竟要做什麼呢？」

安潔莉卡提出了這個問題，達穆爾為她解答。他說明奉獻儀式時要往小聖杯注入魔力，到了春天的祈福儀式，再送到艾倫菲斯特各地的基貝手中。不愧是曾在「安潔莉卡成績提升小隊」裡當過老師，達穆爾很擅長向安潔莉卡淺顯易懂地說明。

「達穆爾真厲害。明明是騎士，卻還能協助神官長處理工作。我從沒想過成為羅潔梅茵大人的護衛騎士以後，還需要計算能力。」

聽說若讓安潔莉卡幫忙計算，幾乎都需要重算一次。父母好像還對她說過：「妳不幫忙就是最好的幫忙。」

「但安潔莉卡在保護羅潔梅茵大人時，竟能那麼毫不遲疑，這點我非常佩服妳。我完全不敢想像自己會舉劍對著斐迪南大人。」

斐迪南在身體檢查前變出思達普時，達穆爾剎那間只是心想，多半又和平常一樣是種假意威脅，所以沒有任何行動。從不同角度來看，身為護衛也可說是失職的舉動。都有人拿出武器對著自己的主人了，護衛應該上前保護才對。

「安潔莉卡如果沒有被訓練吸引而走掉，就是滿分的護衛了呢……」

「下次開始我絕不會被迷惑。」

安潔莉卡一臉凜然地回答，但她緊接著描述起了與艾克哈特訓練時的情況，以及他有多麼厲害，臉上的表情簡直神采飛揚，可想而知下次一定又會輕易上鉤。

「神殿長，神官長請您移步。」

灰衣神官前來呼喚，我於是往儀式廳移動，一邊小心著別踩到下襬。能夠進入儀式廳的只有神官，護衛騎士必須在門前待命。所以看見艾克哈特已經站在門前，就知道斐迪南已經在裡面了。

儀式廳裡瀰漫著供奉在祭壇上的香的氣味。坎菲爾、法瑞塔克與另外兩名青衣神官已經在儀式廳裡等候，手上拿著斐迪南交給他們的魔石。

「神殿長，看見您氣色如此紅潤，我們總算放心了。」

這段時間都要協助斐迪南的坎菲爾與法瑞塔克說道，聲音很顯然打從心底鬆了口氣。沒想到青衣神官們看見我醒來會這麼高興，我感到有些驚訝，笑著道謝。

「侍從們告訴過我，我不在的這段期間，坎菲爾與法瑞塔克非常盡力幫忙輔佐。謝謝你們的幫忙。」

稱許了青衣神官們後，我走向祭壇，站到最前方跪下來，雙手平貼在鋪於地板的紅布上。

「……都準備好了嗎？那開始吧。」

斐迪南催促道。我輕吸口氣，唸出祈禱文。

「創世諸神，吾等在此敬獻祈禱與感謝。」

身後的五個人緊接著複述，低沉的話聲在儀式廳裡朗朗迴盪。

「司掌浩浩青空的最高神祇，暗與光的夫婦神；分掌瀚瀚大地的五柱大神，水之女神芙琉朵蕾妮、火神萊登薛夫特、風之女神舒翠莉婭、土之女神蓋朵莉希、生命之神埃維里貝。感謝諸神賜予萬千生命的恩惠，聖恩崇潔，謹此獻上敬意，虔心予以回報。」

唸著祈禱文的同時，可以感覺到魔力開始從自己體內往外流出。紅布吸收了魔力後閃閃發光，魔力化作一波波的光浪流往祭壇。這些感覺我已經相當熟悉，眼前的光景也是司空見慣。陣陣光浪又從我身後不斷往前流去，我體內的魔力因此受到影響，更是大量往外湧出。

不——！要被脱掉了！

由於魔力不斷往外流出，連我用來強化身體、以薄薄覆蓋住全身的魔力也眼看著就要被吸走。這種彷彿緊身衣正遭到拉扯的感覺讓我大吃一驚，眼睛張得老大。但無論我怎麼極力抵抗，來自身後的陣陣魔力光浪實在太過猛烈，讓人根本無法抵擋。我急忙釋出更多魔力，想要加強身體強化，卻在用於強化之前就統統流向了紅布。

……啊、啊、啊啊?!掉下來了！

最終覆住自己全身的魔力整個剝落，悉數流向紅布。始料未及的狀況讓我茫然錯愕。

……儀式結束以後，必須重新強化身體才行呢。

我的臉頰貼在地板上，任由魔力被吸往祭壇。

「應該差不多了。今天的效率不錯，供奉了不少魔力。」

斐迪南說完，可以聽見青衣神官們都放心地吁一口氣，緊接著站起來。為了再次強化身體，我讓魔力流向全身。然而，魔力卻一下子就從我還貼著紅布的掌心溜出去。

「羅潔梅茵，儀式已經結束了。」

聽見斐迪南喚道，我的身體「咚」一聲倒下來。由於原本是雙手倚在地面上，呈現跪坐的姿態，現在只是往旁倒下而已，並沒有造成多大衝擊。然而一看到我倒下來，在場的青衣神官們都手足無措。

「不必慌張，沒什麼大不了的。我知道是怎麼回事。」

斐迪南平靜又充滿魄力的一喝，讓儀式廳內瞬間安靜下來。

「去叫神殿長的侍從進來，你們退下吧。」

斐迪南把青衣神官們趕了出去，吩咐他們叫來我的侍從。儀式廳裡只剩下我們兩人以後，斐迪南低頭看著倒在地上的我，說了：「妳這笨蛋。所以我不是說過，對還不習慣的人很難嗎？」

「嗚嗚……在這種情況下，請別再冷靜地對我說教。」

「因為不管是多麼重要的事情還是忠告，妳總是一眨眼便忘記，為了讓妳牢牢記住，得讓妳親身經歷具有衝擊性的場面，留下強烈的印象吧？身體強化的魔法視情況而定，有時會無法施展。妳必須要學會能預想這種情況。」

「神官長說得沒錯，我會認真鍛鍊，加強體力與肌力，請救救我吧。」

「反省了嗎？」

「反省了。」

斐迪南協助我起身後，把我交給臉色大變地衝進來的法藍。

「她只是沒料到會有無法強化身體的情況，身體並無大礙。回去房間以後，只要戴上魔導具即可，不必擔心。」

「遵命……看來羅潔梅茵大人說的沒有問題，完全不能相信呢。」

法藍用感慨甚深的語氣說道，我只能沮喪地垂下腦袋。

由於我在試圖強化身體時不斷釋出魔力，結果比預期要快地為小聖杯注完了魔力。本來預計要花上五天的時間，最終三天就結束了。

雖然曾在奉獻儀式時軟倒下來，但也只是因為雙手貼在紅布上，無法施展身體強化的魔法而已，並沒有和往常一樣發燒。「看來妳的身體多少強健了一點。」斐迪南檢查過後這麼表示，我才意識到自己身體的變化。

「我想繼續保持下去，直到擁有健康的身體。那我該做什麼才好呢？」

「不了，妳太有幹勁只會造成反效果。想也知道妳會鍛鍊過頭，結果不支倒地。」

斐迪南滔滔不絕地開始訓話，內容不外乎就是過猶不及。已有過切身經驗的我乖乖聽他說教。

「雖然留在這裡繼續鍛鍊，對妳的身體也有好處，但如果妳不再多學點貴族間的社交方式，也無法讓妳回貴族院。沒辦法，只能回城堡了。」

斐迪南下了這個結論後，我們開始準備從神殿返回城堡。除了工作用具外，斐迪南這次還準備了研究用具。如果不把小熊貓巴士變大一點，根本載不了所有行李。

「一半以上都是妳拜託我幫忙的東西，所以妳應該沒怨言吧？」

行李當中有休華茲與懷斯的資料、赫思爾請我帶回來的魔導具，還有樂譜和飛蘇平琴，統統都是我不能留在神殿裡的東西。小熊貓巴士變大以後，在暴風雪中搖晃的程度也會加劇，所以我本想維持輕巧一點的體積，但這下也無可奈何。

「如果看到暴風雪快要把我吹走，請要來救我喔。」

「只要多注入點魔力就好，妳自己跟上來。別再給我製造更多麻煩。」

「嗚唔，我盡力。」

……母親大人，快來看看這男人的真面目吧！神官長根本沒有騎士故事裡的那種溫柔和體貼！

我在心裡頭這樣忿忿想著，在猛烈的暴風雪中返回城堡。我依然坐在小熊貓巴士裡，直接衝進諾伯特打開的大門，大門接著馬上關起。

「羅潔梅茵大人，歡迎您的歸來。」

諾伯特牽著我的手，協助我下車。似乎是早已下達好指示，只見下人們接連出現，把小熊貓巴士裡的行李搬出來。

「羅潔梅茵大人，歡迎回來。我一直等著您呢。稍後請您移步至會客室，我們一起討論印刷業的事宜吧。」

在城堡迎接我回來的人除了近侍們外，還有艾薇拉。

母親大人與哈爾登查爾的印刷業

「大小姐，快點更衣吧。艾薇拉大人正在等您。」

回到房間後，黎希達馬上脫下我的外衣。為了禦寒我穿了好幾件衣服，黎希達像在剝洋蔥般一層層脫掉。

「羅潔梅茵大人，等您更衣完畢，便把您要送給艾薇拉大人的物品放在盒子裡，前往本館的會客室吧。準備已經就緒。」

今天要與艾薇拉討論那幾本不能帶到房間外頭的書。也因為這個緣故，陪同我前往的侍從只有奧黛麗，護衛只有安潔莉卡。聽說奧黛麗與艾薇拉是交情很好的朋友，私底下也經常見面。我要住進城堡的時候，也是艾薇拉拜託了奧黛麗，請她擔任我的侍從。

黎希達則是留在房間，整理我從神殿帶回來的行李。因為斐迪南說了，要把赫思爾托我帶回來的那些東西放在我房裡保管。

「黎希達，聽說這邊的行李已經整理好了，這邊還沒有喔。」

「大小姐，您放心吧。行李上都附了牌子，一看便知。」

「讓您久等了。」

待我坐下，奧黛麗告訴我：「因為想必您也需要點時間向家人撒嬌，所以已經得到了許可，可以放輕鬆交談。」

我分別喝了口茶、吃了口點心，品嘗過準備好的茶點，旋即進入正題。目光與艾薇拉對上後，她輕笑一聲，漆黑雙眸亮起燦爛光輝。

「羅潔梅茵，妳看完我送給妳的書了嗎？」

「不，我還沒能全部看完，只看了騎士故事集的其中一篇而已。因為我還無法在城堡待上一整天的時間，您又在信上提醒過，那些書只能在房間裡面閱讀。」

我強調自己確實遵守了艾薇拉的囑咐，她滿意地點點頭。

「既然妳有確實遵照我的指示，那就好。因為那兩本書絕不能帶到外面去。」

「但我快速地翻看過了內容……母親大人似乎找到了繪畫能力十分出色的繪師呢。書裡的插圖真是精美。」

……神官長又比以往的插圖閃亮亮了三成左右。

我沒把這句心聲也講出來，微笑說道。艾薇拉高興得臉龐發亮。

「呵呵，妳也這麼覺得對吧？我找到了這名繪師後，特別請她繪製的呢。果然愛情故事就該搭配美麗的圖畫。」

由於我以前印製騎士故事集時，曾請葳瑪以斐迪南為範本繪製插圖，所以母親大人說她才興起了這個念頭，要印製內容全與戀愛有關的騎士故事集。

「可是，母親大人印製的書籍因為不能被斐迪南大人發現，無法廣為販售吧？這樣子獲利也會減少，基貝．哈爾登查爾同意了嗎？」

「送給妳的書籍，是我印來特別要賣給朋友們的。至於在哈爾登查爾販售的書籍，我請了不同的畫師繪製插圖，所以完全不用擔心。」

……意思是內容相同，但有兩種版本的插圖嗎？吉魯他們當時該不會接下了非常麻煩的急件吧？

第一批書籍記得因為要與艾薇拉協商，所以是由羅潔梅茵工坊印製。先前聽取報告時，曾聽說不管原稿還是失敗品全被收了回去，沒有留下半點痕跡，但我從沒聽說過還辛苦地印了兩種插圖。

「先前工坊的人向我報告時，完全沒人提起過印了兩種插圖呢……」

「因為我向普朗坦商會吩咐過了，這件事絕對不能告訴任何人。我一直很好奇他們能守口如瓶到哪種地步，想不到羅潔梅茵工坊的員工這麼優秀。」

艾薇拉喝著茶，露出心滿意足的微笑。

「我已經確認過了普朗坦商會能確實保守顧客的秘密，但我不曉得神殿工坊裡的人能否不向斐迪南大人報告，又能保守秘密到何種程度。但現在看來，他們甚至也沒向羅潔梅茵報告呢。這樣我便放心了。」

艾薇拉稱讚我有一群很好的部下。

「畢竟若被斐迪南大人發現那幾本書，哈爾登查爾的印刷業有可能遭受重挫。萬一發生這種危機，哥哥大人恐怕會狠狠訓我一頓。」

聽說在哈爾登查爾印刷的戀愛故事賣得比基貝預期中還好，所以基貝・哈爾登查爾打算繼續推動印刷業。

「接下來，我想把斐迪南大人貴族院時期的事情寫下來呢。但就算插圖畫了不同的人，我還是擔心有可能被他發現，所以遲遲無法付諸行動……」

「我想很有可能被發現喔，太危險了。」

斐迪南在就讀貴族院時留下的傳說，有不少軼聞都教人嘖嘖稱奇。但是，如果把這些傳說集結成書，我想肯定會被當事人發現。

「就連在貴族院，也曾有人談論起斐迪南大人。我想可能是有人會在茶會上聊到這個話題，但相反地或許也有人不喜歡這個話題，所以我請學生們蒐集了情報……母親大人要看看嗎？」

我請奧黛麗拿來盒子，裡頭裝了我說要送給母親大人的東西。盒裡是大家蒐集來的斐迪南傳說，還有羅德里希精心整理過的資料。「哎呀！這禮物真是太棒了。」艾薇拉喜形於色地拿出盒裡的資料，馬上開始翻看。

……我也好想看母親大人印製的書籍喔。插圖不是神官長也沒關係。

艾薇拉似乎真的很喜歡與斐迪南有關的情報，翻看的同時逐一發表評語說：「哎呀，原來大家是這麼傳述當年採集材料的行動嗎？」「居然沒有蒐集到最重要的戀愛事蹟。」她也過濾了情報內容，很快地區分成自己聽過與沒聽過的。

「至今我掌握到的與斐迪南大人有關的消息，全是從艾克哈特那裡聽來的，現在能看到他領的人是如何描述斐迪南大人，別有一番樂趣呢。」

她說由於斐迪南畢業到現在已經過了一段時間，再加上這些傳說都是口耳相傳，遭到誇大的程度也不至於太離譜，正好可以當作是故事書的題材。

「這邊的這些資料，都是名叫羅德里希的一年級生整理的。」

「我記得他就是狩獵大賽上誘騙了韋菲利特大人，那個隸屬於舊薇羅妮卡派的中級貴族吧？」

「母親大人真是了解呢。」

我沒想到艾薇拉會知道羅德里希，不由得眨了幾下眼睛注視她。艾薇拉於是放下杯子，眼神就像在看著教人頭痛的孩子。

「羅潔梅茵，若不記住危險分子有哪些人，那怎麼行呢？」

羅德里希本身並不危險啊。為了稍微改變艾薇拉的看法，我開口說了：

「……羅德里希只是照著父母的指示去做，他自己並沒有惡意。」

「是啊，他沒有惡意吧。但是，像這樣不具有惡意，卻會為我們帶來威脅的人才是最可怕的。若是明確的敵人，或者能感受到對方明顯的惡意，要保持警戒也比較容易。」

艾薇拉說話時的表情，宛如在對一個講不聽的孩子諄諄教誨。

「我們派系的勢力變大後，一旦發現有利可圖，中級貴族與下級貴族自然會聚集而來。因為他們的處世之道，就是盡可能依附在有權有勢的人身邊，才能保護自己。我無意指責他們的生存方式，但也是因為這樣，我無法信任他們。」

身分不同，所受待遇也會截然不同，可想而知依附權勢者自然是比較安全的生存方式。艾薇拉說他們的想法，與必須負責領導的領主一族還有上級貴族不同。

「羅潔梅茵，妳在判斷事物時經常先憑感覺，從不考慮利弊。雖然妳把自己中意的下級貴族納為了近侍，可是，我總是擔心著萬一將來勢力版圖發生變化，妳有可能遭受到背叛。」

「這種事不會的……達穆爾與菲里妮都是全心全意侍奉我。」

他們兩人都不是會背叛他人的人。尤其是達穆爾，他是賭上了自己性命保護我的護衛騎士。他如果會背叛他人，那我老早就不在這個世界上了。我忙不迭地搖頭否定，艾薇拉也點了點頭說：

「這我知道。達穆爾與菲里妮對妳的忠心毫無虛假吧。我也握有足以這樣斷言的證據。」

我是在進入貴族院以後，才任命菲里妮為近侍，所以聽到艾薇拉說她擁有足夠的證據能證明菲里妮的忠心，我不禁瞠大眼睛。艾薇拉露出了貴族女性特有的嫣然笑容。

「可別小看我的情報網唷。」

「羅潔梅茵大人，艾薇拉大人從前可是能力出眾的文官呢。」

奧黛麗說完，笑著與艾薇拉對視。我曾在貴族院見過見習文官們努力蒐集情報的模樣，也整理過蒐集來的資料。所以，現在我已經深刻地體會到，茶會其實就是蒐集情報的場合，也明白能從各個管道獲得各種情報的艾薇拉有多麼優秀。

「只要羅潔梅茵不太過蠻橫地對待他們，相信達穆爾與菲里妮的忠心不會輕易動搖吧。但是，妳不能以為同樣的情況能套用在其他中級貴族與下級貴族身上。」

「……是。」

我本來還想藉由艾薇拉最想得到的斐迪南傳說，讓她認同羅德里希的努力，再讓我收他為近侍，結果艾薇拉反過來提醒我，別輕易相信他人並招納為近侍。

「還有，羅潔梅茵，給予敵對派系的人報酬時，應該先從妳給同派系人的六成開始，再根據對方的表現慢慢提高，這麼做比較妥當喔。」

「咦？」

「妳確實需要給予敵對派系的學生報酬以示公平，但也必須較為優待相同派系的人。畢竟若不讓人覺得加入相同陣營更有好處，哪能把人拉攏過來呢。倘若得到的報酬相同，那不管屬於哪個派系都無所謂。況且，若看見敵人的待遇竟與自己相同，一般人都會感到不快。目前妳對派系的了解還太過淺薄，如果不快點認清怎樣的應對才是常態，會讓相同派系的人心生不滿。」

我在貴族院的一言一行究竟是從誰那裡，又告訴了艾薇拉多少呢？齊爾維斯特與斐迪南都不曾給過我這方面的叮嚀。

「對於我竟然了解妳在貴族院的情況，是不是很驚訝呢？其實是妳前往神殿以後，黎希達來向我報告。如今既然舍監赫思爾幾乎不在宿舍，無法請她提供協助，我們正在討論是否該再安排一名管理員前往宿舍。」

「管理員嗎？」

截至目前為止，他領都對艾倫菲斯特沒有什麼興趣。所以大家本來預期，就算想要推廣新流行，第一年大概也不會有什麼進展吧。然而，想不到我竟然與貴族院裡最有影響力的王族、上位領主候補生還有老師們產生了交集。如今在領主會議之前，必須盡可能蒐集到與上位領地有關的情報，卻無法指望研究起了休華茲與懷斯的舍監。

「所以斐迪南大人認為，也許需要再派一個人前往貴族院，才能向我們報告那邊的情況，順便也能詳細匯報妳的行蹤。」

……這就是神官長說的「再過分一點的計畫」嗎?!也就是說，那個管理員其實是來管理我的吧?!豈止一點，簡直是超級過分！

不——！我兀自抱頭哀嚎。這時，艾薇拉低頭看起了羅德里希整理的斐迪南傳說，陶醉地長嘆一聲。

「不過，真沒想到貴族院裡還留有這麼多斐迪南大人的傳聞呢。」

「是呀，我也大吃一驚。蒐集來了情報的學生們還表示，比起艾倫菲斯特，他領的學生好像反而更了解斐迪南大人。」

由於斐迪南進入過神殿，在艾倫菲斯特，似乎很少有人會公開討論有關他的事情。儘管達穆爾十分尊敬斐迪南，但現在幾乎沒有學生聽說過他的事蹟。甚至都已經蒐集到了這麼多斐迪南傳說，在艾倫菲斯特舍裡，大家仍認為一半以上的傳聞是誇大其辭，不然就是根本是其他人做的。連我也無法判定真假。

「為什麼掌握到的情報量會相差這麼多呢？」

「因為斐迪南大人的成績太過優秀，觸怒了薇羅妮卡大人。所以在艾倫菲斯特，誰也不敢提起斐迪南大人。」

艾薇拉難過地垂下雙眼。

雖然不是薇羅妮卡親生，但斐迪南是以領主之子身分受洗的領主候補生。在他舉行洗禮儀式之前，薇羅妮卡的兩個女兒便已嫁往他領，艾倫菲斯特領內的領主候補生只剩下兩人。因此只要齊爾維斯特有什麼萬一，自然會由斐迪南坐上下任領主的寶座。即便撇開這點不說，斐迪南本人又優秀得連他領的人都聽過他的名字，自己的親生兒子齊爾維斯特卻一派慵懶散漫，把一半以上的工作都丟給斐迪南處理。比較起兩人的時候，薇羅妮卡的危機意識肯定只增不減吧。

「打從斐迪南大人受洗以後，她一直對他百般刁難。然而，前任領主臥病在床後，斐迪南大人的表現越是優異，她越是無所不用其極地打壓，就連周遭旁人也無能為力。所以，齊爾維斯特大人才勸斐迪南大人逃進神殿。」

這麼說來，我記得以前聽斐迪南說過，他是在父親離世不久前進入神殿，所以沒能以親人的身分參加喪禮。一想到斐迪南沒能見到父親最後一面，我就覺得薇羅妮卡的行為真是太過分了。

「如果能在城堡多待一段時間，說不定就能見到父親最後一面了呢。每當想到這裡，我便為斐迪南大人感到難過。」

「……我想應該見到了呢。因為當時是在斐迪南大人進入神殿後過了不久，才宣布前任領主的死訊。其實應該在更早之前就前往遙遠的高處了。」

聽說領主的喪禮都在領主會議後舉行。由於要先在領主會議上報告此事，新任領主也得到了認可後，才會返回領地舉辦喪禮。喪禮時鄰近領地的領主與貴族也將出席，所以在那之前，會施展停止時間的魔法保存遺體。因此，真正的死亡日期與公布的死亡日期通常都有出入。所以艾薇拉才說，說不定其實有見到最後一面。

……真是這樣就好了呢。

「如今斐迪南大人可以不必忌憚他人的眼光，盡情大展身手。光是這樣，我就心滿意足了。」

「……母親大人為什麼這般崇拜斐迪南大人呢？姑且不說現在，以前若要公開表示支持斐迪南大人，壓力應該非常大吧？」

倘若薇羅妮卡那麼處心積慮打壓斐迪南，那麼光是站在斐迪南那邊，艾薇拉肯定也會被薇羅妮卡視為眼中釘。

「是不是該說明一下比較好呢？雖然這也不是什麼秘密，但考慮到與齊爾維斯特大人還有韋菲利特大人的關係，告訴妳我個人的意見，似乎不太妥當吧？」

真傷腦筋呢——艾薇拉手托著腮，側過臉龐。重新泡了壺茶的奧黛麗難過地垂下眼睫，代替艾薇拉開口說了：

「其實艾薇拉大人也受過薇羅妮卡大人的欺凌喔。」

「咦？」

「因為我的母親大人，是薇羅妮卡大人同父異母的姊姊。」

「外祖母大人嗎？」

舉行洗禮儀式前為了記住貴族的名字，我拿到過一份清單。但是，我看到的家系圖是以卡斯泰德的家族為中心，所以完全不曉得艾薇拉那邊的家族。不過，我知道薇羅妮卡與她的異母兄姊感情非常不好。前任神殿長是薇羅妮卡的弟弟，老家的人與他的感情也不好到了拒絕領回遺物。想不到那個老家就是艾薇拉的親族。

「我的外祖父大人是第四任領主的孩子。當年外祖父大人迎娶了亞倫斯伯罕的女性領主候補生嘉柏耶麗大人，我想這件事便是現在一切紛擾的開端吧。」

聽說艾薇拉的外祖父在出席領地對抗戰時，因為對嘉柏耶麗誠懇有禮，嘉柏耶麗對他一見傾心。她雖是大領地的領主候補生，魔力卻偏低。然而，當時的艾倫菲斯特是影響力比現在還要低的領地。那麼她身為大領地的領主候補生若能嫁過去，對方應該很感激才對——於是她仰仗父親的權力，順利嫁了過來。然而原為第一夫人、還有兩個孩子的艾薇拉的外祖母，因此不得不退為第二夫人。

當時萊瑟岡古是領內的最大勢力，卻讓萊瑟岡古伯爵的女兒變作第二夫人，再加上眼看亞倫斯伯罕的影響力大為增加，第四任領主十分擔心因此發生動盪。於是，第四任領主取消了艾薇拉外祖父的下任領主候補資格，封他為葛雷修伯爵，並讓波尼法狄斯的父親就任為領主。隨後，再讓萊瑟岡古伯爵的另一名女兒嫁給波尼法狄斯，藉此緩解伯爵的不滿。

……唔唔。只聽說明好容易混淆，雖然試著畫了家系圖，但實在太複雜了，腦袋一片混亂。快搞不清楚大家到底有什麼血緣關係了啦。

然而嘉柏耶麗嫁過來以後，聽說成天嚷著：「我不想住在這種偏僻地方。」一直想返回亞倫斯伯罕。後來在產下第三個孩子以後，由於身子遲遲沒有復原，最終留下還年幼的孩子們撒手人寰。

她留下來的三個孩子中，長男的魔力最高。也因為有亞倫斯伯罕的支持，所以被視為是葛雷修伯爵的繼承人。第二個孩子就是薇羅妮卡，魔力之豐富在艾倫菲斯特內算得上非常出眾。因此為了日後能成為下任領主的第一夫人，從小便接受應有的教育。至於嘉柏耶麗強撐著虛弱身體勉強生下的第三個孩子，魔力卻低到不足以當上級貴族。由於不可能向母方的親族亞倫斯伯罕尋求協助，或請對方收養，所以被送往了神殿。

之後又過了幾年，長男逝世了。薇羅妮卡開始頻繁聯繫被送到神殿的同胞弟弟，並且對他十分溺愛，兩人在成長過程中成為彼此的依靠。

「薇羅妮卡大人成為第六任領主的第一夫人後，便開始刁難同父異母的兄姊。但是比起年長的兄姊，外甥與外甥女顯然是更好欺負的目標吧。所以她總是費盡心機為難我與哥哥大人。」

但因為畢竟是基貝．哈爾登查爾的孩子，平時並不會太過明目張膽，但據說邀請艾薇拉參加只有女性能出席的茶會時，薇羅妮卡便會一再刁難，而且相當讓人難以忍受。

「我的外祖父大人因而感到憂心，於是讓我與卡斯泰德大人訂下婚約，讓我免於遭到孤立。」

也是因為這樣，艾薇拉才集結了遭到薇羅妮卡欺壓的人們形成派系，擁護從法雷培爾塔克嫁來此地、卻備受婆婆欺凌的芙蘿洛翠亞，更努力保護了因為是愛人的孩子就遭到迫害的斐迪南。

「前任基貝前往了遙遠高處，由哥哥大人掌管哈爾登查爾以後，面臨的打壓隨即變得嚴重。哈爾登查爾在艾倫菲斯特領內位在北方吧？到了冬天，那裡比這裡還要寒冷。所以一旦提高稅賦，人民很有可能活不下去。」

但領地整體都處在勉強可以餬口的狀態下，總不可能只有哈爾登查爾能夠免稅。艾薇拉說所有土地都提高了稅賦後，哈爾登查爾受到的衝擊更是巨大。

「哥哥大人說過現在多虧了羅潔梅茵，情況好轉了許多。」

我成為青衣見習巫女以後，就能把盈滿魔力的小聖杯送往各地，所以領地的生產量都往上提升。後來薇羅妮卡與前任神殿長的罪行又遭到揭發，兩人垮臺後，芙蘿洛翠亞與妹妹艾薇拉率領的派系成了最大勢力。聽說哈爾登查爾如今重新恢復了生氣。

「此外，哥哥大人當初在協助我時還半信半疑，結果書籍賣得比他預期中還要好。所以，哥哥大人打算在哈爾登查爾內推廣印刷。」

「這真是好消息呢。」

但是想當然耳，印刷就需要紙。原本他們也打算同時成立植物紙工坊，然而因為我陷入沉睡，無法成立新的植物紙工坊。其實其他基貝也是，看見伊庫那的成功以後，紛紛想要參與製紙業。

「另外關於販售，也同樣受到了魔法契約的限制吧？」

我與商人簽訂的魔法契約，僅限在艾倫菲斯特這個城市。由於魔法契約的限制範圍相當模稜兩可，在不知道哪些行為會觸犯到契約的情況下，只能透過普朗坦商會販售。現在書本數量不多還無所謂，但總不能從今往後都是這樣的狀態，所以不少人都希望能夠解除這項魔法契約。聞言，我的雙手忍不住在大腿上緊握成拳。

……我才不想要解除與路茲還有班諾先生簽訂的魔法契約。

為了即便我被帶往貴族區仍能保有微弱的聯繫，又有理由可以見面，這是班諾絞盡腦汁想出來的解決辦法。而路茲也不顧自己可能會有危險，仍然作好了覺悟，簽下自己的名字。我一點也不想解除這樣的魔法契約。大概是內心的想法也表現在了臉上，艾薇拉露出了帶有安慰意味的微笑。

「羅潔梅茵，妳似乎擁有很好的緣分，守在妳身邊的都是好人呢。」

「……咦？」

「無論哥哥大人如何追問，普朗坦商會的人一律只是回答，詳細契約內容請去詢問奧伯・艾倫菲斯特，說什麼也不肯鬆口。因為是妳還在神殿生活時簽訂的契約，聽說是為了保護當時的妳吧。」

即便在上級貴族的包圍下，班諾也不願透露有可能揭穿我過往身分的契約內容。我好高興，又好以班諾與路茲為傲，輕輕點了下頭。

「但是，如果要保護妳，現在這個魔法契約的規模已經太小了。為了拓展書籍與印刷，需要重新簽訂更符合妳現在身分的契約吧？」

「……重新簽訂契約嗎？」

「是呀。縱然沒有了契約，妳與普朗坦商會的關係也不會因此改變。重新簽訂一個更符合妳現在身分的新契約，妳想如何呢？」

就算契約內容不一樣了，也不代表聯繫會就此斷絕。只要重新簽訂契約即可——確實就如同艾薇拉說的這樣。

……可是，這樣就不再是梅茵與路茲簽訂的契約了。

我將這句不能對任何人訴說的話語藏在心底，只是輕輕嘆了口氣。

冬季的社交

回到城堡生活以後，我每天都收到了大量的會面邀請函，侍從與身為我監護人的斐迪南不得不花費大把時間進行分類。提出會面請求的，全是想參與印刷業和製紙業的貴族。我無法判定哪些貴族可以會面，所以把這項工作都交給斐迪南他們，自己則是任由艾薇拉帶著我，與芙蘿洛翠亞還有夏綠蒂一起參加茶會。出席茶會的時候，貴族女性們依然紛紛詢問我有關印刷與魔力壓縮法的事情，不停為自己的丈夫與一族說著好話，害我聽得暈頭轉向。

另外，我直到這時才知道，原來艾薇拉與芙蘿洛翠亞每次在茶會結束之後，都會召開檢討會。她們會一起確認眾人在茶會上討論過的話題與傳聞，再整理出想詳細了解的資訊。為了學習如何蒐集情報，我與夏綠蒂也一起參加。

「羅潔梅茵、夏綠蒂，有哪位女性提起的話題吸引了妳們的注意力呢？」

「聽到許多話題都與姊姊大人有關，我好驚訝呢。氣氛與去年截然不同。」

夏綠蒂立即回答，但我無法馬上答話。因為在腦海中，我還無法把同桌貴族的長相與名字連起來。

「我的話……對了。我發現很多人都在討論魔力壓縮法呢。好像有許多人都想學習，請問名單已經協調好了嗎？」

「是呀，已經有好幾個人都只差得到妳的同意了。羅潔梅茵，韋菲利特與他的近侍們在貴族院的表現如何呢？」

芙蘿洛翠亞果然很擔心自己的兒子吧。我告訴她，韋菲利特很努力在宿舍裡頭帶領學生。

「至於能否把魔力壓縮法教給韋菲利特哥哥大人，我還無法決定。要看哥哥大人與表兄姊舉辦完茶會後的結果，這將是很重要的關鍵。」

「真教人擔心呢。是叫作蒂緹琳朵大人對嗎？亞倫斯伯罕的領主候補生與喬琪娜大人長得十分相像，有著一頭金髮，還有綠色眼眸吧？這也代表著，與十分疼愛韋菲利特的薇羅妮卡大人長得非常相似。」

我從未見過薇羅妮卡，所以並不清楚，但她似乎有著一頭金髮與綠色眼眸。想起韋菲利特第一次見到蒂緹琳朵時，臉上出現過感到懷念的表情，確實真的如芙蘿洛翠亞所說，我突然感到非常不安。

「我想一定沒問題吧，我和韋菲利特哥哥大人已經討論過了要在茶會上談論的話題。而且，他好像也會寫信請教斐迪南大人。」

我這麼安慰芙蘿洛翠亞後，這次換作艾薇拉憂心蹙眉。

「倒是蘭普雷特的事情讓我擔心呢。他與亞倫斯伯罕上級貴族的婚事不是沒能得到許可嗎？雖說是領地間的關係，這樣的決定也是非不得已，但希望亞倫斯伯罕的領主候補生不會因為這件事責怪韋菲利特大人。」

蘭普雷特還在貴族院就讀時，薇羅妮卡依然握有權勢，所以十分鼓勵貴族與亞倫斯伯罕多多往來。然而，如今情勢已經不同了，所以得不到領主的許可也是無可奈何。若要讓對方相信自己並非變心，自然需要展現誠意，但聽說與他領的人相戀時，領主的反對是種最溫和的拒絕方式。

「由於亞倫斯伯罕的地位比艾倫菲斯特要高，我也聽說過對方的父母並不樂見女兒與蘭普雷特交往，後來反倒是亞倫斯伯罕那邊的人不願放棄，真是教我驚訝呢。下次的領主會議恐怕很難安然度過了。」

「法雷培爾塔克的哥哥大人他們恐怕也會向我們請求協助，接下來必須想好該如何應對才行。」

「還會討論領地間的貿易活動吧？今年羅潔梅茵不只與王族有往來，甚至還有上位領地……目前掌握到的情報實在太少了。」

……對不起喔。我沒想到艾倫菲斯特內部會如此缺乏情報，我也只是照著養父大人說的，努力推廣新流行而已。

「不過，姊姊大人醒來以後，大概是聽聞魔力壓縮法與印刷業有了新進展，我覺得派系的勢力比起去年，好像一下子成長了許多呢。」

「夏綠蒂說得沒錯。因為只有加入我們的派系才能習得魔力壓縮法，所以開始有中級貴族與下級貴族依附過來，想要加入我們的派系。」

我不曉得去年的情況，無法比較，但派系的勢力似乎一口氣茁壯不少。

「羅潔梅茵，高明地向他人展示相同陣營的好處，可是非常重要的唷。」

艾薇拉說完，微微一笑。

就這樣，我一邊參加女性的茶會累積經驗，一邊學習了如何蒐集與整理情報，還有應該要如何向文官下達指示，才能蒐集到更加詳盡的資訊。夏綠蒂因為明年也要在貴族院做這些事情，聽得非常認真。身為姊姊，我也不能輸給她。

「羅潔梅茵，在貴族院舉辦茶會時，也麻煩妳盡量蒐集到資訊，然後向我們報告吧。領主會議開始前，我希望能掌握到越多情報越好。」

聽了芙蘿洛翠亞的要求，我腦袋裡充滿問號。

「養母大人，但我聽說我在領地對抗戰快要開始前才能回去。領地對抗戰是在畢業儀式的前一天吧？我有時間能參加茶會嗎？」

斐迪南說過，因為我的社交水平太低了，要等到快結束前才會讓我返回貴族院，怎麼看我好像都沒有時間能舉辦茶會、蒐集情報。

「無論是為了蒐集情報，還是為領地對抗戰進行準備，羅潔梅茵是不是該早些回去比較好呢？很多場合都需要領主候補生出席吧？」

「但是，斐迪南大人對此不太贊同呢。會不會到時又惹出其他麻煩呢？」

芙蘿洛翠亞與艾薇拉互相對視後，不約而同按住了太陽穴。眼看她們對於該如何處置我這麼傷透腦筋，我在心裡鄭重道歉。

……對不起喔，我是個這麼缺乏貴族常識的孩子。但明年一定會很順利！

我會照著大家的指導努力加油！但才剛握起拳頭，腦海一隅好像傳來了斐迪南的話聲說：「妳太有幹勁只會造成反效果。」

「羅潔梅茵，從春天到秋天這段期間，能成立多少間工坊？」

大概是已經過濾完了會面邀請函，斐迪南傳喚我過去，問了我有關增設工坊的問題。雖有很多貴族都提出請求，希望能開設製紙工坊，但實際上能開設的工坊數量有限。因為能派去擔任指導員的人手並不多。

「印刷工坊因為印刷機的零件都要在平民區製作，又必須讓古騰堡夥伴們前往當地設置，還得傳授技術，所以我想今年是不可能的。而且，我已經預計春天要前往哈爾登查爾一趟，目前也沒再委託古騰堡們製作新的印刷機。」

若想成立印刷工坊，必須事先請當地的鍛造工坊、木工工坊與商業公會作好準備，否則無法順利進行。今年能夠做的，頂多是決定好前往的順序。

「想成立印刷工坊的貴族之後再說，我想先與希望能成立製紙工坊的貴族會面。」

「製紙工坊的數量就沒有限制嗎？」

「如果大家和伊庫那不一樣，並不打算花費一整年的時間開發特有紙張，那麼只是提供佛苓紙的做法與調配比例而已，我想製紙工坊的數量應該可以多一點。當然，考慮到還要派遣指導員與普朗坦商會的人前往，能增加的數量還是不算多。」

開設製紙工坊時，因為也要在當地成立艾倫菲斯特紙協會，所以普朗坦商會至少要派一人前往，也需要有指導員前往現場操作示範。普朗坦商會能指派的員工不多，神殿能外派出去擔任指導員的灰衣神官也不多。就算請哈塞與伊庫那的工坊也幫忙派出人手，一年大概也只能開設三間工坊吧。

「可是，應該有很多貴族都想開發當地特有的紙張，與其他地方做出差異吧？」

「這部分讓他們自己去研究就好了。」

斐迪南肯定是覺得這樣子更有趣。

……雖然瘋狂科學家可能無法理解，但並不是所有人都喜歡研究喔。

「我明白妳的主張了。那麼為了盡快增設工坊，也問問伊庫那能否派出指導員吧。這件事是首要之務。」

斐迪南如此作出結論後，安排了我與基貝・伊庫那的會面。

由於敲定了要與基貝・伊庫那會面，我決定先與達穆爾談談。借來了防止竊聽用的魔導具後，我在侍從與其他護衛騎士的環繞下，詢問達穆爾。

「達穆爾，如果你見到布麗姬娣會很痛苦，不執行護衛任務也沒關係喔。」

「……不，我要繼續工作。」

「真的沒關係嗎？那個……不會還有留戀之類的嗎？」

看見達穆爾聽到布麗姬娣的名字後臉色變得僵硬，我這麼問道，他卻瞠大雙眼。

「羅潔梅茵大人，您究竟是在哪裡聽到這種話的?!啊，是女性們參加的茶會嗎？唉……」

我並不是在茶會上聽過這種話，但達穆爾自行這麼理解後，我默默等著他的回答。

達穆爾的眼神四處游移，尋思了一會兒後，才開口說：

「比起留戀，我內心更多的是後悔……都怪我思慮不周，才讓布麗姬娣留下了這麼難堪的回憶。我對此非常後悔。」

達穆爾的回答，與斐迪南簡單報告過的內容，聽起來像是有截然不同的內情。

「斐迪南大人告訴過我，你們兩人因為身分不同，很難結為連理，但我還是不太明白，到底是哪裡有困難呢？」

「其實直到兄長訓斥我之前，我也不太明白。先前我從來沒有意識到，原來上位貴族與身邊人們的看法和我完全不一樣。」

達穆爾始終都打算繼續擔任我的護衛騎士，與布麗姬娣結婚以後，也會住在貴族區。因為當年是我在他犯錯時出言袒護，又提拔他為護衛騎士，所以除非我將他解任，否則他都認為自己理所當然要繼續侍奉我。

然而，旁人的看法未必與他相同。聽說在達穆爾的哥哥漢力克看來，達穆爾若不入贅至伊庫那，根本是愚蠢至極的行為，畢竟身為下級貴族的他們竟能與擁有土地的中級貴族結親，達穆爾等同是自行放棄了一般人求之不得的好運。

「兄長當時告訴我，我居然想迎娶布麗姬娣進門，簡直有勇無謀……我根本不知道該怎麼做，才能讓基貝的妹妹過上安枕無憂的生活。況且如果我入贅至伊庫那，便能升為中級貴族；但布麗姬娣若嫁給我，她就會降為下級貴族。」

達穆爾說他從未仔細想過布麗姬娣變作下級貴族以後的情形，還是漢力克一一為他舉例說明。一旦從中級貴族變成下級貴族，布麗姬娣與所有認識的朋友還有家人，都必須改變以往至今的相處方式。不僅要重新學習下級貴族的社交方式，生下來的孩子也將是下級貴族的身分。

「……這樣會對布麗姬娣造成很大的負擔呢。」

原本關係對等的家人一旦身分有了差距，究竟會有什麼樣的變化呢？想像以後，我咬住嘴唇。因為我想起了從前家人跪在自己面前、說著敬語，彷彿面對陌生人般向我道別時的情景。

「此外，伊庫那因為先前布麗姬娣取消了婚約，在前未婚夫的惡意挑撥下，當時本在伊庫那內任職的下級貴族幾乎是跑得一個也不剩。我儘管曾經聽聞基貝·伊庫那還得親自前往各地，卻沒有真正明白那是什麼樣的情況。」

達穆爾平常只會往來於神殿與騎士宿舍，連老家也不會回去，所以完全不曉得。但是，對於身為文官的漢力克來說，這幾乎是無人不知、無人不曉的事情。聽說旁人都認為布麗姬娣結婚以後，當然會返回伊庫那輔佐兄長。

「兄長問我，我真的以為在甚至很難開口找家人商量的情況下，布麗姬娣能以下級貴族的身分在貴族區生活嗎？他還說一般應該是我要辭去護衛騎士的工作，然後入贅至伊庫那。我也才發現自己從來沒想過，布麗姬娣與我成婚後生活會有什麼改變。」

護衛騎士確實是一份值得自豪的工作，但對於身為下級騎士的達穆爾來說，卻也是難以置信的提拔。事實上達穆爾因為我教給了他魔力壓縮法，魔力仍在成長當中，聽說因此招人眼紅，還有人認為應該要換掉他，改由中級或上級騎士擔任護衛騎士。

「由於我從羅潔梅茵大人還在神殿時就一直侍奉您，所以不太可能解除我護衛騎士的職務吧，但其實只有極少數人知道這件事。不只兄長，連布麗姬娣也不知道，所以她也以為我理所當然會入贅。」

想不到各自以為的理所當然，竟有這麼大的出入——達穆爾垂下腦袋。

「……原來身分的差異，會有這麼深遠的影響呢。我還以為只要彼此喜歡，就可以克服所有難關。」

「說來慚愧，我原先也這麼認為。還以為只要魔力相當，就能克服所有阻礙。是我不夠深思熟慮。明明是我向布麗姬娣求了婚，最終卻拒絕她，說我無法前往伊庫那。」

……什麼！原來是達穆爾甩了布麗姬娣嗎？對不起喔。我一直以為鐵定是布麗姬娣甩了達穆爾。

「不久的將來，達穆爾一定也會遇到適合的對象喔。」

「學習了羅潔梅茵大人的魔力壓縮法以後，我的魔力成長到了足以向布麗姬娣求婚，下級貴族的女性中幾乎沒有人與我魔力相當，這種情況下您仍然如此認為嗎？」

達穆爾用極其哀怨的眼神看著我，我默默別開視線。

「咦？呃、呃，從現在開始，應該也會出現學習了壓縮法後魔力增加的下級貴族喔。想必會有年輕又可愛的女孩子圍繞在達穆爾身邊……應該吧。」

「這樣的對象太年輕了。與羅潔梅茵大人同齡的女性到了適婚年齡時，我都已經二十幾歲了。」

達穆爾顯得萬分消沉，但我聽說貴族夫婦有這樣的年紀差距並不少見。只要多加把勁，一定沒問題。雖然要加油的人是達穆爾啦。

「只要在那之前繼續增加魔力，順便多存點錢，發揮自己成熟男人的魅力……總之先試試看吧。我也會為達穆爾加油。」

「難道不能像布麗姬娣那樣，也介紹一門好親事給我嗎?!」

由於看起來實在太可憐了，我不由得問：「要不要我替你拜託母親大人呢？」達穆爾立即回道：「千萬拜託了。」下次拜託看看母親大人吧。

到了與基貝・伊庫那會面當天，我與斐迪南、侍從，還有包含達穆爾在內的護衛騎士們，一同走進會面用的房間。基貝・伊庫那夫婦與布麗姬娣夫婦已經在裡面了。也許是因為結了婚的關係，布麗姬娣給人的感覺比以前還要柔和，也更有女人味了。浮現在臉上的柔柔笑意顯得十分幸福，讓我鬆了口氣。

一行人當中只有布麗姬娣的丈夫是初次見面，他走上前來，在我面前跪下。

「羅潔梅茵大人，歷經生命之神埃維里貝的重重嚴格遴選，得以有幸與您會面，願能為您獻上祝福。」

「准許你。」

「我是維克多，布麗姬娣的丈夫。能見到您是我的榮幸。」

維克多的談吐沉著穩重，一眼就給人文官的感覺。文官人數極度不足的伊庫那想必非常需要他這樣的存在吧。他與基貝・伊庫那還有布麗姬娣站在一起時，感覺也十分順利地與他們融合在一起，看得出來是很適合的對象。

……母親大人果然厲害，居然能找到這樣的人。

我看著維克多在心裡頭暗暗佩服，接著留意到了站在基貝・伊庫那身後，手上拿著寫字板的人很眼熟。雖然氣質變得與以往有些不同，但原來是前灰衣神官沃克。我怎麼也想不到能在城堡裡見到沃克，驚訝地張大眼睛。注意到我的視線後，沃克露出了懷念又高興的笑容回應我。這種場合畢竟不能與沃克攀談，我把目光投向布麗姬娣。

「羅潔梅茵大人，別來無恙了。」

「看見布麗姬娣氣色這麼紅潤，我也很高興。」

「沒能等到羅潔梅茵大人醒來，是我心中唯一的缺憾。」

聽說布麗姬娣本打算只訂婚約，等我醒來以後再結婚。但是，是艾薇拉建議她應該早點結婚，把人手帶回伊庫那。她認為應該趁著當下還沒有競爭對手的時候，盡可能開拓銷路，廣為販售紙張。艾薇拉還說了她希望在哈爾登查爾開始印刷之前，伊庫那能夠多印些紙張。

「儘管結了婚，但還沒有體驗到新婚生活，艾薇拉大人與普朗坦商會便接連催促我們做出紙張，伊庫那的居民都過著忙碌又開心的生活呢。」

布麗姬娣說完，維克多也放柔表情點頭。

「羅潔梅茵大人醒來後，一旦各地開始成立工坊，伊庫那也將失去原有的優勢，所以我們也正全力開發新紙張。」

「多虧有羅潔梅茵大人的援助與製紙工坊，如今下級貴族都回來了，管理起土地也輕鬆許多。謹此向您獻上由衷的感謝。」

基貝・伊庫那夫婦說完，在我面前跪了下來。

「另外，這是我們做好的新紙張，還請羅潔梅茵大人笑納。這種新紙張的材料是苓梵夷，在伊庫那比起佛苓更容易取得。也許可以用來製作普朗坦商會十分想要的蠟紙。這些紙請您拿去做研究吧。」

基貝・伊庫那遞來了一疊薄透到彷彿能看見另外一邊的紙張，並用伊庫那特有的堅硬光滑紙張包起來，以免壓壞折到。我小心地拆開包裝，捏起其中一張紙。看來在我沉睡期間，工匠們的手藝又更進步了。看著這麼薄的紙張，我忍不住笑逐顏開。因為至今都只能用陀龍布製作蠟紙，今後若能改用這種紙張，蠟紙的價格將能壓低許多。當然，印刷的成本也會下降。

……書本可以賣得便宜一點了！萬歲！

「謝謝你們。我會馬上讓工坊的人研究看看，能不能用來製成蠟紙。」

我只差沒用臉頰磨蹭地欣賞著新紙張時，布麗姬娣稍微壓低音量。

「羅潔梅茵大人，另外還有一項不知有無用處的資訊想向您報告。用魔樹南娑扶製成的紙張，擁有類似魔導具的功用。」

「用魔樹製成的紙張，有時仍會保有魔樹的特性呢。有什麼新發現嗎？」

比如用陀龍布做成的紙，也有不易燃燒的特性，但因為不能拿出來舉例，所以我含糊其辭地這麼問道。布麗姬娣說了，他們在工坊會把做失敗的紙張撕碎，重新做成紙漿再抄紙。聽說他們同樣把做失敗的南娑扶紙撕開後，碎散的紙片竟然動了起來，往最大張的碎片聚集。

「我在想羅潔梅茵大人與斐迪南大人，或許會曉得這樣的特性能運用在什麼地方上，所以才向兩位報告。」

「那些紙我買下來吧，你們手邊有帶來的南娑扶紙嗎？」

聽完布麗姬娣的報告，研究熱情尚未消退的斐迪南立即開口問道。他連價格也沒問，就決定要買下來。

「我們帶來了十張南娑扶紙當樣品，但由於紙張的買賣必須透過普朗坦商會，所以要到初春才能交給兩位。」

「嗯……不日奧伯．艾倫菲斯特將傳喚普朗坦商會，到時再與他們協商買紙一事吧。時間確定後再通知你們。」

看來斐迪南是無法等到春天，但基貝．伊庫那聽到能夠賣出南娑扶紙，顯得相當高興。斐迪南看著面帶微笑的他，表情忽然變得嚴肅。維克多見了也立即挺直背脊，沃克重新拿好鐵筆與寫字板。

「基貝．伊庫那，由於羅潔梅茵已經醒來了，今後將在艾倫菲斯特內拓展製紙業。為此，普朗坦商會與神殿的工坊都預計派出人手，就如同當年派人前往伊庫那。但是人手實在太不充足，我希望伊庫那也能派出三、四名指導員，教授製紙的方法。」

「斐迪南大人……這個要求太強人所難了。」

回答的不是基貝．伊庫那，而是維克多。他說明如今都由伊庫那負責製紙，人手本就不足以應付需求量，而且對於要幫忙增加更多的競爭對手，他也面露難色。但是，基貝打斷了維克多。

「維克多，你說的固然有理，但當初是羅潔梅茵大人提供了知識與技術給我們，才能有現在的伊庫那。我早已作好覺悟，只要羅潔梅茵大人希望我們提供協助，定當竭盡所能。羅潔梅茵大人，還請您詳細說明。」

基貝．伊庫那面帶微笑，要我們接著說下去。布麗姬娣也表示贊同地點了點頭。他們願意答應讓我非常高興，覺得心頭暖洋洋的。

「我們很想增設製紙工坊，但沒有足夠的人手可以一次派往多個地點。為此，我們才希望伊庫那也能幫忙派出幾名指導員。只不過，當初我們是把灰衣神官借給伊庫那一年的時間，研發當地特有的紙張，但這次只要把佛苓紙的做法教給其他土地就可以了。由於必須在春天到秋天這段期間去好幾個地方，並不會在同一個地方停留很長的時間，也不需要傳授其他紙張的做法。」

我說明完，斐迪南接著補充。

「為了今後與中央的貿易，目前的首要之務是增加製紙工坊的數量。至於活用當地的材料製作新紙張，會交給當地的人自己去研究。維克多，所以你暫時還不必擔心伊庫那會失去優勢。」

聽到伊庫那仍能保有優勢，維克多的表情放鬆下來。

「羅潔梅茵大人當初竟派遣了灰衣神官在伊庫那停留一年的時間，如今我已明白這是多麼可貴的優待。為了艾倫菲斯特今後的發展，我們自當鼎力相助。」

至於詳細情況，說好了等購買南娑扶紙時，再與普朗坦商會一起討論。

……到時候又要在貴族的包圍下討論事情了，班諾先生沒問題嗎？

我正想著這件事時，本在門口護衛的達穆爾忽然一臉肅穆，朝黎希達走去。似乎是要傳達什麼消息。聽了他的通報，黎希達瞪大眼睛揚起眉，走向斐迪南。

「很抱歉打擾各位。騎士團捎來通知，說是冬之主出現了。」

黎希達說完，斐迪南迅即起身。達穆爾以外的護衛騎士們神色也變得緊張。我回想了自己見過的討伐光景。討伐冬之主時，我的家人像是卡斯泰德與艾克哈特他們都要加入戰鬥。如果能讓大家在戰鬥時輕鬆一點，我想給予祝福，所以仰頭看向斐迪南。

「斐迪南大人，請問需要我的祝福嗎？」

「有的話最好。基貝．伊庫那，抱歉，今天的會面就到此為止。」

「是。千萬別再耽誤各位的時間，我們就此告辭。」

基貝夫婦站了起來。維克多面帶苦笑，輕拍布麗姬娣的肩膀。

「布麗姬娣，妳的表情也太可怕了。現在妳已經不是騎士了吧？」

「因為周遭都是熟識已久的面孔，我好像一時間產生了錯覺呢。」

經維克多提醒後，布麗姬娣露出了有些難為情，但也有些落寞的笑容。

「那麼別再打擾各位，我們就此失陪了。敬祝一切順利。」

基貝．伊庫那一行人離開時，沃克也跟在他們身後，我忍不住出聲叫他。

「沃克。」

似乎沒想到我會叫住他，沃克滿臉驚訝地回過頭來。

「你和妻子處得還好嗎？在伊庫那過得幸福嗎？我一直很想知道這些事情。」

對我來說，沃克是頭一個被人買走的灰衣神官。而且還不是買回去當作勞工，而是想讓他與一名女性結婚。從前完全不曉得何謂結婚與家庭的灰衣神官，現在究竟過得如何了？我一直非常好奇。雖然感受到了斐迪南帶有譴責意味的眼光，但我還是問了出口。沃克來到我跟前恭謹跪下。

「我將羅潔梅茵大人的指點牢記在心，凡事都不是一味忍讓，而是透過好好溝通，與伽雅不斷努力，懂得互相讓步。羅潔梅茵大人陷入沉睡的時候，我也有了孩子，首次明白家人是什麼樣的存在。每當在每一天的生活中感受到微小的幸福，便由衷感謝指引我走上這條路途的羅潔梅茵大人。」

沃克回答時神情充滿驕傲，表現出來的樣子再也不是侍奉主人的灰衣神官，而是支撐著一個家庭的父親。

風雪止息與接到召見的商人們

「達穆爾，作好討伐的準備。準備完後回到這裡集合，再前往騎士團的訓練場。羅潔梅茵，妳留在這裡待命！」

能夠參加冬之主討伐的只有已經成年的騎士，見習騎士不能前往。安潔莉卡雖然已經獲准隨我前往神殿，但這次還不能參與冬之主的討伐。

我依著指示與見習護衛騎士們一起待命，在基貝．伊庫那一行人已經離開的房間裡重新坐好。黎希達立即去拿來我的禦寒衣物。

「要是能帶貴族院的見習騎士們去參觀就好了，可以學到很多東西呢……」

「大小姐，這麼危險的事情不會得到許可唷。」

「我想也是。帶著多餘的累贅，也只會造成騎士團所有人的負擔。」

現在見習騎士們的團隊合作十分糟糕，雖然讓他們觀摩騎士團的實戰會很有幫助，但在隨時都有生命危險的戰場上，當然不能帶著只會變成累贅的見習騎士們前往。

……不過，真希望這裡至少有攝影機呢。

達穆爾與斐迪南穿上鎧甲與披風回來了。

「讓你們久等了，前往騎士團的訓練場吧。」

我讓黎希達與見習護衛騎士們坐上小熊貓巴士，努力不跟丟斐迪南與達穆爾的披風，衝進猛烈的暴風雪中。

抵達訓練場時，騎士早已排好隊伍。卡斯泰德、艾克哈特與蘭普雷特都在其中。他們見到小熊貓巴士的出現都睜大眼睛，我朝他們輕輕揮手。

「久等了。」

斐迪南說道，全員一致跪了下來。我也走出騎獸，站到他旁邊。

「艾倫菲斯特的聖女說她願意向神獻上祈禱，給予我們祝福。」

我走到依然跪著的騎士們前方，變出思達普高高舉起。我一邊注入魔力，一邊希望著祝福能落到每個人身上，向英勇之神獻上祈禱。

「願火神萊登薛夫特的眷屬，英勇之神安格利夫給予眾人庇佑。」

熟悉的藍光從思達普往外飛出，灑落在騎士團的騎士們身上。由於人數眾多，我也消耗了比預期中要多的魔力，卻沒有像上次討伐司涅圖姆時那麼疲倦。果然是因為浸過尤列汾藥水，融掉了凝固的魔力後，魔力增加了吧。

「感謝聖女的祝福。接下來直到討伐結束為止，妳別離開北邊別館半步。見習護衛騎士們也要看緊羅潔梅茵。柯尼留斯，聽到了嗎？黎希達，麻煩妳們留守了。」

「是！」

「我知道，斐迪南小少爺。」

由於要我們先回城堡，我與黎希達一起坐進小熊貓巴士。返回城堡時，換作見習護衛騎士們在前方領路。我緊盯著柯尼留斯、安潔莉卡與萊歐諾蕾的披風，躍進暴風雪中，並在身後聽見有人喊道：「準備出擊！」

騎士團過半的騎士都前往討伐冬之主後，由於護衛人數減少，直到討伐結束之前，我與夏綠蒂都不能離開設有結界的北邊別館。既然只要待在北邊別館就沒問題，我當然是看看書、與夏綠蒂一起喝茶……這可能是我醒來以後，過得最輕鬆愜意的時光。

此時此刻，我也與夏綠蒂一起喝茶。「姊姊大人難得從貴族院回來了，卻馬上前往了神殿吧？後來又一直忙著參加社交活動，所以我一直很想與姊姊大人單獨舉辦茶會呢。」聽到夏綠蒂說了這麼可愛的話，我怎麼有辦法拒絕呢？仔細想想，上一次單獨與夏綠蒂兩人舉辦茶會，已經是兩年前被韋菲利特打斷時的事了。

「以前在討伐結束之前，父親大人與母親大人那幾天都會留在房間陪我，所以我總是期待著冬之主的討伐快點開始呢。」

她說冬季期間父母親都要忙著參加社交活動，所以那幾天是能一起悠哉度過的寶貴時光。夏綠蒂回想從前的生活時，我發現她經常提起麥西歐爾，但她與韋菲利特明明只差一歲，卻幾乎沒有提到他。原來因為韋菲利特是與薇羅妮卡一起在東邊別館生活。

「同樣是兄弟姊妹，竟然差這麼多，真教人感到寂寞呢。」

「……對當時的我來說這是正常的，所以並不怎麼感到寂寞喔。只不過，祖母大人對我總是很嚴厲，對哥哥大人卻非常溫柔，這點讓我十分羨慕。」

面對與芙蘿洛翠亞神似的夏綠蒂，聽說薇羅妮卡總是疾言厲色。而我因為對外宣稱從小在神殿長大，所以沒有什麼往事能說。況且設定中我還從沒見過母親，是在卡斯泰德的請託下由斐迪南代為照顧。感覺不管我說什麼都會露出馬腳，所以我在回想設定的時候，話也變得比平常要少，夏綠蒂似乎以為她觸及了我不願回想的痛苦過往，話鋒一轉改變話題。

「有關神殿的事情下次再說吧。對了，姊姊大人成為領主以後想做什麼呢？」

「但我並不會成為領主喔？」

「這是老師出給我的題目，想知道我當上領主以後，打算如何治理領地。我很好奇姊姊大人會怎麼回答，所以才想問問您……」

這就像是小孩子聚在一起，討論大家對將來有什麼夢想，長大以後想做什麼嗎？我「嗯、嗯」地聽著夏綠蒂說話，這樣心想道。

……如果能由我治理領地的話，答案當然只有一個啊！

「如果我成為了領主，我要讓領地擁有數之不盡的藏書。不只要成立很多印刷工坊，還要讓城市成為圖書之城，想委託我們印製的原稿將從各地蜂擁而至。每天、每個月都有某間工坊會印出新的書籍，是塊帶給人們幸福的領地喔。而且居民都有義務要把書本獻給領主，那麼我就可以最先拿到所有新書。書本的數量還會增加到需要擴建甚至是增設圖書館，另外也要教導領民識字，讓更多人懂得閱讀的樂趣，所有人也都能盡情看書……啊啊，真是太棒了！好幸福喔！這正是我理想中的國度！」

……啊嗚?!糟糕！我嚇到夏綠蒂了！

夏綠蒂一臉錯愕地看著我。我好像有些太激動了。

「當、當然這只是夢想啦。我不認為很快就能實現……但我也會持續努力，希望總

有一天能實現這個心願。」

「姊姊大人真的很愛書呢。」

夏綠蒂咯咯笑了起來，溫柔的笑臉就像在說著「真拿姊姊大人沒辦法」。見習護衛騎士與侍從們也都強忍著笑，黎希達則是完全無言以對。

……啊啊啊啊啊，失敗了。我應該回答得更帥氣一點才對！雖然我也完全想不到有什麼帥氣的回答就是了。誰快來提供模範解答給我吧！

發生了這個讓人有些難為情的插曲後，我們接著繼續喝茶，聊到了我在貴族院成立的成績向上委員會，夏綠蒂也告訴了我今年兒童室的情況。

黎希達領悟到我只要和夏綠蒂在一起，就會特別有幹勁，所以都安排我們兩人一起練習飛蘇平琴，還有日後嫁人該學習的蕾絲編織與刺繡。雖然完全被身邊的人操控在股掌之間，但也無可奈何。畢竟我就是想讓夏綠蒂覺得：「姊姊大人好厲害！」

我一邊心想著好想看書喔，一邊繡著花朵，想起麗乃那時候母親也曾說：「好了，我們一起做吧。把書闔起來！」然後強迫我刺繡。基本上衣服只要用買的就好，有些布上頭甚至都印好了圖案，更何況用縫紉機也能刺繡，幹嘛要自己動手做這麼麻煩的事情呢──曾經湧現的想法又在此刻鮮明浮現。

曾以為根本派不上用場的主婦工藝，現在居然這麼有用……

稱得上優雅也可以說無聊的日子過了幾天後，冬之主的討伐似乎結束了。放晴的藍天顯而易見。神色憔悴不堪的騎士們回來後，柯尼留斯告訴我大家會先輪流休息，所以又過了好幾天。

在大家休息完回到工作崗位之前，我先寫了信給普朗坦商會，讓他們可以預先作好準備。我也在信中告訴班諾，基貝．伊庫那已經同意提供協助；今年預計只在哈爾登查爾設立印刷工坊，明年才會前往其他土地增設，也請古騰堡們作好準備；還有請他們提供資料，列出增設印刷工坊時該先作哪些準備；最後，是斐迪南想買下伊庫那的南娑扶紙。我把信交給黎希達，請她吩咐文官，連同城堡的邀請函一起送去給普朗坦商會。

我順便也整理了在神殿與商人的談話內容，以及與基貝．伊庫那的會面結果，寫成報告書提交給齊爾維斯特。我想斐迪南應該也會向他報告，但畢竟大家經常要我別忘了報告、聯絡、商量，斐迪南的報告內容，也可能與我比較偏向商人觀點的報告不太一樣。此外，雖然不久後將接到傳喚，前來一同商議，但身為平民的班諾他們恐怕不會被允許當場回話。如果通常都是由貴族單方面下令，那麼為免齊爾維斯特太過胡來，最好事先告知他一聲，以我們目前的能力能夠做到哪些事情。

……萬一養父大人又和平常一樣下達強人所難的要求，導致班諾他們無法做到，到時候可不是商人完蛋，而是艾倫菲斯特完蛋。

這次和以前不一樣，並不是換掉沒能完成指示的領頭商人，或是摧毀店家、再丟給另一間商會處理就好。面對王族與庫拉森博克若有半點閃失，被換掉的領導人可不是商人，而是齊爾維斯特。

……噢噢，好恐怖、好恐怖。

騎士們全部回到工作崗位上後，在城堡的生活也回歸日常。給予騎士團祝福後至今已經過了一週，我終於又能出入本館。

這天因為先前提交的報告書，我被叫到了領主的辦公室。

「羅潔梅茵，妳的社交能力雖然讓眾人搖頭，但談起怎麼做生意還真有兩下子。」

「人各有所長嘛。」

……而且在平民區可以有話直說，心情也比較輕鬆啊。貴族間的社交好難。

由於貴族們講話實在太拐彎抹角了，有些話我直到現在還搞不懂意思，不然就是有些會錯意。茶會舉辦完後，與艾薇拉她們在檢討會上一起討論時，我不時會發現自己的解讀與原意差得有點遠。而且因為雙方都用兜圈子的講話方式，就算解讀出了錯，仍不阻礙對話繼續進行，這點實在太恐怖了。

「妳說最多只能與兩個領地簽訂貿易契約，不能再增加了嗎？」

「絲髮精與髮飾因為已經在艾倫菲斯特流行起來，所以我曾聽說多了幾間工坊，但是今後一旦與大領地簽約，還不曉得顧客人數會增加多少。」

雖然已經從領地有多少學生正在就讀貴族院，推算出領地大約有多少人，但如果簽約的領地還不多，商品的數量也十分稀少，勢必會有許多商人都想盡量多買進商品，藉此獲利。

「要是結果商品數量供不應求，使得簽訂契約的對象心生不滿，對我們來說只有百害而無一利。至於植物紙因為有魔法契約的限制，目前尚未增設任何工坊。若是太過心急，一下子增加太多貿易對象……屆時難道不會違反領主之間的契約嗎？」

下次領主會議時，奧伯・艾倫菲斯特恐怕會備受指責——大家顯然都聽懂了我的弦外之音。不只齊爾維斯特，多半將一同參加領主會議的文官們也點頭表示明白。

「我明白為什麼要嚴格挑選簽約對象了。還有，就是妳寫在報告書裡的提議。妳說因為實際上買賣商品的都是商人，為了領主會議，最好也要蒐集平民區的情報……」

齊爾維斯特說到這裡頓了一下，難以啟齒似地看著我。

「我也認為妳在報告書上寫得沒錯。但是，文官只要向商人下令，他們便會依令行事。所以文官們皆表示至今的做法也沒出什麼問題，不願蒐集平民區的情報。」

「……畢竟會自願前往平民區的文官，真的非常少見呢。」

我孤陋寡聞，會興沖沖地前往平民區的文官就只認識那麼一個。如果可以把領主包括進來，這樣的貴族也只有兩人。畢竟平民區環境髒亂又臭氣沖天，我也能理解貴族不想靠近的心情。

「既然如此，為了日後能在平民區蒐集情報，我認為應該在領主的主導下，盡快整頓平民區。根據出入羅潔梅茵工坊的商人們所言，看在他領商人眼裡，都覺得艾倫菲斯特的平民區非常髒亂，而且毫無魅力可言。」

「難道其他地方的平民區都乾淨整潔嗎？」

平民區很髒亂是正常的。畢竟是平民居住的地方，這也無可厚非——想必是一直有這樣的想法，齊爾維斯特一臉驚訝。在齊爾維斯特兩側待命的文官們也是相同表情。

「我沒有造訪過他領，所以無法確認。但是，這是曾前往其他城市的旅行商人提供的資訊，我想應該有些可信度。」

「……嗯。」

「至今因為他領的貴族與商人很少來訪，我們都只知道艾倫菲斯特領內的情況吧。但是，今後一旦有中央或庫拉森博克的商人來到此地，真不曉得他們會對艾倫菲斯特有什麼觀感……」

對方也許會心想，平民區就在領主所在的貴族區底下，竟然還是這副模樣……對商品的評價有可能連帶下降。我試著這樣開導，文官們卻好像無法意會過來。

「羅潔梅茵大人，平民區與貴族區並不一樣。只要如同既往，在貴族區款待貴族便沒有問題吧？」

文官回答得一派理所當然，但齊爾維斯特曾實際在平民區裡走動過，想必明白了我想表達的意思吧。他勾起嘴角，環視文官。

「你們試想，我們明明答應了他人的來訪，前往迎接的侍從卻儀容不整，說好要提供的物品也沒有準備充足數量。連庭院、玄關和走廊都滿是泥巴，還在這樣的狀態下接待客人。換作你是訪客，看見了這樣的侍從與宅邸，會對負責管理的主人有什麼看法？縱然會客室打掃得一塵不染，主人也穿戴整齊，但你還能給出正當的評價嗎？這就是羅潔梅茵想表達的意思。」

聽了齊爾維斯特精準的比喻後，文官們瞬間正色。來自他領的訪客在進入貴族區之前，必定會經過平民區。雖然這裡的居民都分別稱作貴族區與平民區，認為兩邊是完全不同的地方，但看在外人眼裡，一樣都是艾倫菲斯特這個城市。

「我們明白了，看來必須盡快將平民區整頓潔淨。」

……嗯、嗯。能明白真是太好了呢。

「那麼是否該先讓所有平民離開，重新建造平民區？」

……咦？給我等一下，你剛才說什麼？

「現在沒有多餘的魔力，要重新建造平民區恐怕不太可行。不過，還是先來設計看看該怎麼重新建造吧？」

……不妙。要是交給養父大人與文官，感覺連整頓城市也很危險！

「請等一下，還是先從能做的事情開始做起吧。像是提供給平民必要物品，讓他們能清理穢物，還有要求他們打掃街道，規定大家必須洗手和淨身，維持儀容的整潔。」

「也是。羅潔梅茵說的沒錯，現在沒有多餘的心力大幅重建平民區，畢竟現在的魔力實在太不充足了。」

……不不不，我從頭到尾沒提到過魔力吧？

不過，真是幸好艾倫菲斯特現在魔力不足，才避免了太過突然又太過戲劇化的平民區大改造，眾人一致決定要循序漸進慢慢改善。我暗暗如釋重負。沒想到只是試著提議而已，竟然會出現這種發展。

……差點就要重蹈哈塞小神殿的覆轍了。真是好險、好險。

似乎成功地讓文官們稍微意識到平民區也是艾倫菲斯特的一部分後，又過了幾天的時間。這天商人們將在第三鐘來到城堡。由於我希望在會面之前，能先取得普朗坦商會提供的資料，看過以後再謁見奧伯，所以只有普朗坦商會上午就來到城堡，其他人是下午才過來。

「羅潔梅茵，正式會面前的談話，有幾名文官也會出席。他們說想旁觀妳是如何與商人交涉。」

據斐迪南所言，文官們雖然明白了必須蒐集平民區的情報，但也因為至今只會命令，現在反而不曉得該怎麼應對才好。

「我猜他們也想藉此確認，年幼的妳是否被商人操縱在了股掌之上。畢竟拒絕反而不自然，所以我答應了他們。屆時妳必須特別留意表情的變化，也要控制自己的情感。」

接著，斐迪南用旁人聽不到的小聲音量說道：

「平民區是妳最大的弱點。只要關係到平民區，我總預測不了妳會做出什麼失控舉動。別再讓人發現妳與普朗坦商會的關係了。就連艾薇拉也有所察覺，告訴我妳似乎十分重視與普朗坦商會的聯繫，不想解除魔法契約……這樣只會讓他們面臨危險。」

一旦對妳懷有惡意的人知道了妳的弱點，妳也能預料到他們會怎麼做吧？斐迪南這麼問我，我點了點頭。

「在返回神殿之前，一定要克制住自己的情緒。」

「……是。」

我與斐迪南分別帶著自己的近侍走進房間，普朗坦商會的三人已經在裡頭等候了。除了他們以外，還有四名文官也成排站開。基貝・伊庫那與維克多則坐在椅子上等候。

結束了冗長的寒暄後，我收下請普朗坦商會幫忙準備的資料，很快看起內容。期間，斐迪南透過普朗坦商會購買了南娑扶紙。

班諾提供的資料上，詳細地寫有他們在哈爾登查爾做了哪些事前準備，以及自己在開設工坊時有哪些安排。工整的字跡很顯然屬於馬克。只要把這些內容印在紙上，再發給基貝們，他們就能各自在當地進行必要準備了吧。

「多虧了普朗坦商會提供的資料，似乎可以決定接下來該在何處開設印刷工坊，也能清楚知道成立製紙工坊時該作哪些準備呢。謝謝你們。」

「能為羅潔梅茵大人效勞是我們的榮幸。」

「接下來將配合哈爾登查爾春天的祈福儀式，古騰堡們再一起移動。此外，為了在各地設立製紙工坊，準備已經就緒的工坊我們會派三名指導員前往，另外也要安排人員前去成立艾倫菲斯特紙協會。伊庫那、哈塞與孤兒院都將各派出三名指導員，普朗坦商會也沒問題嗎？」

製紙工坊要等到基貝準備好了工坊與工具，才會派遣指導員前往。畢竟還要製作抄紙器、找到想學製紙的工匠，也要準備齊全的工具，應該無法在短時間內萬事俱備。多半要到大家從哈爾登查爾回來以後，才會前往新的製紙工坊。

「沒有問題，感謝您的費心。」

緊接著，我再告知了我已經依據資料上的商品產量，建議奧伯最好至多只與兩個領地簽約。與班諾討論的時候，我始終能感受到文官們認真的視線。由於有些事情已經先在信上提及，所以傳達上非常順暢，一直到班諾欲言又止地說出這句話為止：「請問要解除魔法契約嗎？」

「是的。為了拓展為艾倫菲斯特整個領地的事業，再考慮到今後也會把商品賣給他領，這個魔法契約如今已經不適用了。奧伯也是如此認為。」

我留意著不讓臉龐僵硬，露出微笑。

最一開始簽訂的契約已經確定必須解除。要壯大發展成領地的事業時，如果每次設置工坊都需要我而不是領主的許可，販售時還得透過路茲所在的普朗坦商會，會為許多人造成困擾。我再說明了解除契約的同時，也將支付一筆費用，還有今後給予普朗坦商會的待遇。

「由衷感謝奧伯．艾倫菲斯特的這般設想。」

「我們十分期待普朗坦商會今後的表現喔。」

站在班諾身後的路茲臉上看不出任何情緒。他面帶著不知何時學會的客套商人笑容，僅是默默注視著我。

下午的會面加入了谷斯塔夫與歐托等人，幾乎是一眨眼就結束了。因為會面期間，只是確認至今協商過的內容而已。商人們又不被允許當場回話，只是聽著文官們宣布的決定事項。只不過，光是能事先協商溝通，考量商人提出的意見，好像就與過往截然不同。不再是貴族單方面地強人所難，而是在商人的能力範圍內下達命令。

「請在此簽名。」

最後拿到我眼前的，是張解除魔法契約用的羊皮紙。內容非常簡潔，只寫了兩個魔法契約的號碼與在此將其解除。和簽約時一樣，要簽名蓋血印。班諾與路茲簽完名、蓋了血印後，只有我是接過文官遞來的魔導具筆，用魔力簽下名字。寫的不是當初簽約時的梅茵這個名字，而是羅潔梅茵。

我簽完名後，羊皮紙旋即被金色火焰覆蓋，開始燃燒。短短幾秒鐘內，梅茵、路茲與班諾一同簽訂的契約就這麼燃燒殆盡徹底消失。

感覺微弱的聯繫好像也就這麼徹底斷絕，重要的心靈依靠逐漸遠去，無以名狀的不安讓我內心大為動搖。我好想這麼問班諾與路茲：「沒有了契約以後，我們之間的聯繫還是不會變吧？」我想聽到他們明確地告訴我「不會變」，想聽得不得了。但是，想起了直到返回神殿前必須克制自己的情緒，我往腹部使力。

「嗯，這下子就能順暢無礙地發展製紙業與印刷業了。」

「導致工坊無法開設的原因總算消失了。」

聽見領主安心地這麼說道，文官們也表示同意，聽在我的耳裡，卻是異常刺耳。

我的歸屬之地

魔法契約解除了以後，今後要在奧伯．艾倫菲斯特的主導下拓展製紙業與印刷業，所以要簽訂新的魔法契約。為了往後的領主在繼位之後，仍能持續主導製紙與印刷事業，齊爾維斯特並非以個人，而是以奧伯的身分簽約。同樣地，班諾也為了今後的繼承人，以普朗坦商會的名義簽約。既是領主的養女，實際上也負責推廣印刷業的我，則在契約上簽下個人的名字，並且能夠獲得屬於我那一份的利潤。但是，如今路茲只是普朗坦商會的都帕里學徒，不會在這份契約書上簽名。

新契約等同是奧伯．艾倫菲斯特買下了我至今擁有的製紙工坊的決定權，還有路茲擁有的販售權利，至於普朗坦商會今後在製紙與印刷事業上，仍能分得一部分的利潤。當然比例不可能像過去那麼高，而且其他商會也能進行買賣了。

「……普朗坦商會，還有任何問題嗎？」

班諾目不轉睛地看著遞來的新魔法契約，點了點頭。

「承蒙奧伯．艾倫菲斯特費心，還破例如此優待，小的不勝感激。」

畢竟至今都是普朗坦商會在發展製紙與印刷業，再加上顧慮到我，才訂定了這樣的新魔法契約，班諾對此表示感謝。但是，只要路茲無法在新契約上簽名，對我來說這根本不算是什麼破例的優待。

班諾簽完名、蓋下血印後，我也簽名表示同意，最後奧伯．艾倫菲斯特再接下文官遞來的魔法契約書並簽名。契約書在金色火焰的包覆下燃燒起來，新的契約也就此成立。但是，上面沒有路茲的名字。雖然艾薇拉說了，只要簽訂新的契約，建立起新的聯繫就好，但根本沒有這回事。明明一路走來都有路茲陪著我，這個當下我卻彷彿必須認清自己與路茲的距離有多麼遙遠，覺得內心一陣發冷。

……好想衝上去抱抱路茲喔。

我想讓自己安心，知道一切也不會改變。深深地渴望著如今成為貴族後，再也得不到的肢體接觸與溫暖。

……好想回家喔。

簽完魔法契約後，文官們開始說明整頓平民區一事。他們拐彎抹角地表示，雖然用創造魔法一口氣重新建造平民區是最快的方式，但因為現在沒有多餘的魔力能這麼做，所以要靠人為的方式慢慢改善。

「豈敢勞煩奧伯，我們自當好好安排。」

聽見差點就要用魔法一口氣重新建造平民區，公會長與班諾都臉色慘白地急忙謝絕。這也難怪。因為公會長與班諾曾親眼看見哈塞小神殿用魔法創造出來的過程。如果用同樣的方式重建平民區，光想像就讓人不寒而慄。我打斷文官與商人們開口：

「我會命令文官編列整頓平民區的預算，再由我進行安排。既然實際上是由平民區的人進行整頓，那就交由谷斯塔夫負責統籌。先從往來行人最多的西門到東門開始，整頓大道一帶吧。至於該如何美化平民區，日後再一同商議。」

「謹遵羅潔梅茵大人的吩咐。」

我說完，商人們一致低下頭去，聲音聽來明顯鬆了口氣。

內容早在事前便已談好的會面結束後，聽見「原地解散吧」的指示，商人們隨即離開房間。他們走出謁見室時的腳步沒有任何遲疑。我雖然一直定睛看著大家，但路茲一次也沒有回過頭來看我。

與商人們的談話一結束，我很快又被叫到領主的辦公室。在領導階層與文官們的包圍下，聽著文官向剛才並不在場的艾薇拉等人，報告今日會面的結果。

「依照指示，新的契約書已盡可能給予普朗坦商會優待。」

聽說一般都是買下權利後就結束了。然而，這次儘管比例不高，今後仍會持續給予普朗坦商會部分的利潤。更別說還是一個成立才不過數年的新興商會。若不是有羅潔梅茵大人的眷顧，根本不會訂定這樣的契約內容——聽見文官如此委婉表示，我十分火大。明明一點也不懂得發展新技術有多辛苦，也不知道當初我與路茲什麼也沒有的時候，班諾提供了多少援助，卻被文官說成了好像是我一味偏袒，我不由得用力皺眉。

「羅潔梅茵。」

斐迪南吃了一驚，輕輕揮手，示意我控制情緒。我慢慢吸氣再吐氣，然後揚起嘴角，擠出再燦爛不過的客套笑容。

「對了，剛才與普朗坦商會簽訂的契約，只提到了製紙業與印刷業方面的製造和販售，並未規定也要提供技術吧？」

「……羅潔梅茵？」

「今後我所掌管的羅潔梅茵工坊將負責派出指導員，也將麻煩普朗坦商會負責成立艾倫菲斯特紙協會與印刷協會，慢慢開設工坊。每當需要提供技術時，都將由我決定金額，再請基貝支付。然後我會再用這筆錢，支付合理的報酬給普朗坦商會，還有幫忙派出指導員的伊庫那。」

聽了我突如其來的發言，眾人都張大眼睛。齊爾維斯特納悶地眨了眨眼。

「羅潔梅茵，妳為何突然這麼說？而且為何要這麼做？」

「從至今會面的情況來看，我想貴族有可能基於契約書上並無規定這個理由，便不支付應有的謝禮與技術費用給普朗坦商會和工匠。但是，從春天到秋天這段期間，他們不只要撥出好幾名人手參與新事業，同時也要處理和往年一樣的工作量，這樣的情況到底有多麼辛苦，我實在不認為身為貴族的文官能夠理解。」

這可不是慈善事業，而是由領主委託的大型事業。但是，我不認為文官們會撥出充足的預算，讓古騰堡夥伴們能夠沒有後顧之憂地工作。我只能預見他們又將以貴族的身分提出無理要求，導致珍貴的工匠們一一倒下。

「因為平民與貴族不一樣。」

你們對新事業顯然還沒有充分的了解，恕我無法交給你們——聽了我這句話，文官似乎沒能正確解讀我的意思。我在心裡蓋下「完全不及格」的印章。

「讓我想想。對於從一開始就沒打算理解的人，我無法把這麼重要的事業交給他們。由我自己來培育能參與印刷業和製紙業的文官吧。」

我笑著這麼宣告後，斐迪南瞠大雙眼。

「羅潔梅茵，妳冷靜一點。這不是妳能自作主張的事情。」

如今既已成了奧伯．艾倫菲斯特主導的事業，我這番話不僅無禮，還是越權的行為吧。但是，管他無不無禮，我都無法忍受普朗坦商會與古騰堡夥伴們被人使來喚去，最終還不支倒地。

「若不由我來決定，又要由誰來決定呢？究竟有多少文官擁有製紙業與印刷業方面的知識，還能與工匠以及商會同心協力，讓已經發展至此的事業更加壯大？這兩年來我沉睡的時候，斐迪南大人栽培好文官了嗎？還是奧伯．艾倫菲斯特已經栽培好了呢？既然打算發展成領地的新事業，想必已經培育好文官了吧？如果有，那也不需要我親自栽培。」

……但只要看看在場文官的水準，答案可以說是呼之欲出吧。

我的心聲大概都表現在臉上了吧。這兩年來把製紙業與印刷業都丟給斐迪南處理，自己完全沒有經手的齊爾維斯特別開視線；斐迪南則按著太陽穴，發出呻吟。

「……經過這兩年，我想尤修塔斯應該掌握了大概。」

「那麼就以尤修塔斯為中心，栽培文官吧。」

尤修塔斯雖是個不惜為蒐集情報拚上性命的怪人，但對平民區並不怎麼感到排斥，也喜歡新事物，一定很適合參與新事業吧。說不定是很棒的人才呢，我笑著點了點頭。然而，斐迪南大搖其頭。

「不行。他這麼好用，不能被妳搶過去。」

「羅潔梅茵，尤修塔斯是斐迪南的近侍，妳不能隨意差遣他。這些事業若需要人手，妳可以使喚這裡的文官。」

雖然齊爾維斯特說了我可以任意使喚，但我拒絕。我不需要無能之人。

「奧伯．艾倫菲斯特，製紙業與印刷業都是我參與至今，並且努力發展到了現在這個地步的重要事業。不論造紙、印刷，還是製作這些作業所需的工具，全仰賴許許多多的平民，至今即便沒有貴族參與，我們一樣也能完成。如果無法明白普朗坦商會的重要性，也不懂工匠有多麼可貴，只會頤指氣使、推卸責任，除了造成重創外沒有其他能力，這樣的文官我完全沒有把新事業交給他的打算。」

「也就是說，妳認為在場的文官都無法託付嗎？」

「沒錯。我也知道現在人才嚴重不足，但還是希望能再有些可取之處。」

我想要的文官，必須要不介意出入神殿、能如常與平民對話，也要對新事業抱有興趣。列出了我認為必要的條件後，齊爾維斯特抱頭。

「這和文官至今需要的能力完全無關吧。」

「那是當然。目前的文官當中，沒有人能參與和平民一起合作的新事業。雖然他們對奧伯來說能力出色，但我的基準與您不一樣。」

我說完，齊爾維斯特點頭說著「原來如此」，盤起手臂。

「……好吧。製紙業與印刷業需要的人才，就交由羅潔梅茵栽培。目前艾倫菲斯特領內，最了解這兩個產業的人確實是妳，而且我也無法理解妳提出的那些條件。」

「能容我說句話嗎？」

一直安靜聽著的艾薇拉用手托腮，開口說道。

「我認為，或許也可以考慮栽培在基貝底下做事的代官，尤其是那些下級與中級文官。」

意想不到的提議讓眾人同時看向艾薇拉。在場的人，大多是在貴族區出生長大的貴族。但艾薇拉是基貝．哈爾登查爾的女兒，幾乎可以斷言現場除了她以外，沒有人是擁有土地的貴族。

「因為這些文官比起在貴族區長大的貴族，有更多的機會與平民接觸，若能透過新事業讓自己所在的土地變得富裕，想必也會認真學習新知。」

「……這真是好主意呢。我會列為參考。」

雖是好主意，但是這樣一來，恐怕就很難向各地的基貝收取技術費用了。不過，說不定很符合我列出的文官必要條件，所以非常值得考慮。再找班諾商量吧。

當天晚上，我作了夢。夢裡我一個人慢步走在平坦的道路上，長長的道路看不見盡頭。夜空中有顆北極星般璀燦發亮的星子，我朝著那顆星星不斷前進。

起先只有我一個人。後來多了家人，多了路茲，連班諾與馬克也加入我們，變得越來越熱鬧了。一下子由路茲背我，一下子是爸爸讓我坐在他的肩膀上，偶爾換作班諾與馬克把我抱起來。我也和大家一起走著，聊著無關緊要的事情哈哈大笑。

中途法藍和吉魯也出現了，不知不覺間還多了斐迪南。這個時候，腳底下長出了一些雜草。是能夠踩在上頭行走的柔軟草皮。我輪流與家人還有路茲牽手，但雜草長得越來越高，讓人難以行進。這些草好礙事喔，我這樣心想著噘起嘴唇，低頭看著腳邊，不知何

時與家人還有路茲他們走在了不同一條道路上。不過，大家前進的方向還是一樣，也能邊走邊聊天，所以我朝著星星繼續邁步。

……好像有些離得太遠了呢。

雖然依然手牽著手，但彼此間的距離卻一點一點地慢慢拉開，大家前進的速度也逐漸加快。我不時快要被雜草絆倒，但還是拚了命地邁開腳步。

……等一下。等等我。不要丟下我！

越是前進，兩條路分得越開。明明大家都笑得那麼開心，卻沒有半個人注意到我落在後頭。不知何時連手也鬆開了，只剩下我一個人。

……爸爸、媽媽、多莉，等等我！路茲、路茲，不要丟下我一個人！

我死命撥開變得和自己一樣高的雜草，一邊哭著，一邊前進尋找大家的身影。就在這時候，有人對我喚道：「大小姐。」

「……黎希達？」

身體被人搖晃後，我張眼驚醒，看見黎希達正一臉擔心地低頭看著我。看來我在作夢的時候哭了。枕頭好冰。

我慢慢地坐起來，揉了揉眼睛。為了甩開夢裡的景象，我搖了好幾次頭。然而，夢裡的畫面卻彷彿深深烙印在了腦海裡，完全沒有消失。

「大小姐，您呻吟得非常嚴重。您沒事吧？」

一點也不好。腦袋深處陣陣發麻，體內的魔力也熱得像要沸騰。但是，我卻又冷得直打哆嗦。

「黎希達，請幫我告訴斐迪南大人，說我想回去。」

「……遵命。」

儘管是一大清早，黎希達還是立即為我送出奧多南茲。

然後我洗了把臉，由侍從為我更衣，吃了早餐。吃早餐的時候，收到了斐迪南回覆的奧多南茲。白鳥以斐迪南的聲音重複說了三次內容。

「羅潔梅茵，我接到黎希達的通知了，但妳今天預計要與基貝・哈爾登查爾會面。有辦法忍耐到會面結束嗎？」

我不認為有辦法。拓展印刷事業時，基貝・哈爾登查爾也是因為魔法契約而無法設立製紙工坊的人之一。在現在這種狀態下，萬一再聽到對方說「真是幸好魔法契約解除了」，我完全沒有信心能克制自己的情緒。

「斐迪南大人，我是羅潔梅茵。我會在惹出麻煩前自己一個人回去。」

我這麼回答後，這次很快地收到了斐迪南夾雜著嘆息的回覆。

「等我回絕今天的會面就去接妳。別擅自行動，作好準備等著。」

還得再等嗎？我用力咬緊了牙。黎希達輕拍我的肩膀。

「好了，大小姐，快點用完早餐吧。聽斐迪南小少爺的回答，他應該很快便來接您。您也不希望斐迪南小少爺責怪您一大早喚他前來，自己卻還沒作好準備吧？」

黎希達語氣輕快地說道，想讓氣氛變得輕鬆一些。我點點頭，繼續吃起早餐。期間，奧黛麗為我要返回神殿作著準備。她拿來了禦寒衣物，還送出奧多南茲聯絡護衛騎士們。

「今天大小姐的臉色比平常還要蒼白呢。大小姐在神殿更能靜下心來吧？請您回去好好歇息一會兒吧。」

黎希達露出了有些哀傷的笑容。

正如黎希達所說，斐迪南很快就來接我了。剛才要是還呆呆地吃著早餐，說不定會被臭罵一頓。

「羅潔梅茵，作好準備馬上出發吧。」

雖說要準備，但其實神殿也有齊全的生活用品，所以我該帶回去的行李並不多。這次最大的行李就是基貝．伊庫那給我的苓梵夷紙。

「羅潔梅茵大人，一路小心慢走。」

由斐迪南與艾克哈特領頭，接著是我駕駛的小熊貓巴士，達穆爾與安潔莉卡跟在後方保護我。我心急得不由自主加快速度，抵達神殿時，是法藍出來迎接。

「羅潔梅茵大人，歡迎您的歸來。」

我還沒從騎獸下來，斐迪南已經收起騎獸走向法藍。

「法藍，聯絡過了嗎？」

「已經通知完畢。其他侍從前去整理孤兒院長室。」

「看她的樣子似乎壓抑了許久。直接跳過無謂的寒暄，帶人進秘密房間。」

「遵命。」

我走下騎獸後，斐迪南朝我遞來一個皮袋。

「羅潔梅茵，把手伸進袋子裡，先盡可能釋放妳的魔力吧。妳也不希望一時情緒失控、魔力爆發，傷害到身邊的人吧？」

「謝謝神官長。」

我拿著斐迪南給我的皮袋，馬上趕往孤兒院長室。

「一大早收到神官長寄來的信，所有侍從都吃了一驚呢。」

法藍苦笑著說。對於沒有思達普的人，無法使用奧多南茲，所以聽說斐迪南是寄出了小鳥般能飛來神殿的魔導具信，命令法藍傳喚普朗坦商會的人前來。

「吉魯急急忙忙衝了出去，應該差不多快帶路茲回來了吧。」

暖爐裡的火多半剛剛生起，平常靜置不用的孤兒院長室冷得刺骨。

「目前孤兒院長室還十分寒冷，請您繼續穿著禦寒衣物。」

法藍這麼提醒道，所以我沒有脫下禦寒衣物，直接走進孤兒院長室。看見房裡的模樣完全沒變，與我還是平民青衣見習巫女時一樣，我既感到安心，也覺得好像被迫看著如今已經確實形成的距離，剛才作的夢彷彿就要成真，讓我內心更加不安。

「羅潔梅茵大人與達穆爾大人請在秘密房間裡等候。安潔莉卡大人，請您在門前負責護衛。」

「交給我吧，法藍的分配太完美了。」

與商人談些難懂話題的時候，還是交給達穆爾跟在旁邊比較可靠——安潔莉卡開開心心地站到孤兒院長室門口。聽見安潔莉卡這般強調自己沒辦法動腦，我還以為與斐迪南十分相似的法藍會頭痛扶額，但是並沒有。對法藍來說，也許安潔莉卡比布麗姬娣更好相處，只見他與安潔莉卡應對時顯得相當放鬆。

「隔了這麼久又要見到那幅畫面了嗎？」達穆爾一邊上樓一邊嘀咕說著，但我沒理他，走進秘密房間。由於我的侍從都能進來這裡，大家似乎急忙打掃過了，房內已經整理完畢。

為了讓路茲可以進來，秘密房間的門扉敞開著，法藍請我坐下來。他擔心地端詳了我的臉色後，露出困惑表情。

「您要不要使用神官長給您的皮袋呢？您眼睛的顏色有些變化不定。」

眼睛如果變色，通常都是在我魔力快要失控的時候。經法藍提醒，我慌忙把手伸進斐迪南給我的皮袋裡。摸得出裡頭放了許多小小圓圓的東西。魔力馬上被大量吸走。

……裡頭放了什麼呢？

我往袋子裡一瞧，看見了好幾顆黑色魔石。有部分還已經變成了金色粉末。看來斐迪南打算在抑制我魔力失控的同時，順便回收材料。對於斐迪南這麼周到又絕不浪費的準備，難道就只有我一個人很火大嗎？

「我帶路茲回來了！」

吉魯往孤兒院長室衝了進來。多半是一路全速狂奔，話聲有些斷斷續續。

「吉魯，羅潔梅茵大人已經在秘密房間了。帶路茲過來吧。」

「是。」

緊接著我聽見了兩人上樓來的腳步聲。最近兩人的表現都很穩重，此刻的腳步聲卻很急，還有些慌亂。

「路茲，感謝你一大早跑這一趟，接下來就拜託你了。」

法藍讓路茲進來後，立即關上門。沒等房門完全關起來，我就猛然起身。吉魯和路茲都是以最快速度跑來的吧，兩人的肩膀上下劇烈起伏，還喘著大氣。我立刻衝上前，想撲向路茲。

「路茲、路茲、路茲！」

但在我要撲上去的瞬間，路茲卻抓住我的肩膀阻止了我。

「為什麼不讓我抱?!不行嗎?!」

「不是，是我還很喘。妳別在這種時候用力撞上來啦。」

先讓我停下腳步後，路茲再伸手抱住我，輕拍我的背說：「妳冷靜一點。」這熟悉的動作緩解了我的不安，緊繃的全身也放鬆下來。我張手抱緊路茲，慢慢地吐出大氣。

「路茲，就算現在沒有魔法契約了，你也不會變嗎？」

「難道妳就會變嗎？」

路茲輕拍著我的頭反問，我立即搖頭。

「我也是啊。雖然現在沒有魔法契約了，會覺得有點寂寞，但對我來說，重要的是我曾經和妳說好，妳想的東西都由我來做。什麼也不會改變。」

「這樣啊……說的也是呢，太好了。因為今天作了很可怕的夢，我實在沒辦法再壓抑自己，就跑回神殿來了。」

我說完，路茲無比疲憊地長嘆口氣。

「喂喂，所以是因為妳作了惡夢的關係，我才一大早就接到緊急通知，要我趕來神殿嗎……這點小事沒人能幫妳嗎？」

「要是有就不會發生這種情況了。通常只會讓我增加更多不安與工作，但根本沒有人能消除我的不安。」

「……是喔。看來以後還是會被妳耍得團團轉。」

路茲這麼說話時，表情好像也顯得有些安心。

「我的忍耐已經到極限了嘛。但現在向路茲撒嬌，我又恢復精神了，可以繼續加油。謝謝你喔。」

「妳要適可而止，不然又會暈倒喔。」

路茲皺起臉，拍了下我的額頭。雖然現在還無法卸下魔導具，但突然就失去意識的暈倒次數已經減少許多了。我用力挺起胸膛。

「我的身體已經比以前健康一點，再過不久就不會再暈倒了！」

「妳這種只讓人更不安的發言是怎麼回事?!」

「因為我還在恢復當中，只是還沒完全恢復而已，所以不用擔心。那多莉呢？多莉她還好嗎？我丟給了她很不得了的工作呢。」

雖然歐托與班諾當時都回答得胸有成竹，但實際負責製作的多莉沒問題嗎？我問起多莉後，路茲模仿多莉的語氣，發出有些尖銳的聲音。

「這未免也太突然了吧！笨蛋笨蛋笨蛋！……她是這麼說的。」

「噢噢，多莉對不起。」

「她還說了，難得有這種機會，她絕對會做出超級厲害的髮飾，妳等著吧。」

一邊氣呼呼地鼓著臉頰，一邊仍用心編織髮飾的多莉浮現至眼前，我忍不住微笑。

……不愧是我們家的多莉，簡直天使！

「路茲、路茲，你也幫我跟多莉說，我最喜歡她了。」

「我不要。」

「為什麼?!」被路茲立即回絕的我瞪圓眼睛，他露出了非常為難的表情。

「和多莉一起來孤兒院學習禮儀以後，別人好像都以為我和多莉在交往。這種情況下，我才不想幫妳傳這種話。」

「什麼啊，路茲對多莉有任何不滿嗎？就算是謠言，你也該高興才對吧。是多莉耶！」

我噘起嘴巴，路茲卻用力皺起眉搖頭。

「不要，我才不想招來無謂的嫉妒。」

「會招來嫉妒嗎？果然多莉現在很受歡迎囉？不愧是我的多莉！她現在一定是大美女吧？好想見多莉喔～」

醒來至今，我一次也還沒見過多莉與自己的家人。

「髮飾做好的時候就能見面了吧？多莉說過她想當面拿給妳，聽聽妳的意見。還有，加米爾又說他想要玩具了。」

「那一定要做給他才行！要做什麼玩具好呢？現在也需要新的繪本了吧？要識字的話就送歌牌？那要向英格工坊訂製木板嗎？還是試用伊庫那的紙呢？」

孤兒院裡的戴爾克當初還是走路搖搖晃晃的幼童，現在的年紀已經快要可以去採集了。在我沉睡這段期間，加米爾一定也長大了。我思考著四歲左右的小孩子會喜歡什麼玩具時，路茲的臉頰一陣抽搐。

「……糟糕。我該不會說錯話了吧？喂，妳現在應該先思考製紙和印刷吧。別搞錯優先順序了。」

「咦咦～？把加米爾排在第一不行嗎？」

「當然不行！」

「嗯，我知道。只是說說看而已……能像這樣鬥嘴真好。好讓人放鬆喔。」

我嘿嘿地笑了起來。這時，房內門上的魔石發出亮光，告訴我們外面有人想開門。由於就算敲門，聲音只會被阻隔在外，所以都是透過發光的魔石通知有人來訪。

我放開路茲，端正坐好。確認我坐好後，吉魯才上前開門。打開門後，門外站著法藍、班諾與馬克。

「羅潔梅茵大人，普朗坦商會的班諾先生與馬克先生到了。」

……咦？為什麼？

我忍不住把頭一歪。法藍見了，難以啟齒似的微微垂下視線。

「因為神官長在信上寫道，事態緊急，快傳喚普朗坦商會的人前來。所以不只路茲，我也向普朗坦商會發出了通知。實在非常抱歉。」

「……原來是這樣啊。這不是法藍的錯，你不用放在心上喔。」

我輕輕揮手示意法藍退下，再仰頭看向聽到事態緊急，臉色大變地趕來神殿的班諾與馬克。

「到底是什麼緊急事態?!」

房門關上的同時，班諾只差沒噴出口水地急急追問。看見班諾這麼來勢洶洶，我不由自主躲到路茲背後，老實回答：「因為魔法契約解除了，我內心感到不安時又作了惡夢，才想回來見路茲。」

「妳這個……蠢丫頭！」

「呀嗚！好痛好痛！」

班諾立刻橫眉豎目，把我從路茲身後揪出來，用充滿怒意的拳頭高速鑽起我的腦袋瓜。當然還伴隨著他的怒聲咆哮，完全沒有停手的跡象。現場也沒人要阻止他。

「在城堡的會面才剛結束，隔天就接到了事態緊急的通知喔！還以為發生了什麼大事，結果只是妳作了惡夢嗎?!這算哪門子緊急！」

「我精神上的壓力已經到極限了嘛！魔力幾乎就要失控了，所以神官長也判斷是緊急事態聯絡了你們啊！」

「啊～這麼說來，我到的時候妳眼睛的顏色有點奇怪。」

聽見路茲這麼說，班諾停下了猛鑽我腦袋的手。然後他低頭察看我的臉色，用力捏起我的臉頰，疲憊不堪地吐氣。

「……妳已經冷靜下來了嗎？那我們回去了。」

「請等一下，也順便談正事吧。總不能一大早叫你們過來，自己盡情撒嬌完就叫你們回去嘛。」

我簡單說明了班諾一行人的謁見結束後，我們在領主辦公室討論了哪些事情。為了不讓貴族胡亂下令，導致古騰堡夥伴們累垮，我取得了栽培文官的權利。聽到這個消息，馬克笑得十分燦爛，說道：「這真是太好了。」聽說艾薇拉當初要求立即成立印刷工坊時，他們為了交涉可說是心力交瘁。

「我很努力對吧？是不是派上了用場啊？來，快點稱讚我吧！」

我「唔呵呵」地得意挺胸，班諾卻苦著臉，彈向我的額頭。

「好痛！……為什麼?!」

「因為總覺得稱讚妳只會讓妳得意忘形，進而更加失控。」

「怎麼這樣！既然生氣時會用拳頭猛鑽我的頭，稱讚的時候也該好好稱讚啊！我這麼努力卻是這種下場，未免太不講理了吧！」

「啊～知道了、知道了。」

班諾絲毫不帶感情地說著「乖、乖」，有些用力地摸了摸我剛才被他彈過的額頭。真的有點痛。「班諾先生，你太過分了！」我不高興地鼓起臉頰抱怨。路茲卻一臉不予置評，露出了十分放鬆的笑容。

「妳雖然嘴上在向老爺抱怨，臉卻在笑嘛。反正妳也不能和貴族這樣相處，所以很開心吧？」

路茲笑嘻嘻地吐槽我說，我一時語塞。他說的沒錯。這樣的互動讓我感到懷念，也非常開心。忍不住「嘿嘿」傻笑後，班諾與馬克都一臉無奈地搖搖頭。

「言歸正傳，關於文官這件事，要由誰、又要如何栽培？」

「雖然我很希望是能與平民溝通的人，但在我認識的貴族當中，能把這份工作交給他的人實在不多呢。你們有什麼人選嗎？」

我詢問後，班諾與路茲異口同聲回答：「交給尤修塔斯大人就好了吧？」他們說尤修塔斯工作速度很快，也和哈爾登查爾的上級貴族們不同，願意傾聽普朗坦商會的意見。也因為有尤修塔斯，在我沉睡期間，工坊才能如常運作。

「尤修塔斯是神官長的文官，他說不能借我。」

斐迪南不願答應，真是太可惜了。我暗忖著要不要再去拜託一次時，馬克輕抬起手要求發言。

「比起我們，我想公會長應該更了解有哪些貴族容易溝通、性情溫和。與其由現在正急速成長、因而招人眼紅的普朗坦商會引薦，由公會長出面更能少點是非吧？」

「你打算這麼說，把這個棘手的差事丟給公會長吧？」班諾苦笑著說。「這是所謂的適才適用。」馬克面帶著一如往常的微笑輕輕帶過。

「那請幫我拜託公會長，列出幾名適合的候補人選吧。我再去拜託養父大人，能不能從中借給我幾個人。還有，這是母親大人的提議，她說也許可以考慮在基貝底下做事的代官喔。她說那些代官既了解平民的生活，為了讓自己所在的土地變得富裕，應該也會非常熱心學習。之前去哈爾登查爾時，你們有什麼感覺嗎？」

我還沒有去過哈爾登查爾，但路茲、班諾與古騰堡夥伴們都一起去過了。不曉得那些代官擔任文官時的表現如何。

「……見到基貝．哈爾登查爾的只有老爺和達米安，底下的人則帶我們去參觀了城鎮。那個人是文官嗎？和這裡不一樣，貴族與平民多少有些交流喔。」

「姑且不論上級貴族，如果是中級、不，下級貴族的代官，也許還能溝通嗎……？」

聽說在伊庫那因為能納為代官的貴族人數不足，基貝．伊庫那還會親自前往製紙工坊，甚至是確認進度。此外在伊庫那工作時，路茲他們也比較能隨心所欲，但在哈爾登查爾就比較拘謹。

「哈爾登查爾是嚴寒之地，只要祝福稍微減少，環境就會變得不適合人類居住，所以當地居民的關係十分緊密。對外人好像比較冷漠，也有些不願傾聽外地人的意見……但只要被他們所接納，後來談起事情也快多了。」

聽說哈爾登查爾的人花了不少時間，才接受新的工作與新的做法。雖然簡單說來就是當地人的特質，但工作遲遲沒有進展時，也讓班諾他們傷透腦筋。

「雖說到了春天，也要在哈爾登查爾設立製紙工坊……」

路茲開口說道，環抱手臂沉吟起來。

「怎麼了嗎？」

「哈爾查登爾的樹木數量其實比伊庫那要少很多，現在也還不知道有沒有樹木適合造紙。雖然可以明白他們也想要製紙工坊，但我覺得，等到艾倫菲斯特北邊開設了幾間製紙工坊後，再向那些工坊買紙會比較好。還有，最好是盡可能把工坊設置在哈爾登查爾的南邊。妳能不能幫忙提供這些建議？」

「知道了，交給我吧。還有，班諾先生，關於古騰堡夥伴們的停留時間……」

不只印刷業，我們也聊了家人，更聊了些完全無關緊要的瑣事，我總算身心舒暢，笑容滿面地與路茲他們道別。得到了我提供的情報後，三人也笑道：「幸好不是完全白跑一趟，那就原諒妳吧。」然後回到了普朗坦商會。

與基貝・哈爾登查爾的會面

「羅潔梅茵大人，神官長請您下午過去露面。」

一回到神殿長室，薩姆便這麼說。「想必神官長也十分擔心您吧。」再聽到他這句話，我看向手上的皮袋。是不是該抱著感謝的心，把皮袋裡的魔石全部變成金粉呢？

「羅潔梅茵大人的氣色也恢復不少，可以安心了呢。」

說完露出開心微笑的莫妮卡，已經開始在準備午餐了。看來我與路茲他們聊得比我預想中還久。

午餐過後，要前往神官長室。由於一大早就打亂了原訂計畫，返回神殿，我想斐迪南的心情可能不太好。我心驚膽跳地起腳踏進神官長室，只見斐迪南眉頭深鎖，目光不善地瞪了過來。我嚇得一抖，立即道歉。

「神官長，對不起給你造成麻煩了。」

「妳知道就好……不過，看來妳也心滿意足了。」

「多虧了神官長，我不再感到不安，也補充了滿滿的活力。」

斐迪南看過我的臉色後，指向我手中的皮袋。

「那東西有派上用場嗎？」

「謝謝神官長，你的設想之周到真是太教我驚訝了。」

我道了謝，把皮袋遞出去。斐迪南接下後，看向袋子內部，臉頰立即一僵，用指尖敲起太陽穴。

「……真是幸好數量足夠。但是，竟讓這麼多魔石都變成了粉末，妳到底累積了多少魔力與情感？沒讓妳在城堡情緒失控固然值得慶幸，但我看也該想想有沒有什麼辦法，能讓妳不依靠普朗坦商會便能自制。」

要是讓斐迪南想出沒有幫助的主意就糟了，我還想與普朗坦商會保有聯繫。

「神官長，你不用擔心。我現在已經恢復活力，接下來會全力以赴推廣書籍！」

「妳太努力只會造成反效果，必須在決定好的範圍內行事。」

「……唔唔。那麼，請神官長告訴我哪些事情能做吧。」

我們隨即討論起接下來與基貝．哈爾登查爾的會面。由於現在魔法契約已經解除了，今後將由領主下達開設製紙工坊的許可。所以，聽說這次的會面主要就是認識彼此。我必須與基貝討論出結果的，是古騰堡夥伴們的停留期間。剛才與班諾商量過後決定好的事情，我也順便向斐迪南報告。

結束了在神官長室的談話後，由於沒帶艾拉就回來，我急急忙忙再返回城堡。「好不容易有了時間，應該再休息久一點啊。」黎希達出來迎接時大發牢騷，對於我忙碌的行程努起了嘴表示不滿。但是，我認為自己不能再一心想逃離貴族社會了。後來，與擔心我身體狀況的夏綠蒂一起吃了晚餐。

很快地再度敲定兩天後的下午要與基貝．哈爾登查爾會面，身為我監護人的斐迪南也將一同出席。貴族大人好忙。

專門用以接見上級貴族的會客室與至今使用過的會客室不同，擺設豪華許多。不僅有色彩鮮豔的掛毯，家具看來也是歷史悠久的高級品。走進會客室時，基貝・哈爾登查爾夫婦與艾薇拉已經在等著了。

我與斐迪南坐下後，基貝・哈爾登查爾夫婦上前向我問候。

「羅潔梅茵大人，終於能正式向您問候了呢。歷經生命之神埃維里貝的重重嚴格遴選，得以有幸與您會面，願能為您獻上祝福。」

「准許你們。」

……母親大人與基貝・哈爾登查爾長得好像呢。

無論是深綠色的頭髮，還是黑色眼眸都很相似。基貝臉上雖然帶著和藹親切的笑容，但看得出來目光犀利，正目不轉睛地觀察我。明明是跪著向我問候，我卻感受到了一股壓力，也可以說是魄力，總之渾身散發出了沉穩的威嚴，一眼就能看出是站在他人之上負責領導的人。

「我一直想代表哈爾登查爾向您道謝。」

基貝・哈爾登查爾夫婦雖然在我洗禮儀式時來到了卡斯泰德的宅邸，但因為在問候之前，我就被韋菲利特拉離會場，最終失去意識；首次亮相時也因為我不小心灑出祝福，匆匆忙忙提早離場；隔年冬天我又一直與韋菲利特他們一起行動，應付舊薇羅妮卡派的貴族們，所以一直到了現在，都沒有正式寒暄的機會。

「……雖說要向我道謝，但我做了什麼嗎？」

於是基貝把艾薇拉告訴過我的內容又說了一次。也就是我成為青衣見習巫女、開始奉獻魔力以後，他們總算都能收到盈滿魔力的小聖杯；領地整體的作物產量因此提升，人民的生活也變得富裕一些。他說這樣的一些，對哈爾登查爾來說非常巨大。

根據我在學習艾倫菲斯特地理時學到的，哈爾登查爾是寒冷到河川也會結凍的土地，居民關係非常緊密。土地面積雖然廣大，但人口都集中在南邊，北邊幾乎沒有住人。最頭疼的是，冬之主出現在哈爾登查爾的機率非常高。

「哈爾登查爾的騎士在參加完討伐後也向我報告過，拜羅潔梅茵大人的祝福之賜，他們討伐起冬之主時輕鬆多了。」

「旗幟的顏色也恢復了呢。」

基貝．哈爾登查爾夫人看來溫柔嫻雅，加深了臉上的笑意說道。這種情況下她所謂的旗幟顏色恢復，指的應該是我阻止了高層幾乎要被亞倫斯伯罕滲透的情形吧。

「此外，哈爾登查爾的冬季漫長，所以許多人都非常感激印刷業的出現。」

隨後基貝從他的角度，向我們報告了古騰堡們在哈爾登查爾的活動。當地準備好了印刷工坊以後，路茲與灰衣神官們便把零件都搬進工坊，組裝好印刷機，實際示範如何印刷。但是，哈爾登查爾沒有半個平民識字。所以聽說居民在組排金屬活字時，都當作是圖案在組裝，因此非常耗時。

「來自艾倫菲斯特的工匠居然所有人都識字，真是教我吃驚。今年冬天，我們還只能專注在學習古騰堡們傳授的技術上，但往後也必須讓哈爾登查爾的居民學會文字。要是連活字上下顛倒了也沒發現可不行。」

「在孤兒院，孩子們都是利用歌牌與繪本，在玩耍的同時一邊學習文字，但如果居民很難馬上學會，也許可以把檢查試印樣本有無錯字的校對作業，暫時先交給下級文官與見習文官去做喔。」

因為書會賣給貴族，所以在羅潔梅茵工坊，校對也是大家最謹慎的環節。

「羅潔梅茵大人所栽培的古騰堡們儘管年紀輕輕，卻都擁有非常卓越的手藝，哈爾登查爾的工匠沒有一個不是讚不絕口。」

哈爾登查爾的墨水工坊學了墨水的調配方式，木工工坊則學習了如何製作印刷機中的木頭零件。在古騰堡夥伴們停留的春天到秋天這段期間，墨水工匠與木匠似乎已經學得差不多了，校對時也只要有文官在場檢查，便能進行印刷。但是，鍛造工坊的技術還不夠純熟，聽說工匠製作的金屬活字與幾種零件，都還沒能達到約翰要求的水準。如果想要印刷，做不出金屬活字可是非常嚴重的問題。因為活字在印刷期間，意外地容易耗損與缺角。

「底下的人向我報告過，現在鍛造工匠們正團結一心，努力磨練技藝，希望能在接下來的春天達到古騰堡要求的水準。」

「古騰堡夥伴們向我報告時曾說，他們並不確定哈爾登查爾的居民是否接納了自己，現在聽來是他們多慮，那我也放心了呢。」

我聽說古騰堡夥伴們剛到哈爾登查爾時，居民對他們的戒心非常重。我也轉述了古騰堡們的報告內容與提議。

「由於哈爾登查爾很少有外地人，平常在生活上也極少接觸到新事物，工匠們一開始也多少有些排斥吧。不過，居民對內非常團結，一旦接納了某樣事物，便會好好珍惜愛護，也算是我們當地居民的特色。只要理解到了印刷技術將帶來多大的恩惠，居民必定不會忘記羅潔梅茵大人的恩情，也會珍惜您所提供的各種技術。等回到了哈爾登查爾，我們會審慎考慮古騰堡的提議，再作答覆。」

「畢竟要成立工坊、開始新事業，請慎重討論出對哈爾登查爾來說最好的做法吧……但話說回來，即便都在艾倫菲斯特領內，不同的土地，各有不一樣的特色呢。聽起來哈爾登查爾當地的氣氛與伊庫那相當不同。」

我雖然曾在祈福儀式時行遍艾倫菲斯特各地，但只在給予祝福時待了一段時間，也只是站上祈福儀式的舞臺而已，感受不出什麼風土民情的差異。

「聽聞到了春天，羅潔梅茵大人將與古騰堡一同造訪哈爾登查爾，屆時請您親眼看看吧。我們哈爾登查爾的人民不論在多麼嚴苛的環境下，都有著能夠戰勝的頑強意志。」

基貝．哈爾登查爾露出了為自己人民感到驕傲的笑容，我也不由自主跟著微笑。我彷彿看見了在嚴酷的環境下，仍極力守護人民的基貝，還有圍繞在基貝身邊團結無間的居民。雖然與伊庫那不一樣，但我想哈爾登查爾也是一塊很好的土地。

「我也非常期待拜訪哈爾登查爾。」

「基貝．哈爾登查爾，這次古騰堡們從祈福儀式開始，只能待到夏季尾聲。」

斐迪南開口說道。聞言，基貝．哈爾登查爾微微蹙眉交抱手臂，像在揣測這句話的用意。斐迪南接著向他說明，今後我們將在艾倫菲斯特各地開設印刷工坊，為此也需要給古騰堡們進行準備的時間。

「如今有好幾塊土地都等著古騰堡前往。這次願意再派遣古騰堡前往哈爾登查爾，要知道已是特別的優待。」

基貝．哈爾登查爾閉上眼睛，像在細細思考。短暫的沉默過後，他慢慢張開眼，與艾薇拉相似的黑色雙眸筆直注視我。

「羅潔梅茵大人，有您在艾倫菲斯特的高層，實在教人感到非常安心。既然是艾薇拉的女兒，想必會非常重視自己人，絕不會輕蔑故鄉吧。」

「……呃，基貝．哈爾登查爾，聽起來您好像在稱讚我，但斐迪南大人與母親大人總說我對自己人太心軟了，要我改善這個缺點呢。」

在我聽來，基貝像是在要求我優待自己人，我感到困惑地看向斐迪南與艾薇拉。但是，兩人都只是靜靜等著基貝繼續開口。我也再把目光投回到基貝身上，只見他搖著頭表示自己不是這個意思，漆黑雙眸發出亮光。

「我並非此意。我的意思是，羅潔梅茵大人竟能接二連三地創造出這麼多新事物，想必到了貴族院，會有許多來自他領的誘惑吧。我只是期望著羅潔梅茵大人能夠心懷故鄉、心懷家人，繼續留在艾倫菲斯特。」

原來意思不是要我優待自己人，而是別離開領地啊。看來我的解讀又與一般貴族不一樣了。

我悄悄吐氣。雖然對基貝很不好意思，但聽到他要我心懷家人，我腦海裡想到的並不是身邊這些貴族，而是在平民區的家人。在魔法契約禁止我們接觸的情況下，只有留在艾倫菲斯特，我才能與家人保有非常脆弱的聯繫，像是收取髮飾、前往哈塞時請父親擔任護衛等等。只要有家人在，我完全沒有離開這裡的打算。

「……我的家人都在艾倫菲斯特。除非是奧伯．艾倫菲斯特下令，否則這裡便是我的歸宿。」

我如此宣告後，基貝．哈爾登查爾安心地放柔了表情。與此同時，我在眼角餘光中看見斐迪南用力皺起了眉。

返回貴族院

與基貝・哈爾登查爾會面過後，我趁著冬季的社交界，與斐迪南還有黎希達篩選過的貴族會面、參加芙蘿洛翠亞派的茶會蒐集情報，還把自己記得的故事寫下來，準備印製艾薇拉她們多半會喜歡的戀愛故事。

昨天我還與夏綠蒂一同前往兒童室，找莫里茲討論了貴族院一年級的課程。由於沒有機會能閱覽地圖與年表，所以地理與歷史都是下級貴族相當不擅長的科目。我建議往後在冬季的兒童室也該教授這兩個科目，再提供了我今年為一年級生整理好的參考書。資料越充足，大家越有可能產生興趣，今後上起課來也會很輕鬆吧。

「羅潔梅茵大小姐，奧伯・艾倫菲斯特向您預約了本日下午的會面時間。」

吃完早餐時，黎希達這麼告訴我。

「真是臨時呢，居然預約當天下午的會面時間……」

「聽說是一大早收到了韋菲利特小少爺的報告書，想聽聽您的意見。」

貴族院發生什麼事了嗎？表示自己知道了以後，我繼續寫起應該很符合艾薇拉喜好的戀愛小說。

時間到了下午，我在用過午餐後往領主的辦公室移動。斐迪南似乎也被叫了過來，正看著疑似是報告書的木板。

「是韋菲利特哥哥大人寄來了報告書嗎？」

「是啊。不過，比起報告書，更像是請妳回去的請願書。」

齊爾維斯特朝我遞來報告書，我很快看了一遍。

根據報告書上的內容，現在幾乎所有艾倫菲斯特的學生都修完了課程，貴族院的學生們也正式展開了社交活動。有關流行的提問源源不絕湧來，受邀參加茶會的次數也比去年多了將近兩倍。此外果然女性都對髮飾與絲髮精十分感興趣，在被女性包圍的情況下，參加茶會的韋菲利特與他的近侍們都感到非常不自在。

「如果是全為女性的茶會，大可以派布倫希爾德或者莉瑟蕾塔參加就好，韋菲利特哥哥大人為什麼要出席呢？」

「……因為對方本是想邀妳參加，所以寄出的邀請函註明了要給領主候補生，身為領主候補生的韋菲利特也只能參加。」

「原來如此，韋菲利特哥哥大人還真辛苦呢。」

這也代表如果我還待在貴族院，就只有我要不斷出席茶會了。搞不好要求我返回艾倫菲斯特的命令反而救了我一命。雖然因此苦了韋菲利特，但也只能請他加油。

「這一份報告書是關於迪塔。」

斐迪南遞來的那塊木板上，寫著艾倫菲斯特因為拒絕不了戴肯弗爾格提出的再戰要求，所以再次比了迪塔。然而，這次因為沒有我幫忙想出妙計，主要戰力的安潔莉卡與柯尼留斯又不在，馬上輸得一敗塗地。聽說比完迪塔後，洛飛還露出了非常失望的表情問：

「羅潔梅茵大人何時才會回來？」

……洛飛老師肯定忘了我不是見習騎士吧？

此外，與亞倫斯伯罕還有法雷培爾塔克的茶會也結束了。在與表兄姊一起舉辦的茶會上，蒂緹琳朵似乎不停追問艾倫菲斯特的成績為何突飛猛進、蘭普雷特為什麼拒絕了婚事，也問了與新流行有關的許多問題。

「照這樣看來，春天的領主會議勢必令人頭痛。」

「嗯，必須仔細觀察亞倫斯伯罕與舊薇羅妮卡派會有什麼動靜。」

除了這些事情，法雷培爾塔克的盧第格還曾委婉地詢問我是否已有未婚夫，蒂緹琳朵也問了韋菲利特有無未婚妻。韋菲利特當下似乎只是含糊其辭，說他認為可能要等到領主會議時才會有答案，然後結束了這個話題。

「……難不成法雷培爾塔克那邊打算向我求婚嗎？」

從麗乃那時候到現在，生平頭一次有人要向我求婚了嗎？我「噢噢」地感動驚嘆，看了好幾遍木板上的內容。斐迪南一邊嘆氣，一邊抽走我手上的木板。

「對方的求婚很明顯是為了妳的魔力，有什麼好值得高興的？」

「不知道法雷培爾塔克的圖書室有多少藏書呢？比艾倫菲斯特還多嗎？……唔！我、我並不是想接受法雷培爾塔克的求婚喔，單純只是想知道圖書室的藏書量。還有藏書清單也讓我感到非常好奇！」

斐迪南露出了懷疑的眼神，沒好氣地瞪著我。

「他們的藏書量與我們相差無幾，只要妳今後繼續印刷，很快便能追過。」

「這樣子啊。養父大人，那要是法雷培爾塔克有意向我求婚，請您告訴對方我們沒有緣分，幫我拒絕掉吧。」

「羅潔梅茵，有人向妳求婚的時候，妳就只問這件事情嗎?!很多事情也該考慮一下吧?!怎能只靠藏書量來決定?!」

齊爾維斯特不敢置信地瞪大眼睛怒吼，斐迪南只是哼笑一聲，咕噥說道：「你現在才知道嗎？」雖然他的態度讓人有點火大，但斐迪南說的也沒錯。與圖書室的藏書量比起來，還有其他更重要的事情嗎?不，絕對沒有。

「別管法雷培爾塔克求不求婚了，妳該看的內容是這裡。」

斐迪南指著報告書上的某處。我往那裡一看，上頭寫著亞納索塔瓊斯不斷在問：「還沒嗎？」艾格蘭緹娜也曾來信問過，想知道我何時能舉辦茶會，她想把我介紹給朋友。

「……真想當作沒看見，把這些事情全丟給韋菲利特哥哥大人呢。」

亞納索塔瓊斯在催的並不是我，肯定是髮飾和新曲；而我一旦要與艾格蘭緹娜的朋友舉辦茶會，出席的必定都是高順位領地的貴族千金們。如今大家都說我社交能力不夠，我也信心全無，實在不想再踏進感覺就有可能出錯的戰場。聽見我的嘀咕，齊爾維斯特也輕輕點頭表示同意。

「我明白妳的心情。但是，既然對方都指名了，妳只能出席。況且早已以妳不在為由，拒絕過了三次。若不至少告訴對方妳預計何時回去，在貴族院負責拒絕的韋菲利特也會非常為難。斐迪南，你預計何時讓羅潔梅茵回去？」

在眾人的注視下，斐迪南輕敲起太陽穴。

「下一個土之日。因為這邊的情報差不多蒐集完了，而且到那時候，尤修塔斯也比較有空閒時間。」

「什麼空閒時間？」

我什麼時候要返回貴族院，與尤修塔斯有關係嗎？我歪過頭，仰頭看向斐迪南，但卡斯泰德早他一步開口，臉上還帶著難以形容的複雜表情。

「因為我們決定由尤修塔斯擔任托勞戈特的侍從。」

「托勞戈特已經有其他侍從了吧？為什麼還要由尤修塔斯擔任呢？再說了，斐迪南大人，您願意把尤修塔斯借給托勞戈特嗎？先前明明不願意借給我，這是什麼意思嘛？」

我內心極度不滿地瞪向斐迪南，但他反瞪回來說：「這有一半都要怪妳。」卡斯泰德面色凝重，走過來阻止我們互瞪。

「羅潔梅茵，當時托勞戈特的請辭，其實幾乎等同於解任了吧？」

卡斯泰德說明，黎希達一放假，便怒火滔天地衝去找托勞戈特的父母，把兩人罵了一頓。並且她認為這是一族的大事，也找來了波尼法狄斯與卡斯泰德，召開親族會議，告知眾人托勞戈特的現狀。

「聽完黎希達的轉述，父親大人也大為震怒……前陣子托勞戈特修完了課回來時，父親大人還狠狠數落了他。」

「……但我是為了盡量別對他人造成影響，才讓他自己請辭呢。」

「比起解任，檯面上的影響確實小得多，但並非完全沒有。」

卡斯泰德慢慢地摸了摸我的頭說。

「再者，羅潔梅茵也說了吧？別把他送到神殿，要我們一族自己想辦法。於是一族討論出的結果，就是派族裡的人擔任侍從，跟在托勞戈特身邊，從頭指導他身為上級貴族，在侍奉領主一族時該有什麼自覺。」

「……我以為尤修塔斯是文官，但他也能勝任侍從的工作嗎？」

文官與侍從所需的能力不一樣。我知道尤修塔斯喜歡蒐集情報，總能提供各式各樣的資訊，以文官而言能力非常出眾，但他也能擔任侍從，時時注意主人的需求，照顧主人的生活起居嗎？齊爾維斯特對我的疑問咧嘴一笑。

「當然沒問題。斐迪南當年帶去貴族院的侍從，就是尤修塔斯。」

我驚訝得仰望斐迪南，他點了點頭。

「沒錯。雖然現在只指派他做文官的工作，但尤修塔斯也是我的侍從。聽說一開始他是在黎希達的吩咐下成為見習侍從，但到了貴族院，就照著自己的興趣也修習了見習文官課程。告訴我可以同時修習好幾種課程的人，正是尤修塔斯。」

……原來推動了斐迪南傳說的幕後主使者就是尤修塔斯。

「尤修塔斯不只要重新教育托勞戈特，也負責監督妳、在貴族院蒐集情報，並且定期向艾倫菲斯特報告。只是若不好好看緊他，他可能會只顧著蒐集情報，不過，這次黎希達也會跟著妳返回貴族院，所以應該是不用擔心。」

「聽起來尤修塔斯已經很忙了，但可以再麻煩他順便教育見習文官嗎？」

「教育見習文官嗎？」

齊爾維斯特納悶地眨眨眼睛。我慢吞吞點頭。

「先前已經說好，印刷與製紙業的文官由我來栽培吧？接下來雖然要挑選能與平民往來的下級與中級文官，但也需要有上級貴族的文官來管理他們吧？我打算從我、韋菲利特哥哥大人與夏綠蒂的見習文官當中，栽培出負責領導的人。畢竟這是領地的新事業，未來的領主也應該要參與才對吧？」

因為還不知道誰是下任領主，所以等麥西歐爾受洗過後，我打算也把他的文官納進來。齊爾維斯特同意了我的提議後，垂下眼皮沉思半晌。

「這主意是不錯，但這樣一來全是見習文官。若沒有已經成年的上級文官，恐怕很難帶領眾人。有沒有哪個上級文官能照著羅潔梅茵的期望，在貴族間負責協調？」

齊爾維斯特看向斐迪南。「照著羅潔梅茵的期望行事是最困難的吧。」斐迪南咕噥說著，視線在空中游移。看樣子是想不到適合的人選。

短暫的沉默過去後，卡斯泰德忽然拍向掌心。

「艾薇拉如何？如果這工作最主要的任務，就是在羅潔梅茵與上級貴族間擔任溝通的橋梁，我想她非常能夠勝任……」

「嗯。在羅潔梅茵沉睡的這段期間，艾薇拉也對印刷業表現出了強烈的興趣，甚至帶頭引進了哈爾登查爾。比起其他文官，應該也更了解印刷業，確實是適合的人選。」

斐迪南也表示贊同後，齊爾維斯特的雙眼立即發亮。

「那去問問她吧？」

「她自己也印了書籍，想必對印刷十分感興趣吧。現在孩子們也大了，要重新接下文官的工作應該沒問題。」

大家各自表達了意見後，便以交由艾薇拉掌管印刷業與製紙業為前提，接著往下討論。我知道艾薇拉是非常優秀的文官，所以她若能以文官的身分與我一起工作，無疑是強大的靠山。雖然某方面也教人感到不安。

……若交給母親大人管理，感覺會演變成「神官長周邊書籍製作小隊」。不過，算啦。提議的是卡斯泰德，斐迪南也贊成了，齊爾維斯特也下達了許可。就讓艾薇拉盡情地發揮長才吧。

「思及尤修塔斯的個性，要讓他教育見習文官是讓人有些不安。不過，也只有這段時間能把他借給妳，栽培能協助印刷業的文官。我會為他加上這份工作。」

由於要返回貴族院參加社交活動，我預計在下一次的土之日出發。斐迪南自己回到了神殿，卻要我留在城堡，盡可能習慣與人社交應酬。

……雖說要我習慣社交應酬，但我不可能在斐迪南不在場的情況下與貴族會面，母親大人她們舉辦的茶會好像也告一段落了。

回到貴族院之前，我每天不是去冬季兒童室，就是與夏綠蒂一起刺繡。

「只剩下三天的時間了呢。等姊姊大人回到貴族院，我的生活又要很寂寞了。」

「夏綠蒂，這次我不會待太久，很快就回來了。」

回去以後，我有一週的時間要參加茶會，再來是領地對抗戰與畢業儀式，然後一年級就結束了。這次停留的時間可能還不到兩週。

「為了明年要來就讀的夏綠蒂，我會努力提升艾倫菲斯特的排名喔。」

「姊姊大人，請您優先養好身體吧。而且，既然您說要為了我，那也請留點表現的機會給我吧。」

能表現的機會好像都快被哥哥大人與姊姊大人搶完了！夏綠蒂懊惱地鼓起臉頰。她說如果我們在今年就把大家的成績拉得太高，對於明年才要就讀的她難度太高了。

……留給夏綠蒂表現的機會嗎？我好像從沒想過這件事呢。

與夏綠蒂練習刺繡時，一隻奧多南茲飛了進來。奧多南茲以斐迪南的聲音，重複說了三次傳言。

「奇爾博塔商會來信，表示委託的髮飾已經做好了，想先聽聽妳有什麼意見。我吩咐他們明日下午帶來，妳也回神殿一趟吧。」

……可以見到多莉了！

我用思達普輕敲變回黃色魔石的奧多南茲，努力克制著忍不住變得雀躍的嗓音，回覆「遵命」以後送出奧多南茲。

在我身旁的奧黛麗聽見了奧多南茲的傳話後，立即前去找艾拉，告訴她準備返回神殿；黎希達也拿出禦寒衣物，手腳俐落地作起準備。

「既然是奇爾博塔商會做好了髮飾，大可以吩咐他們送來城堡。偏偏要大小姐回神殿一趟，斐迪南小少爺這回也太不為大小姐著想了。」

黎希達十分不滿，但這正是斐迪南為我著想的結果。因為多莉還不能來城堡。我想見的是多莉，並不是奇爾博塔商會。

「畢竟這次的髮飾是我接下了王族的委託。在請奧伯・艾倫菲斯特看過之前，我必須先自己檢查一遍，若有問題得請工藝師修改。」

「大小姐，您的工作量太多了。」

「是呀，姊姊大人的身體還沒完全恢復吧？」

夏綠蒂停止刺繡，把手上的針線交給侍從，用帶有指責意味的眼光瞅著我。

「夏綠蒂、黎希達，謝謝妳們擔心我。等檢查完了髮飾，明天我便會回來。因為土之日就要出發去貴族院了嘛。黎希達，麻煩妳留在城堡進行準備。斐迪南大人在我這裡寄放了很多東西吧？我想從神殿回來時，數量又要增加了。」

斐迪南在神殿的工坊裡頭，肯定又製造了一堆要給赫思爾的資料與魔導具。多半是想起了斐迪南至今帶來城堡的大量行李，黎希達輕笑出聲。

「是的，請交給我吧。我會預先作好準備。」

隨後，我帶著護衛騎士們前往玄關。應該是早已接到黎希達的通知，我看見諾伯特正向下人們下達指示。

我環顧自己的護衛騎士們。

「柯尼留斯、萊歐諾蕾，土之日就要返回貴族院了，請先作好準備喔。」

「遵命，羅潔梅茵大人。」

然後我由著達穆爾與安潔莉卡帶路，回到神殿。

等了又等終於有機會見到多莉了。然而不知為何，斐迪南竟也一同出席。難道因為這是王族的委託，他不放心只交給我一個人嗎？

……好不容易能見到多莉了，神官長這個超級跟屁蟲。

而且斐迪南總是面無表情，講話又很嚴厲，要是讓多莉感到害怕就不好了。這種時候，我一定要做好防護的工作才行。懷抱著這樣的決心，我竭盡所能擺出兇惡的表情，狠瞪向坐在已經整理妥當的孤兒院長室裡、一臉滿足地喝著法藍泡的茶的斐迪南。

「……妳那麼不滿的表情是什麼意思？」

「雖然也有不滿，但這是我下了重大決心時的表情喔。」

「我只感覺到戒心與敵意。我已經說過好幾遍了，別把情緒表現在臉上。」

斐迪南大力捏起我的臉頰。瞬間，我極力擺出的兇狠表情立即破功，眼淚差點要掉了下來。斐迪南和班諾不一樣，完全不手下留情，所以超痛。

我急忙摀住臉頰，阻止他繼續捏我。這時，我聽見吉魯的聲音從一樓傳來，通報訪客已經到了。緊接著是上樓的腳步聲，離我們越來越近。

「神官長，這位是奇爾博塔商會的現任店主歐托，這位是羅潔梅茵大人的專屬工藝師多莉。」

班諾帶著一行人走上來後，為初次見到歐托與多莉的斐迪南作介紹，兩人隨即上前跪下。

「歷經生命之神埃維里貝的重重嚴格遴選，得以有幸與您會面，願能蒙受您的祝福。」

「賜予你們由衷的祝福，願生命之神埃維里貝能為奇爾博塔商會帶來指引。」

斐迪南給予了祝福後，歐托與多莉站起來。

「很高興能看見羅潔梅茵大人這般容光煥發的模樣。」

多莉明明才十二歲，卻已經散發出了成熟大人的感覺，讓我大吃一驚。她的髮色與麻花辮還是和從前一樣。但是，穿著奇爾博塔商會的學徒制服、走路悄然無聲的她，完全沒有了以前在森林裡奔跑時的活潑好動。多莉的發育本來就算不錯，但在我沉睡的這兩年，她的手腳變得更是修長，胸部也有了隆起。五官雖然還留有以前的樣子，但已經沒了稚氣，變得與母親越來越像。無論是舉止、用詞，還是對貴族行禮時的樣子，都已經不是我認識的那個多莉。

兩年的空白就這麼明擺在我眼前，我受到了強大的衝擊。但是，多莉抬起頭來看向我後，一雙藍眼隨即懷念又高興地瞇起，再明顯不過地訴說著：「好久不見了，好想見妳喔。」她眼中的情感令我感到熟悉，緊繃的身體馬上放鬆下來。

「這便是羅潔梅茵大人要求訂做的髮飾。」

在班諾的催促下，多莉恭恭敬敬地打開木盒。她審慎拿取商品時的手部動作也和兩年前不同，一點生澀的感覺也沒有，看起來非常熟練。

拿出來的蔻拉蓮耶造型髮飾，使用了讓人感覺溫暖的紅色，也是土之女神蓋朵莉希的貴色。許多白色小花環繞在大朵的紅花四周，讓人預感到春天就要來臨的一抹嫩綠如同藤蔓般搖曳垂落。看得出來在用線上就費了工夫，花瓣呈現出的曲線優美絕倫。最外圍還點綴了蕾絲，更有種精緻奢華的感覺。在多莉至今做過的髮飾中，這無疑是最無可挑剔的作品。我完全可以想像艾格蘭緹娜戴上後是什麼樣子。想必更能襯托出她那一頭美麗的金髮吧。

「……好漂亮喔。」

我著迷不已地發出讚嘆，斐迪南也滿意地點一點頭。

「嗯，沒問題。奇爾博塔商會，你們做得很好。」

平常總是板著恐怖臭臉的斐迪南，這次倒是坦率地給予讚美。多莉的表情本來還十分緊張，漸漸地展露笑容，臉上滿是安心與滿足。

「成品極其出色呢。委託製作的亞納索塔瓊斯王子，與收到髮飾的艾格蘭緹娜大人，想必都會非常高興。妳的手藝又精進了不少，真教我驚訝呢。」

「不敢當。還有，另外這個髮飾想獻給羅潔梅茵大人。」

多莉再遞來了為我製作的春季髮飾。我立刻決定買下，然後如同往常微微側身。

「妳能幫我戴上嗎？」

多莉邊在意著斐迪南的臉色邊朝我走來。然後，她先輕輕地摘下我現在戴的髮飾，再為我戴上新髮飾，順手用指尖把我披散在肩膀上的幾綹髮絲往後撥攏。

「好看嗎？」

「這是我專為羅潔梅茵大人製作的髮飾，您戴起來當然非常好看。」

多莉一本正經地說，眼中卻有著俏皮的光彩。我與多莉互相對視後，笑了起來。斐迪南始終面無表情，靜靜望著我們的互動。

收下了髮飾以後，很快地也到了要返回貴族院的日子。

「羅潔梅茵只要有任何失控的跡象，一定要盡全力阻止她。」

接到了這樣的叮囑後，我的護衛騎士們率先踏進轉移陣，消失了蹤影。我則是與黎希達一起移動。大量的行李必須先送往貴族院，包括要給艾格蘭緹娜的髮飾、獻給光之女神的樂曲、當作試用品的小瓶裝絲髮精，還有要轉交給赫思爾的物品等等。

「領地對抗戰時，我們也會前往觀賽。無論任何事情都要適可而止，切勿過猶不及。聽到了嗎？」

「我知道，養父大人。為了讓夏綠蒂明年有表現的機會，留點空間給她發揮比較好吧？」

「羅潔梅茵，難道妳站在夏綠蒂那一邊嗎?!」

齊爾維斯特睜圓了眼，突然大叫出聲。

「……雖然不明白養父大人的意思，但我當然是站在夏綠蒂那一邊的吧？我可是夏綠蒂的姊姊喔。」

我「唔呵呵」地挺起胸膛，不知為何齊爾維斯特卻抱頭發出呻吟。斐迪南輕拍了拍他的肩膀，再用夾雜著無奈與看開的眼神看向我。

「齊爾維斯特，你苦惱也沒用。羅潔梅茵根本什麼也沒在想。」

「太失禮了。我每天都在思考該怎麼做才能當夏綠蒂的好姊姊，努力達到目標喔。」

「嗯，妳就為了夏綠蒂好好努力吧。其他事情什麼也別想。還有，我已經吩咐了尤修塔斯要蒐集情報，所以妳要盡可能帶著他參加茶會。」

能帶著男性文官如哈特姆特等人同行的茶會並不多。因為女孩子們會聊些私密話題，所以不少茶會都是男性止步。

「要我帶著尤修塔斯一起參加茶會嗎？言下之意是……」

「……不用全部說出來，就是這樣。」

意思就是要讓尤修塔斯扮成女性，我再帶他一同出席。但如果不是托勞戈特，而是我帶著尤修塔斯到處走動的話，別人會以為是我有一個愛扮女裝的近侍吧？

「不管是赫思爾老師還是尤修塔斯，別人會不會覺得艾倫菲斯特專出怪人呢？搞不好還會誤以為我也是其中的一分子，這樣子沒關係嗎？」

要是連我也被當成怪人怎麼辦？我正這麼苦惱時，斐迪南、齊爾維斯特與卡斯泰德都露出了難以言喻的表情。

「……沒有自覺可能也是一種幸福吧。」

「什麼？」

我反問道，但斐迪南只是輕輕擺手，說著「快走吧」把我趕走。

依然滿心納悶的我站到已在轉移陣裡的黎希達身旁，隨即感受到了魔力的流動。

社交週開始

「羅潔梅茵，妳太慢了！」

一回到貴族院的宿舍，韋菲利特已經雙手扠腰，氣勢洶洶地等著我回來。他這副模樣與等著我回到城堡時的齊爾維斯特非常相像，連講的話也像。果真是超相像父子檔。

「韋菲利特哥哥大人，我回來了……可是，決定我回來日期的人是奧伯・艾倫菲斯特與斐迪南大人，您對我生氣也沒用喔。」

「但都因為妳不在，我們這邊都亂成一團了！」

由於學生們在貴族院都正式展開了社交活動，聽說受邀參加茶會的次數大幅增加，完全是往年無法相比的程度。韋菲利特說他在出席無法拒絕、對象全是上位領地學生的茶會時，都只能回些不過不失的答案。除此之外，每種階級與職務的學生也都接到了比往年要多的聚會邀請，聚會上經常被問到與艾倫菲斯特有關的事情。

大幅增加的茶會固然應付得很辛苦，但也因為引來了大量矚目，聽說排名接近的領地因此更是頻頻打探，冷嘲熱諷的情況也十分嚴重。而艾倫菲斯特的學生們因為至今很少受到矚目，所以都無所適從，不知道該怎麼辦才好。

原本這種時候，舍監應該要出面幫忙處理、給予大家建言，然而赫思爾只是成天待在研究室裡不出來。就算往艾倫菲斯特寄信詢問對策，也都要等上一段時間才會收到回覆。韋菲利特向我控訴，他們在這裡簡直是孤立無援。

……我明白哥哥大人的心情喔。可是，這不能只怪我一個人吧？真要說起來，根本是赫思爾老師的錯吧？

「都要怪妳與亞納索塔瓊斯王子還有庫拉森博克有了交集……」

「我也不是自願要與他們產生交集的呀。都接到他們的邀請了，當然只能赴約吧。難道韋菲利特哥哥大人有辦法拒絕嗎？」

「就是因為沒辦法我才煩惱啊！」

他說他已經告知了眾人我預計回來的時間，所以目前與上位領地的社交活動處在暫時停止的狀態。韋菲利特拚命訴說自己有多累多辛苦，黎希達對他露出苦笑。

「韋菲利特小少爺，與其一直站在這裡，要不要回到交誼廳再詳談呢？其他人應該也有許多話想對羅潔梅茵大小姐說吧？」

「沒錯！我有好多話要告訴羅潔梅茵大人！」

身為我的近侍，優蒂特在見習騎士中是唯一留在貴族院的人，她來到我跟前問候說道：「歡迎您的歸來。」聽說優蒂特修完課程以後，本想馬上返回艾倫菲斯特執行護衛任務，想不到因為戴肯弗爾格提出了再比一次迪塔的要求，又因為是我的近侍，不得不參加貴族院的各種社交活動，結果根本無法回去。

「我確實通過所有考試了喔！可是卻得不到返回艾倫菲斯特的許可，也就無法在羅潔梅茵大人身邊執行護衛任務。絕對不是我的成績不好！」

優蒂特萬般殷切地向我解釋。側眼看著她的韋菲利特輕輕聳肩。

「……怎麼可能讓她回艾倫菲斯特嘛。」

由於想打聽消息的他領學生與茶會的邀請急遽增加，艾倫菲斯特的學生人數又不多，最終演變成了每個人都要幫忙應對的事態。也因此所有人都必須盡快修完課程，眾人也在龐大的壓力下勇敢迎戰考試，修完了課程。

「好了好了，等進了多功能交誼廳再聊吧。再不優先考慮大小姐的身體狀況，萬一她病倒了，情況只會更麻煩喔。那我回房間整理行囊了。」

黎希達推著韋菲利特的背催促他，然後往房間的方向走去。我不自覺地目送著黎希達走上階梯，看見有人與她擦身而過下樓來。原來是一雙褐眼熠熠光輝、表情顯得非常愉快的尤修塔斯。身旁還跟著像是被他拖下來，一臉疲倦無力的托勞戈特。

「羅潔梅茵大小姐，久疏問候了。」

「尤修塔斯，普朗坦商會的人告訴我，他們承蒙了你諸多關照呢。這兩年來，聽說都是你幫忙處處費心。謝謝你的協助。接下來也要麻煩你了。」

「大小姐總能讓我獲得寶貴的經驗。我定當竭盡所能，不辜負您的期望。」

我與尤修塔斯說話的時候，托勞戈特在旁邊一臉不知該說什麼才好的表情，視線不斷來回飄移，最終垂下目光。從前那洋溢著自信而且活潑開朗的樣子完全不見了，現在變得十分消沉。看來返回艾倫菲斯特時，真的被親族罵得很慘。

該對他說些什麼呢？我正在苦惱時，尤修塔斯用手肘「咚」地戳向托勞戈特。他這記動作不僅飛快，托勞戈特還「嗚！」地發出悶哼，由此可知那記肘擊八成打在了痛點上。尤修塔斯完全無視他痛苦的呻吟，臉上的和藹笑容消失，判若兩人地換上冷冰冰的臉孔，冷瞪著托勞戈特。

「托勞戈特，你應該有話要對大小姐說吧？愣在這裡做什麼？」

托勞戈特緊緊咬牙，護著側腹，慢慢在我身前跪下。

「……羅潔梅茵大人，都怪我思慮太過淺薄，先前才對您那般失禮，實在萬分抱歉。在此由衷向您謝罪。」

我剛張開嘴巴，想要接受托勞戈特的道歉時，尤修塔斯立即瞇起褐色雙眼制止我。

「羅潔梅茵大小姐，您不需要原諒托勞戈特。這傢伙犯下的過錯，不該那麼輕易得到原諒。」

尤修塔斯說完，我身邊的近侍們都點頭同意。差點反射性地回說「沒關係」的我，在心底非常感謝搶先阻止了我的尤修塔斯。

「對了，大小姐，前些天斐迪南大人吩咐我，也要藉這機會教育文官，請問我究竟該指導哪些事情呢？」

「我想栽培今後可以輔佐印刷業的人才。為此，我需要願意與平民接觸的人，但是與平民交涉時，究竟該注意哪些事情？又該如何發展印刷業……不過，在這之前，我想先請你幫我鑒定，現在的見習文官們是否已能勝任文官的工作。」

我與尤修塔斯一邊討論著該如何教育文官，一邊走進多功能交誼廳。本為侍從的尤修塔斯在與我說話，托勞戈特反倒跟在他的身後，這兩人的主從身分根本完全顛倒了。不過，因為尤修塔斯是一族派來的監視員，托勞戈特也沒辦法抱怨吧。也可能曾經抱怨過，但早已經被修理了一頓。

「羅潔梅茵大人，歡迎您的歸來。我們都打從心底等著您回來呢。」

一踏進多功能交誼廳，宿舍裡的學生們都臉龐發亮地前來迎接我。看來真的如韋菲利特所說，今年的社交活動讓大家心力交瘁。

「各位，我回來了。韋菲利特哥哥大人已經說過這陣子有多麼辛苦了呢。現在還請各位告訴我，在我返回艾倫菲斯特以後發生了哪些事情吧。」

我和在神殿聽取報告時一樣，不分年級與派系，依序傾聽大家的報告。

「其實直到現在，我們都還未能邀請他領的領主候補生舉辦茶會。畢竟沒有其他領主候補生需要返回領地舉行奉獻儀式，所以這也無可奈何……」

大家說了，明明有我這個女性領主候補生在，若還由上級貴族舉辦茶會，邀請他領的領主候補生，相當於不把他領放在眼裡。而去年因為還沒有領主候補生，是由上級貴族的女學生舉辦了艾倫菲斯特主辦的茶會，但今年當然不能這樣做，所以一直拖到了現在，都還與他領的領主候補生沒有什麼交流活動。

「……既然如此，由韋菲利特哥哥大人舉辦茶會不就好了嗎？」

「舉辦茶會基本上是女性的工作，我又不清楚，況且我也要參加男性領主候補生的社交活動。我光是出席受邀的上位領地茶會就已經分身乏術了。」

原來男性領主候補生也有他們自己的社交活動。像是舉辦小型的狩獵大賽，還有貴族間會進行的加芬納那類比賽，一邊展示自己的實力一邊閒聊，順便交換情報。現場提供的茶水與點心雖也會引起討論，但與全是女性的茶會不一樣，終究只是種陪襯。韋菲利特說他因為無法拒絕，不只要出席全是上位女性領主候補生的茶會，也要參加男性領主候補生那邊的社交活動。

「大家都很辛苦呢。那麼接下來，我也該參與社交活動才行。首先我該做的事情……就是去圖書館，為休華茲與懷斯提供魔力，然後是……」

聽完大家的報告，我如此表示。在場眾人一致眉毛倒豎，開口反駁：

「慢著，為什麼妳會得出這種結論？應該是先向亞納索塔瓊斯王子預約會面時間吧。」

「庫拉森博克那邊也差人說了，請您回來以後要通知一聲喔。」

「現在明明有很多上位領地想向我們打聽消息，您卻要去圖書館嗎?!」

「洛飛老師知道了羅潔梅茵大人何時回來後，一直要求再比一次迪塔……」

「在領地對抗戰開始之前，艾倫菲斯特一定要主辦一次茶會，邀請他領的領主候補生。現在已經沒有時間了。」

聽到在前往圖書館之前，有這麼多事情應該要先完成，我的意識不禁飄向遠方。如果要在領地對抗戰與畢業儀式之前把這些事情做完，行程排起來恐怕會嚇死人。我轉過頭想找黎希達商量，這才想起她回房去收拾行李了。我再環顧多功能交誼廳，發現這時候可以立即商量的對象，似乎只有尤修塔斯。

……雖然教人有些不安，但他畢竟是神官長的近侍，路茲與班諾先生也說過他的能力很優秀。請他提供建言應該沒問題吧？

「尤修塔斯。」

在托勞戈特身後待命的尤修塔斯露出了有些驚訝的表情。多半沒想到我會指名叫他吧。但是，他立即來到我跟前跪下，垂下頭說：「大小姐，有何吩咐？」

「你覺得我該優先處理哪件事情呢？倘若是斐迪南大人，你想他會怎麼安排？」

「我可以發言嗎？」

「如今宿舍裡頭並沒有可靠的舍監。現在我不是請你以托勞戈特的侍從，而是以斐迪南大人的文官的身分，能不能為我提供建言呢？」

「遵命，謹遵大小姐的吩咐。見習文官，讓我看看接下來的行程。」

尤修塔斯立即看起哈特姆特手上的行程表，垂著眼簾沉思了一會兒。

「目前必須先確認為了接下來的社交活動，究竟有多少人手可以動用。領地對抗戰的準備工作都完成了嗎？」

先前都不在宿舍的我，朝眾人投去請求回答的眼神。韋菲利特與他的近侍，還有站在尤修塔斯旁邊的哈特姆特都面帶難色地皺了皺眉。

「……還沒有。老實說，現在根本沒有那種時間。」

「雖然多少有些進展，但離完成還有很大的差距。」

「時間所剩不多哪。」尤修塔斯扳著手指算了算日子，小聲嘀咕說完，接著又道：「那麼，除了大小姐與她的近侍，其他人請優先準備他領奧伯也會前來觀賽的領地對抗戰。請韋菲利特大人與您的近侍負責指揮，帶領眾人進行準備。」

看見韋菲利特與他的近侍們大力點頭後，尤修塔斯再把視線轉向我。

「大小姐，您必須優先處理一直延宕至今的社交活動。首先，請向王子預約會面時間；接著向想打聽消息的上位領地送去奧多南茲，通知他們您已經回到貴族院，並且告知您將舉辦茶會。一旦敲定了與王子會面的日期，要盡快決定艾倫菲斯特要在哪一天舉辦茶會，然後向所有領地發出邀請函。盡可能讓每個領地的人都來參加茶會，一鼓作氣把該進行的社交活動完成大半。」

聽到尤修塔斯要我一次解決，我的心情輕鬆多了。這下子應該可以擠出一些時間去圖書館。

「趁著中間的空檔，我也會讓大小姐前往圖書館提供魔力。但是當然，您只能為魔導具提供魔力，並沒有時間可以看書。」

「嗚……」

「即便決定好了要舉辦茶會，上位領地仍有可能傳喚您前往。再者，現在艾倫菲斯特的多數學生都要準備領地對抗戰，沒有多餘的人力能讓大小姐帶著好幾名近侍，從早到晚待在圖書館裡頭。這點您也能明白的吧？」

「……是。」

我若想前往圖書館，就得帶著好幾名近侍一起行動，形成很大的陣仗。我無法獨自一人輕輕鬆鬆地前往。韋菲利特張大雙眼，注視著這麼輕易就禁止我前往圖書館的尤修塔斯。然後，他再一臉不安地看向我，表情像是在說：「妳真的沒問題嗎？」在大家都忙得焦頭爛額的時候，我當然能克制自己不去圖書館。

……而且我也帶來了書要在宿舍看，所以沒關係的。雖然我很想窩在圖書館啦。

「尤修塔斯，那戴肯弗爾格提出的再戰要求怎麼辦？」

韋菲利特問道，尤修塔斯輕挑起眉。

「這種問題根本不值得考慮，當然是拒絕。竟然向羅潔梅茵大人提出再戰的要求，洛飛老師的腦袋是不是糊塗了？與斐迪南大人不同，大小姐並不是見習騎士，甚至還是不能參加迪塔的一年級生。只要告訴對方，現在的迪塔與從前不同，完全是見習騎士間的比賽，然後回絕就可以了。幸好領地對抗戰也快到了。」

與洛飛年紀相仿的尤修塔斯斷然表示：「沒必要跟他們再比一次。」我也認為他說的非常正確，但要拒絕上位領地提出的要求，實在很有壓力。

「但這是戴肯弗爾格提出的要求喔，究竟該怎麼拒絕呢？」

「交給赫思爾老師就好了。舍監正是為此而存在，況且她從斐迪南大人還是學生的時候，就很習慣拒絕洛飛的要求了，所以沒問題。」

……對喔，尤修塔斯曾是神官長的侍從呢。

「可是，又要怎麼拜託赫思爾老師？她根本一步也不離開研究室。」

韋菲利特滿臉不安地問道，尤修塔斯再度爽快回答。

「我們可以提供斐迪南大人送來貴族院的物品作為交換，然後請她幫忙，她就會認真做事了。赫思爾老師的實力足以讓她進入中央，端看如何運用，可是非常有用的人才。」

聽說斐迪南還是學生的時候，也是頻頻接到比迪塔的要求，而想把斐迪南留下來當研究助手使喚的赫思爾，與一心只想比迪塔的洛飛之間，三天兩頭就上演爭奪戰。所以尤修塔斯說了，只要交給赫思爾就沒問題。

「……我突然覺得尤修塔斯看起來非常可靠。」

「哦？不然大小姐至今對我有什麼評價呢？」

……我以為你是對什麼感興趣就會一頭栽進去，甚至不惜扮成女裝也要蒐集情報的怪人。

彷彿聽見了我內心的聲音，尤修塔斯表情逗趣地喃喃說道：「蒐集情報可是我的工作呢……」至今我也知道蒐集情報是尤修塔斯的工作之一，但我更以為這完全是他個人的興趣。現在看到他能力這麼優秀，坦白說我嚇了一跳。畢竟尤修塔斯再怎麼怪，仍是受到斐迪南重用的近侍，我太小看這個事實了。

「那麼，請大小姐等人前往其他房間，先向王子預約會面時間，然後討論將要主辦的茶會吧。」

尤修塔斯說完，莉瑟蕾塔立即走出多功能交誼廳，去找間會議室讓大家能討論事情。尤修塔斯再看向韋菲利特他們。

「其他人請在韋菲利特大人的近侍帶領下，分作騎士、文官與侍從共三組人，一起討論要如何準備領地對抗戰。時間已經所剩不多，請大家加緊腳步，仔細思考慎重行動。」

尤修塔斯做出了很有斐迪南風格的結語後，眾人依著他的指示開始行動。我從沒想過有個能明確下達指示的大人在，竟能讓人這麼安心。

莉瑟蕾塔前來通知會議室已經整理完畢時，大家也已依著見習騎士、見習文官與見習侍從分成三組，開始討論領地對抗戰的準備工作。現場氣氛熱絡得就像在準備文化祭和運動會，我邊側眼看著大家，邊走出多功能交誼廳，往幾步路外的會議室移動。

「若想一鼓作氣邀請所有領地的人，規模會比我們原先預期的還要盛大呢。當天若不請韋菲利特大人提供協助，羅潔梅茵大人又幾乎不認識其他學生，只有她恐怕會應付不來。」

「如果只請他幫忙這麼一天，應該會願意答應吧。」

收拾完行李的黎希達走進會議室後，我找她商量了該怎麼對王族說話才不會顯得失禮，然後向亞納索塔瓊斯寄出了奧多南茲，向他稟報我已經返回貴族院，並且想把髮飾交給他，希望能夠預約會面時間。

等待回覆期間，我告訴哈特姆特與菲里妮，印刷業作為艾倫菲斯特的新事業，將在我與艾薇拉的主導下推廣發展，也因此尤修塔斯會協助我們訓練見習文官。

「由於是新事業，為了讓可能成為下任奧伯的人也參與其中，會由韋菲利特哥哥大人、夏綠蒂、麥西歐爾還有我的見習文官，負責帶領基貝送來的文官，以及至今曾與平民有過往來的文官們，一同發展印刷業。」

「……羅潔梅茵大人，我真的要參與這麼重要的事業嗎？」

下級貴族菲里妮邊聽邊臉色發白，發出畏怯惶恐的聲音問道，嫩草般的一雙綠眼搖曳著不安。這麼說來，達穆爾也說過他雖為下級貴族，卻能成為我的護衛騎士，又因為魔力成長了，所以周遭有許多人都對他感到眼紅。菲里妮勢必也會面臨一樣的處境。

「菲里妮，如果妳會害怕，不想參與印刷業，我可以安排妳去其他部門工作喔。」

「……不。我早就下定決心，要與羅潔梅茵大人一起做書。我絕不會違背自己立下的誓言。」

菲里妮使力握起的拳頭仍在不安地微微顫抖，不過，說話時的語氣非常堅定。見她下定了決心要好好努力，我不禁露出微笑。

「哈特姆特，雖然我也會小心留意，但也請你幫忙照顧菲里妮，別讓文官們欺負她。」

「遵命。」

我再告訴哈特姆特與菲里妮，為了今後要拓展印刷業，我將栽培兩人成為我的心腹，因此也建議他們要趁著這段短暫的期間，多向尤修塔斯學習文官方面的工作。就在這時候，奧多南茲回來了。

「我想盡快把髮飾送給艾格蘭緹娜，明天第五鐘就過來。」白鳥用亞納索塔瓊斯的聲音重複說了三次以後，變回黃色魔石。我送出回覆表示明白後，把目光投向布倫希爾德與莉瑟蕾塔。

「倘若與亞納索塔瓊斯王子的會面在明天，那麼何時可以舉辦茶會呢？決定日期以後，必須向所有人發出邀請函吧？」

「我想五天……不，四天後沒有問題。茶會還是盡早舉辦為妙。因為不只我們，前來參加的客人們也同樣要準備領地對抗戰……再說了，安潔莉卡也要為畢業儀式進行準備吧？」

布倫希爾德看向安潔莉卡，莉瑟蕾塔也表示同意地重重點頭。然而，要畢業的當事人只是一臉狐疑地歪著頭。

「我已經把要穿的衣服帶來了，我想沒有必要再多作準備。」

安潔莉卡說完，布倫希爾德的柳眉立刻往上高聳。

「要出席這般隆重的場合，怎能不從現在開始就精心準備呢?!難得安潔莉卡長得這麼漂亮，一定要用絲髮精與髮飾盛裝打扮，才能推廣艾倫菲斯特的新流行！」

「姊姊大人，父親大人與母親大人已經告訴我，有關髮型與妝容，許多細節都還沒有決定。想必您以要在神殿執行護衛任務為藉口，一直沒有回去討論吧？」

被莉瑟蕾塔指責，安潔莉卡一臉哀傷地垂下眼皮。長長的睫毛在下眼皮上形成陰影，單看畫面儼然是個傷心欲絕的美少女，但這其實是她感到非常麻煩時的表情。現在我也相當會分辨了呢。當然，身為妹妹的莉瑟蕾塔更是早已看穿安潔莉卡這個表情是什麼意思，她先是啼笑皆非，接著露出無奈微笑。

「我會幫姊姊大人挑選適合您的髮型，再由我來決定，所以當天還請老老實實地交由我為您打扮吧。」

「莉瑟蕾塔都這麼說了，沒辦法，當天我會乖乖配合。」

安潔莉卡神色哀戚至極地點點頭。表情憂鬱得就像是因為政治聯姻，被迫嫁給自己不喜歡對象的千金小姐，但實際上她只是嫌麻煩而已。順便說明，安潔莉卡雖然懶得盛裝打扮，但身為護衛騎士，要用魔石強化身上的騎士裝束，還有為披風繡上魔法陣時，倒是每次都卯足了勁。

「我知道姊姊大人除了能夠強化戰力以外，並不喜歡任何額外的裝飾，但出席畢業儀式時若不打扮得用心一些，要護送您的人也會沒有顏面吧？」

聽到「護送您的人」這幾個字，我連連眨了眨眼睛，看向安潔莉卡。不是「父親大人」也不是「叔父大人」。也就是說，另外有個已經確定的對象在。

「安潔莉卡會由誰護送呢？應該不是親族吧？」

「咦？羅潔梅茵大人不曉得嗎？……姊姊大人與其他人都沒有向您報告過嗎？」

「我完全沒有聽說喔……」

莉瑟蕾塔先看向我，再依序看向安潔莉卡與周遭眾人。看見當事人只是一派事不關己地偏著頭，她表情非常為難地垂下眉尾後，露出了想打圓場的笑容簡單帶過。

「既然似乎還沒有任何人知道，請當天拭目以待吧。」

……護送安潔莉卡的人到底是誰呢？我超級好奇！

領地對抗戰的準備與尤修塔斯

「大小姐，您說過今天要讓尤修塔斯同行，但即便是齊爾維斯特大人與斐迪南小少爺的命令，您真的不介意嗎？」

在我起床的同時，黎希達臉色非常可怕地這樣問我。今天一整天，我將與托勞戈特交換侍從。聽到我說自己的兒子將扮成女裝，以侍從的身分跟在我身邊，我想黎希達肯定非常頭痛。

「雖然我也有些不安，但光靠我與韋菲利特哥哥大人提供的情報，這樣的資訊量好像還是遠遠不夠，所以這也是沒有辦法的事情呢。而且，尤修塔斯是斐迪南大人推薦的人嘛。我相信他不會出任何差錯。」

……還有，雖然對非常擔心的黎希達感到過意不去，但其實我多少也有點又害怕又想看的心態，想知道尤修塔斯扮起女裝是什麼樣子。

今天上午我預計前往圖書館，為休華茲與懷斯提供魔力，下午要與亞納索塔瓊斯會面。與此同時尤修塔斯將扮成女裝，以侍從的身分與我同行。這段時間黎希達會跟在托勞戈特身邊，擔任他的侍從。

「尤修塔斯老是優先去做自己感興趣的工作，肯定把照顧托勞戈特這件事擺到最後。身為侍從，我要好好確認尤修塔斯的工作表現。」

黎希達恐怕不會放過任何細節，鉅細靡遺地檢查吧。那對烏黑眼眸亮起精光。

用完早餐，直到圖書館開館之前，我都在多功能交誼廳與大家一起討論領地對抗戰的準備事宜。領地對抗戰這項活動，就好比麗乃那時候的文化祭加運動會加就業說明會的綜合版。中央的王族、各領地的奧伯，還有學生的監護人們都會來觀賽，學生們也藉這機會展現自己的拿手本事。不過，也有學生為了讓戀人的父母同意他們結婚，太過極力表現下卻造成了反效果；也有老師不顧學生們才是主角，開始發表起自己的研究成果。總之，聽說每年都有各種突發狀況。

對於見習騎士來說，迪塔比賽正是他們表現的機會。老師用魔法變出魔物以後，要比誰能夠最快打倒。由於勝負簡單明瞭，又能明顯看出每個人有何精彩表現，場面也很壯觀，所以聽說在領地對抗戰中是最受歡迎的項目。

相較於大領地的人數多到能夠進行選拔，小領地是所有見習騎士都要參賽，所以從一開始能力就有相當大的差距。不過，這也是領地本身的一種實力。從人數來看，艾倫菲斯特算是偏向小領地的中領地。由於土地雖廣，人口卻不算多，必須靠實力來彌補人數的不足。但觀察過見習騎士們至今的表現後，他們的實力好像有些難以形容……更正，是還有很多的進步空間。只要今後藉著魔力壓縮法增加魔力，了解魔物有哪些弱點、練習如何排好隊形與加強團隊合作，相信可以提高順位。

「今年萊歐諾蕾研究過了魔物的弱點與過往的戰績，所以大家會遵循她的指示，然後以安潔莉卡與我為中心展開攻擊。遺憾的是，我們的團隊合作能力還有待加強。」

柯尼留斯說完，安潔莉卡點了點頭。與戴肯弗爾格比過迪塔以後，雖然知道了團隊合作的重要性，但大家才剛開始加強這部分。波尼法狄斯說過，他從春天開始會鍛鍊見習騎士們，所以明年的情況應該會好很多吧。

「比迪塔之前，我打算給予見習騎士們英勇之神的祝福，這麼做會太卑鄙嗎？」

「羅潔梅茵大人的祝福，可是艾倫菲斯特能夠使用的珍貴戰術。只要出發之前，先在宿舍裡頭祈禱我們能在迪塔比賽上得勝，一定能讓大家士氣大增。」

從萊歐諾蕾說的「先在宿舍裡頭」這句話，可以知道只要不被他領學生看到就沒關係，恐怕算是種接近犯規邊緣的陰險手段。

……反正戴肯弗爾格早就說過我陰險了，也罷，沒差。

對於見習文官來說，則要趁這機會發表自己的研究成果，像是魔導具啦，還有藥水的改良與發明等等。拿著做好的實際成品與整理好了研究成果的資料，向中央推銷自己的技術。聽說斐迪南都是趁這時候發表自製的魔導具，讓中央的人掏錢購買，大賺了一筆。自從他畢業以後，艾倫菲斯特已經有好幾年都成了赫思爾的研究成果發表會。

「哈特姆特，你打算展示什麼研究成果呢？」

「我目前正在研究羅潔梅茵大人，但還沒有得出足以向人們發表的結論。」

……我剛才好像聽到了什麼非常恐怖的發言，是我聽錯了嗎？

「說得更確切一點，我研究的是在貴族院學習到的魔法，與羅潔梅茵大人施展的祝福與庇佑有什麼不同。在貴族院，我們都是取得了思達普以後，才能施展諸神的庇佑，然而羅潔梅茵大人即便沒有思達普，也能給予諸神的庇佑吧？」

「但問候時不是也會給予祝福嗎？」

就算沒有思達普，只要擁有洗禮儀式時獲得的釋放用魔石，任何人都能給予祝福。聽見我這麼說，哈特姆特瞪大了橙色雙眼。

「我指的不是釋出魔力即可的祝福，而是以神之名獻上祈禱，獲得具有效果的庇佑。對我來說，這完全是不同的兩件事，但對羅潔梅茵大人來說卻是一樣的呢。」

這真是新發現，哈特姆特喜不自勝地說。但對我來說，這也是新發現。因為在我看來，這都是向神獻上祈禱。不論是問候、在神殿給予的祝福還是諸神的庇佑，都要在說出神的名字以後才釋放魔力。我從沒想過這些事有什麼不同。

……啊，不過，那種魔力像是擅自被吸走，與靠著自己努力注入魔力時的情況，兩者可能存有許多細微的差異？但因為不太了解，我決定放棄思考。

「總之，哈特姆特還是研究一些更有意義的事情吧。」

「是啊，我會改為研究可以明年發表的事情。畢竟若要研究羅潔梅茵大人，感覺花上一輩子的時間也研究不完，我決定等畢業以後再慢慢進行。」

哈特姆特充滿笑意的雙眼緊緊盯著我瞧。

……不要啊！別把這種事情設為畢生志向！

「啊，對了，羅潔梅茵大人。赫思爾老師今年要發表的研究成果，好像是以休華茲與懷斯為主題喔。」

我正萬般苦惱時，菲里妮向我報告這件事。聽說為了製作新衣，很多細節都需要好好研究。而新衣製作一事又必須艾倫菲斯特的所有人一起合力完成，所以赫思爾才把休華茲與懷斯訂為研究主題。

「也是因為這樣，赫思爾老師才急著想拿到斐迪南大人送來的資料吧。昨天的赫思爾老師真是教人吃驚呢。」

菲里妮的語氣充滿驚嘆，我也回想起了昨天的情形。昨天送去奧多南茲通知我已經回來後，赫思爾便在下午挾帶著驚人氣勢衝進宿舍。她臉上的表情簡直殺氣騰騰，跨著大步飛快走來，一點也看不出是要來拿徒弟寄放的物品。

當時，是尤修塔斯上前與赫思爾周旋。他以休華茲與懷斯的研究資料作為交換，要赫思爾出面拒絕戴肯弗爾格提出的再戰要求，並且要她告誡對方，以後別再向我下戰書了。遞出資料的時候，尤修塔斯還說：「等確認妳真的完成了我們拜託的事情，我再把另外一半交給妳。」赫思爾似乎馬上展開行動，當天晚餐之前就來拿取剩下的另一半資料。她如同旋風般衝進來一把抓走整疊資料，再如旋風般揚長而去。

「真沒想到才不到一鐘的時間，赫思爾老師就結束了交涉。我第一次知道赫思爾老師除了研究以外，在其他事情上也這麼有能力。」

哈特姆特一臉茫茫然地嘀咕說道。眾人聽了都重重點頭。

……話說回來，不管是養父大人還是赫思爾老師，許多上位的人都只為了自己的興趣才展開行動，這搞不好是艾倫菲斯特居民的特色呢。真是傷腦筋。

至於見習侍從在領地對抗戰時，要負責接待來賓，推廣領地裡流行的事物。聽說截至目前為止，艾倫菲斯特除了自己領地的監護人們外，極少有客人過來參觀。畢竟若沒有新事物和引人注目的東西，當然吸引不來他領的客人。領地對抗戰的舉辦時間又不長，大家自然而然會往自己感興趣的，或是受到矚目而聚集了人潮的地方去。

就連監護人們與奧伯．艾倫菲斯特夫婦，為了與他領交流，也很快會往其他地方移動。因為再怎麼等也沒人會來，只能主動出擊。布倫希爾德說她無論怎麼精進自己款待賓客的能力，也沒有機會能夠充分發揮，讓她非常不甘心。

不過，今年艾倫菲斯特有絲髮精、髮飾、磅蛋糕、植物紙與各種想要展示的事物，所以倍受矚目。布倫希爾德與升級儀式時一樣，幹勁十足地打算讓所有人都使用絲髮精，把頭髮洗得柔柔亮亮。對照之下，莉瑟蕾塔卻是說著：「不知道會有多少客人前來，真教人不安呢。」因為今年有我與韋菲利特這兩名領主候補生，又把新流行帶來了貴族院。聽說尤修塔斯曾說：「今年與往年不同，恐怕再怎麼準備也無法十全十美。」她說如果是我們還處理得來的突發狀況也就算了，但要是事態發展得超出能力範圍，結果有可能比去年還要慘烈。

「……哎呀？這位是誰呢？」

這時，忽然有名陌生的女性走進多功能交誼廳。雖然整體樣貌與黎希達十分相似，但真正的黎希達就站在我身後，所以不是她。是誰呢？我正這麼心想時，看見了摀著臉的托勞戈特，一副彷彿在說「饒了我吧」的樣子。我忍不住再舉目回頭，發現黎希達非常厭惡地苦著一張臉。

……這是扮成女裝的尤修塔斯！好厲害，看起來根本就是氣質高雅的貴婦！

在大家充滿狐疑、納悶著這到底是誰的目光注視下，那名女性穿過眾人慢步走來，以優雅的動作在我面前跪下。眼前的人不再是我熟悉的尤修塔斯，而是皮膚光滑細緻、看起來酷似黎希達的中年女性。時值冬季，天氣寒冷，每個人都穿著遮到脖子的衣服。也因為這個緣故，完全看不見尤修塔斯原有的喉結，他甚至還戴了手套，裸露在外的肌膚就只有臉部。原本尤修塔斯的五官就偏向中性，化妝後更增添了女人的嫵媚。大概是塞了很多東西，他的體態看起來比黎希達要豐腴一些，但是乍看下簡直自然得沒有破綻，太恐怖了。頭髮可能也染過，現在不是灰色，而是接近褐色的顏色。

「大小姐，讓您久等了。您看這樣子如何呢？」

「……尤修塔斯還能變聲嗎？」

「只要稍微改變發聲的方式就可以唷。」

他說只要改變發出聲音的地方，就能發出像是女性的聲音。不知道是認真觀察過女性，還是私底下勤奮練習過，又或者平日就習慣扮成女裝，尤修塔斯的動作非常有女人味。雖然這麼說好像太誇獎他了，但他這樣就好比是歌舞伎與能劇裡由男人飾演的，專門研究與訓練如何表現得像個女人，甚至比一般女人更像女人的女形演員。

「倘若沒有任何問題，我打算也以這樣的姿態參加女性們的茶會。」

「只要今天一天沒有任何差錯，我沒有異議。」

「那麼在我裝扮成這副模樣的時候，請稱呼我為古德倫吧。」

「……古德倫？」

我歪了歪頭。幾乎同時，托勞戈特發出慘叫。

「舅父大人，拜託您別扮成女裝後用我母親大人的名字！其他不是還有和您本名相近的女性名字嗎？像是尤絲蒂娜和尤絲蒂妮！」

「討厭，托勞戈特。怎麼表現得這麼慌亂呢。況且就是因為你的想法這麼膚淺，只想用些能讓人聯想到真實身分的假名，才會這麼沒出息喔。」

扮成女裝的尤修塔斯呵呵笑著，似乎是看起來與托勞戈特的母親古德倫十分相像。在場那些不只是目瞪口呆，表情還非常複雜的學生們，可能都曾見過古德倫吧。

會扮成女裝的舅舅竟跟在自己身邊當侍從，只見托勞戈特一臉想哭地抱頭吶喊：「拜託您饒了我吧！」眾人原本對他充滿批判與輕蔑的眼神中，漸漸多了幾分同情，不再那麼冷漠。所有人的視線彷彿都在說著：「真可憐……」

……難不成為托勞戈特博取同情也是目的之一？不不，尤修塔斯應該沒想那麼遠吧。

儘管托勞戈特幾近崩潰，扮成女裝的尤修塔斯與他交談時依舊不減女性的優雅。看著這樣的他，哈特姆特像是面臨了什麼重大難題般地轉頭看我。

「……呃，羅潔梅茵大人，請問像這樣扮成女裝，難道也是身為近侍、身為文官該具備的能力之一嗎？實在非常慚愧，我完全不具有這樣的技術。但是，只要羅潔梅茵大人一聲令下，我願意全心全意努力。」

我雖然說過要他們向尤修塔斯學習文官方面的工作，但從沒說過也要學習怎麼扮成女性。我急忙否定。

「哈特姆特，不會扮女裝也沒關係唷。你可以教育女性文官，讓她們蒐集來自己想要的情報，也可以與女性文官合作，總之其他方法多的是。像這樣男扮女裝只是尤修塔斯的興趣，我並不要求哈特姆特也要有這種能力。」

聞言，周遭的見習文官們都明顯鬆了口氣，相較下尤修塔斯顯得有些不滿。

「大小姐，我這並不是興趣。為了獲得情報，這可是最有效率的方法。若想要靠著自己親眼與親耳取得情報，沒有比這更確實又方便的技術了吧？」

「……這是很有效率的方法嗎？」

「哈特姆特，你不可以被洗腦！」

眼看哈特姆特一臉欽佩，開始認真地思考起來，我感受到了某種危險氣息，急忙阻止他。然而，尤修塔斯卻笑咪咪地制止了我。然後他不只向哈特姆特，也開始向在場的學生們宣揚男扮女裝有多麼有用。

「大小姐，這不是洗腦，而是個人的選擇喔。比起他人提供的情報，自己親眼與親耳獲得的情報更加可信。那麼只要把扮作女裝當作一門技術，學習……」

「尤修塔斯，你住口！不准再多說半個字！奧黛麗的兒子前途一片光明，你別把人家引入歧途！」

身為母親的黎希達再也按捺不住地怒聲咆哮，尤修塔斯一臉「糟了」地縮起肩膀。黎希達因為是我的侍從，所以她似乎一直克制著自己別發脾氣，但忍耐顯然已經到達極限，滔滔不絕的說教就這麼開始了。

由於尤修塔斯的外貌與黎希達十分相似，看起來就像是有兩個黎希達。只不過，現在其中一人的表情很明顯是母親，另一個則明顯是惡作劇後，惹了母親生氣的兒子，讓我覺得有些想笑。

「這次是因為斐迪南小少爺與奧伯・艾倫菲斯特下令，我才非不得已讓你跟在大小

姐身邊！我內心可是千百個不願意！倘若你以這副模樣做出了有損艾倫菲斯特聲譽的事情，我也有權限能夠處置你，這點你記好了。聽到了嗎！」

「……是，我已牢記在心，母親大人。」

黎希達阻止了尤修塔斯以後，我們總算能往圖書館出發。在憂心忡忡的黎希達與按著腹部的托勞戈特目送下，我帶著此刻已不是尤修塔斯的古德倫還有近侍們，邁步前往圖書館。也好久沒有見到休華茲與懷斯了。

「公主殿下，來了。」

「公主殿下，歡迎回來。」

休華茲與懷斯立即小步小步地朝我走來，在我身邊不斷打轉說：「歡迎回來、歡迎回來。」受到這麼熱烈的歡迎，我也好高興。摸了摸兩人額上的魔石，給予魔力後，我再環顧了圖書館內一圈。發現書架變得很空，書籍減了不少。

「索蘭芝老師，書架感覺變得很空曠呢。」

「羅潔梅茵大人，歡迎回來。因為再過不久最終測驗就要到了，學生們都在埋頭苦讀吧。近來書架雖然變得很空，閱覽席卻坐滿了人呢。」

索蘭芝說的沒錯，今天的圖書館與我以前見過的景象截然不同，館內的訪客人數非常多。雖然沒有人竊竊私語，但各自製造的聲響宛如漣漪般不斷傳來。大概是因為修完課程的同年級生越來越多，對此感到焦急吧。看這樣子，若想借到參考書與確保閱覽席的座位，恐怕相當不容易。先前的悠閒氣氛不再，可以清楚感受到考前特有的緊張氣氛。

「您今天若想看書，建議回到自己的房間會比較舒適呢。」
「其實我因為先前返回艾倫菲斯特的時間太久了，接下來直到畢業儀式之前，每天都有社交活動。雖然我真的很想待在圖書館裡悠哉看書……」
「哎呀。在貴族院，社交可是學習上非常重要的一環呢。我相信羅潔梅茵大人一定沒問題的。」
索蘭芝咯咯笑道，為我加油打氣。古德倫在旁聽了，若有所思地側臉托腮。
「只要當天安排的社交活動都結束了，大小姐可以趁著休息時間看書喔。現在先借一本書回去吧。」
「古德倫，可以嗎?!」
……尤修塔斯雖然是怪人，但也是能力優秀的大好人！
多半看出了我內心對他的好感度大幅上升，古德倫彎起嘴角露出苦笑。
「因為依大小姐的個性，稍微提供一些獎勵，我想您會更有幹勁吧。」
「沒錯，我現在非常有幹勁。那馬上去找書吧。」
「不，現在沒有這種時間。休華茲、懷斯，請找一本大小姐至今尚未借過的書籍，然後為她辦理借書手續吧。」
古德倫緊緊按住我的肩膀，不讓我跑走。儘管戴了手套，言行舉止像個女人，但按住我肩膀的那股力量依然屬於男性，力道與黎希達截然不同。掌心傳來的觸感意外結實，我正對此感到驚訝時，休華茲與懷斯已經小步小步地開始移動。
「知道了，一本。」

「辦理借書手續。」

請人拿著辦好外借手續的書，我心情雀躍地邁步返回宿舍。看著靜靜行走，姿態富有女性風情的古德倫，我忽然想起了以前她說過的話。

「古德倫，打不開的書庫在哪裡呢？妳以前告訴過我這件事吧？」

說得確切一點，是舒翠莉婭之夜為了趕跑我的瞌睡蟲，尤修塔斯告訴我的。圖書館員的人數與藏書量雖有變化，但打不開的書庫總不可能消失吧。搞不好從前打不開的書庫，現在已經打開了，但對我來說這只是微不足道的差異。

「我從沒聽說過有這種書庫。是指在貴族院嗎？」

聽見感覺就很神秘兮兮的「打不開的書庫」，近侍們也用充滿好奇的眼光看向古德倫。她面帶溫和微笑，緩緩搖頭。

「地點在哪裡我不知道。只是在我就讀貴族院的時候，當時的圖書館員提起過這件事。據說有個只有王族才能打開的書庫。」

「咦？只有王族才能打開，那我不就進不去了嗎！」

明明讓人這麼期待，這也太過分了。我不滿地鼓起了臉頰，古德倫睜大眼睛。

「明明是打不開的書庫，大小姐竟想進去嗎？」

「假使書庫裡有書，當然會想看看裡頭的書籍吧？」

「……這世上與大小姐有相同想法的人真不知有多少呢？」

古德倫歪著頭對我這麼表示，我只覺得無法接受。明明尤修塔斯為了自己想要的情報，連平民區也願意去，甚至還能完美地假扮成女人，此時卻不想想自己，擺出一副「我是正常人」的樣子。都知道有書寫著自己不曉得的資訊了，不想看看內容才奇怪吧。

「古德倫，難道妳不想知道打不開的書庫裡有哪些書，書上又寫著什麼內容嗎？」

「倘若能夠進去，我肯定很想知道吧。但是，在知道只有王族才能打開的那個當下，一般人就會放棄了喔。這和只要想點辦法便能潛入的茶會不同。」

看著說話突然像個正常人的古德倫，我有些不服地瞪著她。

「古德倫，妳這樣說簡直像在暗示我不是一般人。」

「大小姐，莫非您完全沒有自覺嗎？」

古德倫露出了像在看好戲，但也好像由衷感到擔心的眼神看著我，我有些語塞。我並非完全沒有自覺。

「嗚……我、我多少也有點自覺啦。」

那就好，古德倫笑著鬆了口氣。然而，柯尼留斯卻訝聲喊道：「只有一點嗎？」

……咦？只有一點而已吧？

與王子會面

第五鐘響後，要與亞納索塔瓊斯會面。我們帶著黎希達準備的各種見面禮，開始移動。當然負責搬運的是侍從與文官，我的工作是努力邁步前進。既要走得端莊優雅，還要留意體力的分配，才不會走到一半身體不適。對我來說，在貴族院裡走動真是一件要命的事。

「古德倫，斐迪南大人在學生時期也接到過王族的邀請嗎？」

「是啊。我曾有幾次陪同前往。不只是王子，公主也曾邀請斐迪南大人，要他彈奏飛蘇平琴。」

古德倫告訴我，斐迪南受邀出席音樂老師們舉辦的茶會後，因而得到公主的賞識，開始傳喚他去彈琴。聽說斐迪南若不是領主候補生，公主都想招攬他為專屬樂師了。

「原來大家都有類似的經驗呢。」

「大小姐，您似乎有所誤解，請容我為您訂正。能夠受邀前往王族的離宮，並不是每個人都會經歷到的事情。」

古德倫說話時的表情顯得相當無奈。但是，我與斐迪南都受過邀請，聽亞納索塔瓊斯的說法，他應該也多次邀請過艾格蘭緹娜前往，那麼這種情況應該不算很罕見吧。

「不如趁今天這個機會，問問亞納索塔瓊斯王子關於打不開的書庫吧。如果他知道在哪裡，說不定願意幫我打開。」

既然是只有王族才能打開的書庫，那拜託王族就好了啊！我說出了自己想到的好主意，古德倫卻大驚失色地阻止我。

「大小姐，您不可問這種問題。」

「為什麼？既然是只有王族才能打開的書庫，問王族是最快的吧？」

我偏過臉龐。古德倫一時間不知該如何回答，然後深深嘆一口氣。

「羅潔梅茵大小姐，打不開的書庫只是貴族院的神秘傳聞之一。無人知道真假，連由誰傳出的也不知道，只是謠言而已。這種謠言不該傳入王族耳中。」

「……所以就像是貴族院的七大不可思議嗎？」

「為何是七大不可思議？那另外六個不可思議是什麼？」

只要與學校有關，當然要稱作七大不可思議啊，但我也不知道原因與其餘六個不可思議是什麼。

「我雖然不太清楚，但古德倫應該還聽說過其他傳聞吧？」

「我記得的貴族院異聞大約有二十則。」

「二十個不可思議……數量真多呢。」

「其實是因為學生們覺得好玩，開始增加傳聞的數量，還會把類似的傳聞結合在一起、更改內容，漸漸又變成其他傳聞。不光是打不開的書庫，還有在畢業儀式夜裡跳舞的神像、時之女神會惡作劇的涼亭、開始比起迪塔的加芬納……你們應該聽說過其中幾則吧？」

古德倫扳著手指列出了幾則奇聞，但是柯尼留斯他們互相對看以後，慢慢搖了搖頭。連高年級的柯尼留斯他們都不知道，代表學生們可能平常就很少聊到這個話題。對於在場居然沒有半個人聽說過，古德倫瞪圓了眼睛，低聲喃喃說道：「看來連這種地方也受到了政變的影響呢。」

「羅潔梅茵大人，歡迎您大駕光臨……您今天的氣色看來相當不錯。」

亞納索塔瓊斯的首席侍從歐斯溫是位老爺爺，他在看見我後，立即露出安心的笑容。這麼說來，上次在這裡暈倒以後，我就沒再露過面，只回信感謝了亞納索塔瓊斯的慰問，順便報告我要返回艾倫菲斯特。會接到返回命令，不只是因為我身體不好的關係，但不知道內情的人，也可能會以為我是接到王子的召見以後，結果因此病倒，才返回了艾倫菲斯特。歐斯溫想必一直非常擔心吧。

「我已經沒事了。不只亞納索塔瓊斯王子，看來我也讓各位擔心了呢。」

在歐斯溫的帶領下，我走進亞納索塔瓊斯正等著的房間。坐在款待賓客用的椅子上，早已等著我的王子立即招呼我坐下。

……嗯？總覺得王子整個人好像在閃閃發光？

原本亞納索塔瓊斯就有一頭華麗的金髮，但現在更是耀眼發亮。有光澤到了我忍不住都要懷疑，他該不會要求了艾格蘭緹娜分一些絲髮精給自己吧？而且不單外表，他散發出的氣質也和以前傳喚我時不同。先前焦躁與心神不寧的感覺完全消失，此刻變得十分穩重，看起來也洋溢著自信。給人的感覺甚至有些溫和，明明還是同一張臉，氣質卻不同到了我剎那間以為是另一個人。

「妳回去得還真久，我都等得不耐煩了。」

「實在抱歉。不過，也不枉讓您等了這麼長一段時間，要獻給艾格蘭緹娜大人的髮飾完成得非常出色喔。」

還以為亞納索塔瓊斯會要求我馬上拿出來，他卻只是開心地瞇起灰色眼眸，看著自己的侍從們接過我侍從送來的東西。

「請問我不在的這段期間，發生什麼事情了嗎？」

「妳這麼問是什麼意思？」

「沒什麼，只是因為您給人的感覺與先前相當不一樣，我在猜想是不是與艾格蘭緹娜大人的關係有了變化。」

所謂士別三日，刮目相看。這句話才剛掠過腦海，亞納索塔瓊斯原先氣定神閒的樣子就消失了。

「怎麼？妳很好奇嗎？外表再怎麼年幼，果然女性就是喜歡打聽別人的戀愛消息吧……嗯。畢竟是多虧了妳提供的情報，才一下子有了進展，要稍微告訴妳也不是不行。」

……感覺會講很久，我看就不必了。

雖然我很想這麼說，卻無法說出口。因為亞納索塔瓊斯的一雙灰眸閃著亮光，像是在說：「快，快說妳想聽。」向我施加著無形的壓力。再加上連古德倫也在旁邊頻頻向我使眼色，「大小姐，要說您想聽」。我只能識時務者為俊傑。

「我真的非常好奇呢。呵呵呵……」

「好，那我就告訴妳吧。不過，只有能說的事情而已。許多細節我不能透露。」

亞納索塔瓊斯臉上的笑容得意萬分，開始說明。儘管嘴上說著不能透露細節，但他的表情明顯就是想說得不得了。

「和妳聊過以後，我找了艾格蘭緹娜一起談話。我聽了妳的忠告，為了確認我與她彼此的心願是什麼，這次我沒有透過他人，直接與她對話。」

問出了艾格蘭緹娜的心願以後，亞納索納瓊斯開始利用接下來每一次的土之日，還有修完課後多出來的空檔，往返王城與庫拉森博克，為了實現她的心願努力奔走。

「由於尚未公開發表，還無法告訴妳詳情，總之我見到了艾格蘭緹娜開心的笑臉。她那樣的笑容我還是首次見到，當真美麗得彷彿是光之女神。」

亞納索塔瓊斯一邊說著，自己也綻開笑容。還是我目前為止從未見過的溫柔微笑，從頭到腳都流露出了對艾格蘭緹娜的愛意。老實說，真教人如坐針氈。我不想再聽他繼續放閃了。

「也就是說，亞納索塔瓊斯王子的努力有了回報，成功得到了護送艾格蘭緹娜大人的機會吧？」

「沒錯，最難的部分在於要說服前任奧伯．庫拉森博克。我與艾格蘭緹娜真的不知道跑了多少趟……啊，抱歉。詳情不能告訴任何人。」

……我已經不想再聽了。

亞納索塔瓊斯雖然巴不得能對他人一吐為快的樣子，但只要他能護送艾格蘭緹娜，我覺得這樣就夠了。髮飾既沒有白做，兩人若能順利發展，對艾倫菲斯特也沒壞處吧。

「那麼，請您看看我們為艾格蘭緹娜大人準備的髮飾吧。這是我的專屬工藝師使出渾身解數做出來的完美傑作喔。」

我強行打斷這個話題，以眼神示意古德倫拿來髮飾。木盒被放在鋪了布以吸收聲音的桌面上，我再恭恭敬敬地打開蓋子，然後轉動盒子，讓亞納索塔瓊斯可以看清楚髮飾，往前遞出木盒。

「這是蔻拉蓮耶的髮飾。我認為成品非常符合艾格蘭緹娜大人本人的氣質，不曉得您覺得如何呢？」

這個髮飾模仿了形似百合的蔻拉蓮耶，聽說是艾格蘭緹娜喜歡的花。大朵的紅花四周點綴著帶有春天氣息的白色小花與綠葉，外側再有蕾絲增添了夢幻精緻的感覺。我聽說畢業儀式那天，艾格蘭緹娜穿的衣服用了蓋朵莉希的紅色，所以髮飾顯然配合這點花了巧思，靠近花蕊的地方是帶點橙黃的紅色，越往花瓣外緣越是鮮紅。

亞納索塔瓊斯從木盒裡拿出髮飾，瞇起雙眼開始細細檢查。灰色眼眸綻放出了認真的光芒，從各種角度檢視髮飾。不曉得多莉做的髮飾，能不能達到王族的合格標準呢？我緊張得屏住呼吸，等著亞納索塔瓊斯發表評語。

「這髮飾比妳戴的還要豪華嘛。」

「我現在戴的髮飾都是平日用的。這個髮飾因為要在迎來成年的畢業儀式上佩戴，又要配合正裝，自然不太一樣。而且，現在的我也不適合這樣的髮飾。蔻拉蓮耶花太大又太華麗，會蓋過我的存在吧。所以，這是專為艾格蘭緹娜大人製作的髮飾。您覺得如何？

還滿意嗎？」

「嗯，這個髮飾定能完美地襯托出艾格蘭緹娜的美麗。」

亞納索塔瓊斯滿意地點點頭。能從王族口中聽到「完美」這種評語，我不由自主咧開了滿面笑容。

萬歲——！多莉，王子說妳做得很完美喔！我的多莉好厲害！啊啊，好想向所有人炫耀喔！

我在桌子底下用力握拳，努力抑制湧上來的興奮情緒，亞納索塔瓊斯卻說了：「妳控制一下自己的表情。」我急忙摀住臉頰，但嘴角還是不受控地往上揚。

歐斯溫將髮飾放回盒裡，慎重地蓋上蓋子，將木盒拿開。歐斯溫退開後，古德倫緊接著來到我面前，放下樂譜，眼神還順便提醒我：「快點轉換心情。」我高漲的情緒總算慢慢冷靜下來。

「請問這首獻給光之女神的曲子該如何處理才好呢？果然還是別透過我，由亞納索塔瓊斯王子送給艾格蘭緹娜大人比較妥當吧……」

「是啊。如同最一開始說的，由我買下來吧。歐斯溫。」

歐斯溫走上前來，開始與古德倫討論購買一事。其間，亞納索塔瓊斯看起樂譜，心滿意足地頷首。有斐迪南與羅吉娜負責編曲，想必改編得無懈可擊。我想應該沒問題。

隨後，我們再聊了艾格蘭緹娜有多麼可愛，還有貴族院裡無關緊要的日常瑣事，準備就此結束會面……但就在這時候，古德倫對我假咳一聲。

……還有什麼事情要說嗎？

古德倫把手藏在裙子後面王子不會看到的地方，彎成剪刀的形狀，然後動了動手指。

……啊，是休華茲與懷斯！

這麼說來，出發前她對我說過：「請詢問王子，領地對抗戰時我們能否發表有關圖書館魔導具的研究。」我徹底忘了。

「對了，亞納索塔瓊斯王子，最後我想再請教一個問題。領地對抗戰時，艾倫菲斯特的文官們想發表有關圖書館的魔導具，也就是休華茲與懷斯的研究。但因為他們是王族的遺物，想請問您我們可以發表嗎？」

「嗯，應該沒什麼問題吧。難道是有什麼新發現嗎？」

我本想回答「不知道」，但臨時打住，慢慢地側過頭。

「詳細情況我會請赫思爾老師向您報告。因為我剛從艾倫菲斯特回來不久，並未看過完整的研究內容……」

「又是赫思爾嗎？艾倫菲斯特不該只擺舍監的，該多點學生的成果才對吧。」

亞納索塔瓊斯用傻眼的語氣說道。他說得完全沒錯，所以我也無話可說。

「我會竭盡全力，讓學生們明年能夠發表令人大吃一驚的研究成果。」

「……我會不抱太大期待地等著。」

亞納索塔瓊斯指示我退下後，這場會面也結束了。

「經過這場會面，我完全能明白斐迪南大人要我跟在大小姐身邊的用意了。」

一回到宿舍，古德倫就揉著太陽穴這麼說道。

「我的一顆心始終七上八下，擔心著大小姐不曉得會對王子說些什麼，又會如何回話。不僅完全難以預料，您好像連事前說好的事情也忘得一乾二淨。斐迪南大人曾說過，他多麼希望能把您隔離，不讓您參加社交活動，此時此刻我非常能夠明白他的心情。」

能平安結束真是太好了——古德倫的話聲中強烈透著這樣的慶幸，我不由得感到非常不安。

「……古德倫，我在社交上的表現真的這麼糟糕嗎？」

「最教人頭疼的地方在於，您的表現乍看之下與一般人並沒有兩樣。應答上大半也沒有問題。然而，您剛才卻想向王族詢問有關打不開的書庫，還徹底忘記了事前已經商量好的事情，我認為這些疏失對大小姐來說都有致命的危險，近侍必須非常小心留意。接下來我將與母親大人交接，撰寫要寄回艾倫菲斯特的報告書，屆時我會順便向斐迪南大人提出建言，最好讓大小姐身邊的近侍們再接受一些教育。」

見習騎士們都已經要接受波尼法狄斯的訓練了，如今身為我的近侍，搞不好要再接受斐迪南的教育。近侍們都已經聽說了在貴族院廣為流傳的斐迪南傳說，此刻臉上的表情都非常僵硬。

「大小姐，由艾倫菲斯特主辦的茶會發出邀請函後，開始收到回覆了。」

交接後再度回來的黎希達，手上拿著邀請函的回覆。由於已經備妥討論用的房間，我們立即開始確認回覆。

看這樣子，似乎將演變成全領地都會出席的茶會。考慮到會場大小，我們已聲明各領地只能派一人代表出席，但由於每個人還會帶著侍從與護衛騎士，人數加起來仍是相當眾多。

「這麼多人真的沒問題嗎？」

柯尼留斯用擔心的語氣說道，布倫希爾德的蜜糖色雙眼中卻有著無畏的光芒。

「把這當作是領地對抗戰的暖身吧。因為各領地僅限一人參加，應該會比領地對抗戰那天還要輕鬆。畢竟當天像是他領的奧伯夫婦與貴族們，想必會有更多的賓客來訪。正如尤修塔斯大人所言，恐怕再怎麼準備也無法十全十美。」

「但宿舍廚房能做的食物也有限吧？這部分該怎麼辦呢？」

莉瑟蕾塔提出了這個問題，我「嗯……」地思索。

「那麼就向艾倫菲斯特請求協助，不只城堡的廚房，也向販售磅蛋糕的渥多摩爾商會下訂單，請他們在領地對抗戰的前一天送來貴族院吧。」

再不快點向人在艾倫菲斯特的齊爾維斯特他們請求協助，怎麼看光靠貴族院裡現有的物資根本不夠。交由侍從們計算該訂多少、總共是多少金額後，我則負責思考要如何分配這麼龐大的人力。

在大規模的茶會即將舉辦之前，艾格蘭緹娜也傳喚了我前去找她。理由是「請教我亞納索塔瓊斯贈送的髮飾該如何佩戴」，所以我不得不去。

在亞納索塔瓊斯的嚴格監督下，艾格蘭緹娜的茶會男性止步。哈特姆特與柯尼留斯這次只能留守，尤修塔斯則是扮作古德倫隨我前往。聽到古德倫也會同行時，我看見哈特姆特開始沉思。

……希望哈特姆特別踏上奇怪的道路。

「羅潔梅茵大人，不好意思在妳百忙之中喚妳前來。可是，我必須在畢業儀式前問清楚才行。」

艾格蘭緹娜帶著彷彿在發光的笑靨迎接我。雖然不到亞納索塔瓊斯那種程度，但真的美麗到了幾乎要讓人誤以為是光之女神。她原本就是五官標緻的美麗少女，現在又因為談戀愛了，多了一層被愛女性特有的幸福光輝，簡直可說是無敵狀態。

「能夠收到做工這般精巧的髮飾，我真的非常高興。可是，我也很擔心亞納索塔瓊斯王子是否又提出了強人所難的要求呢？」

善良的艾格蘭緹娜，似乎一直擔心著這是不是王族的無理要求。我微微一笑否定。

這是我為了討好王子主動提議，並不是他強行要求。

「是我建議王子的喔。因為我認為應該會非常適合艾格蘭緹娜大人……」

「哎呀……那麼，能教我如何佩戴嗎？」

明明只是要說明怎麼佩戴髮飾，艾格蘭緹娜還刻意換上了當天的服裝。似乎是她也想親眼確認看看，髮飾與服裝的顏色是否搭配。

「怎麼樣呢？」

「真是光彩動人呢。不只亞納索塔瓊斯王子，想必所有人都會看得目不轉睛。」

艾格蘭緹娜依著成年的規定，盤起一頭豐盈金髮，紅色正裝更是襯托出了她領口四周的雪白肌膚。她揮動有著華美刺繡的長長衣袖，同時也在意著和往常不同、沒有秀髮遮蔽的脖子。

「這些刺繡是庫拉森博克的徽章嗎？」

「對。關於要繡什麼花紋，外祖父大……不，養父大人出了不少意見呢。」

「畢竟您是他的外孫女，後來又成為養女，這可是成年時要穿的服裝呢。他一定為您精心思考過吧。再豪華的刺繡，也掩蓋不了艾格蘭緹娜大人的光芒喔。非常適合您。」

我的侍從正告訴艾格蘭緹娜的侍從該如何戴上髮飾。我邊聽著她們的對話，邊讚美艾格蘭緹娜的服裝。插上髮飾後，洗過絲髮精後充滿光澤的金髮上便出現一朵盛放的大紅花朵，外圍還簇擁搖曳著帶有春天氣息、色調濃淡不一的綠葉。兩種顏色都讓艾格蘭緹娜的一頭金髮更顯得耀眼奪目。

「哇啊，好漂亮呀。」

「艾格蘭緹娜大小姐，真是太適合您了。」

侍從們的反應也非常好。到時在畢業儀式上，勢必會成為眾所矚目的焦點吧。聽了眾人的稱讚，艾格蘭緹娜開心地道謝後，手指摸著髮飾回頭看我。

「羅潔梅茵大人，這個髮飾在跳舞時會不會掉下來呢？」

「請您試跳一小段吧。若會妨礙到跳舞，就必須改變佩戴的位置，不然就是重新思考綁頭髮的方式。我因為總是從上方插在頭髮上，所以練習奉獻舞時也不太在意，但如果是橫向佩戴，也許會在跳舞途中掉下來。」

艾格蘭緹娜緩緩舉起手臂，當場開始轉圈跳舞，口中還小聲地哼著旋律。她轉圈時，未能盤起的短短細毛還帶著光澤微微發亮，為她增添了更多流動的光彩。長袖隨著她柔美的揮動而鼓起，彷彿擁有自己的意志般翩翩起舞。從艾格蘭緹娜掛在嘴角上的微笑，便能清楚知道她有多麼重視跳舞。

「……看來是不用擔心呢。」

艾格蘭緹娜露出了心滿意足的笑容說。能在意想不到的情況下看見她跳舞，我也非常高興。因為我是艾格蘭緹娜奉獻舞的粉絲。

看見艾格蘭緹娜對髮飾的成品十分滿意後，我再偷偷賣給她一瓶絲髮精，這次拜訪該做的事情就都做完了。這次我什麼都沒有忘記，叮囑我的事情也完成了！我不禁握起拳頭。這時，艾格蘭緹娜向我遞來防止竊聽用的魔導具。

「羅潔梅茵大人，可以用這個與妳說幾句話嗎？」

「當然可以。」

不知道要對我說什麼呢？我心臟撲通亂跳，握緊防止竊聽的魔導具。

「這一次畢業儀式能讓亞納索塔瓊斯王子護送我，都多虧了羅潔梅茵大人。」

「我已經聽說亞納索塔瓊斯王子有多麼努力了。」

「……這點的確是事實。亞納索塔瓊斯王子真的竭盡了自己全力。他不只求見了國王與席格斯瓦德王子，還不下數次拜訪外祖父大人，一次次地誠懇訴說。比起再多的甜蜜求愛，這副模樣更讓我深受他的吸引。」

……原來使用防止竊聽的魔導具，是想向我放閃嗎！

看來是因為亞納索塔瓊斯真誠地努力說服了後來成為她養父的外祖父，也就是前任奧伯．庫拉森博克，艾格蘭緹娜才對他芳心大動。此刻的艾格蘭緹娜臉頰緋紅，迷濛的雙眼泛著水光，全身上下洋溢著戀愛中少女的幸福感，非常惹人憐愛又魅力無窮。不過，大概是我缺乏想像力吧。我腦海中只想像得出拚了命在說服某個老爺爺的亞納索塔瓊斯。真教人心灰意冷。

不————！難得是俊男美女，我卻想像不出讓人臉紅心跳的戀愛場景！

不過，能看見艾格蘭緹娜露出這麼幸福的笑容，我已經很滿足了。比起先前好像快要走投無路，擔心自己有可能成為鬥爭源頭時的表情，現在好上太多了。

「至於我們畢業後的事情，春天的領主會議時才會正式宣布，所以在那之前無法詳細說明。不過，事態能有好轉，都是多虧了羅潔梅茵大人。我真的很感謝妳。」

「艾格蘭緹娜大人看起來這麼幸福，我也很高興。」

我笑著這麼說完後，艾格蘭緹娜的笑容有些黯淡下來。

「羅潔梅茵大人……倘若我們遠離了王座，妳還會這般祝福我們嗎？」

我想起監護人們還斥責過我，太過靠近與王位有關的紛爭源頭了。艾格蘭緹娜若能遠離王座，對我來說反而剛好。我用力挺胸回答：

「那當然。我已經決定好了，要站在艾格蘭緹娜大人這一邊。即便您遠離王座，也完全沒有問題。」

我信心滿滿地回答後，艾格蘭緹娜卻啞然失聲，像是真的非常驚訝。

「……艾格蘭緹娜大人，怎麼了嗎？」

「不，我只是沒想到妳會這麼回答，所以嚇了一跳。妳自作主張這樣回答，不會惹得奧伯生氣嗎？對於要決定領地方針的人來說，應該更想追隨離王位近的人吧？」

「艾倫菲斯特本來就是不屬於任何一邊的中立領地，所以我若太過接近王位繼承問題的中心，反而會挨罵呢。」

「哎呀！」艾格蘭緹娜發出銀鈴般的訝叫聲後，咯咯輕笑起來，臉上的陰霾一掃而空，慢慢變作溫和的笑臉。

「羅潔梅茵大人果真是艾倫菲斯特的聖女呢，我的心靈彷彿得到了救贖。」

「若能幫上艾格蘭緹娜大人的忙，這也是我的榮幸。」

……咦？我做了什麼嗎？

在一頭霧水的情況下，又被迫聽了一堆兩人甜蜜蜜的互動後，與艾格蘭緹娜的茶會也就此結束。

「讓大小姐出席社交活動太危險了。」

似乎懂得讀唇術的尤修塔斯一回到宿舍，立刻抱住了頭。他說他今天又得寫報告書給斐迪南了。

「我做了什麼不該做的事情嗎？」

「大小姐教育不足、認知又與常人不同……比起您本人，身邊人們的問題更大吧。您完全沒有意識到自己正游走在危險邊緣，這一點最讓我感到害怕。必須盡快想想辦法。」

尤修塔斯一臉憔悴地說道。其他近侍不懂得讀唇術，都只是不太明白地歪著頭。

……其實我也不太明白，對不起。

全領地的茶會

「羅潔梅茵大人，我整理好出席名單了。請您記住所有人的名字與所屬領地。」

在聚集了眾人的多功能交誼廳裡，莉瑟蕾塔朝我遞來一份名單，上頭全是即將出席艾倫菲斯特主辦茶會的領主候補生，以及擔任代理人的上級貴族。名單上寫著領地名字、出席者名字、外表特徵，還有屆時可以用來打開話題的個人喜好。

「這裡還有整理了各領地特色與特產的資料。能稍微幫上羅潔梅茵大人的忙嗎？」

菲里妮再往名單上堆了一疊資料。聽說是她與哈特姆特一起整理了在茶會上獲得的情報。

……嗚噫，這些要全部背下來嗎？

雖然這樣心想，但我也無法糟蹋近侍們的好意。只能拚命背下來了。

「羅潔梅茵大人因為先前幾乎沒有參加社交活動就回去了，這次很辛苦呢。」

「當天還有韋菲利特哥哥大人願意幫忙，所以勉強還可以。要是只有我一個人，真的不知道該怎麼辦呢。」

由於向所有領地發出了邀請函，這次的主辦人是我與韋菲利特一同署名。大概是因為韋菲利特會參加，男性領主候補生也比較容易表示自己願意參加，所以名單上有好幾個男性的名字。但是名單上並沒有照片，我也完全想不起對方長什麼樣子，這點真的讓我很頭痛。收到資料以後，我瞪起名單。雖然很想努力記住要招待哪些客人，但我已經開始覺得喘不過氣了。

呃……庫拉森博克的出席者是艾格蘭緹娜大人吧。戴肯弗爾格是……咦？不是藍斯特勞德大人呢。是漢娜蘿蕾大人，一年級生。慘了。明明同年級，我卻完全想不起她的長相。是個什麼樣的女孩子呢？多雷凡赫來的不是一年級的奧爾特溫大人，而是五年級的姊姊嗎？哦哦……

多半是因為我很快就修完了所有課程，我連同年級的領主候補生也完全不記得。隱約有點印象的領主候補生也有哥哥或姊姊，都是由兄姊出席。既然如此，戴肯弗爾格派的不是哥哥藍斯特勞德，而是一年級的漢娜蘿蕾，可能是因為藍斯特勞德討厭我吧。

……希望能與漢娜蘿蕾大人建立起友好關係呢。啊，但她畢竟是戴肯弗爾格的領主候補生，搞不好一樣很好戰，會一直吵著要比迪塔？嗯……

「羅潔梅茵大人、韋菲利特大人，艾倫菲斯特捎來回覆了。信上表示，他們無法為領地對抗戰提供那麼多物資，現在就只能提供這些。」

尤修塔斯帶著艾倫菲斯特的回信走了進來。先前向領地請求支援，希望能為領地對抗戰提供更多物資，看來得到的結果是能夠提供的數量有限。

「什麼?!那叫我們要怎麼辦?!」

韋菲利特馬上氣得橫眉豎眼，但我倒覺得相當意外，看得出來他們很努力提供援助了。因為領地對抗戰每年都有。撥給貴族院的預算應該早已拍板定案，不可能有辦法大幅增加。考量到今後要進行的貿易與接下來的領主會議，這肯定已經是增加到極限了。

「這已經比我預期的要盡力了呢。我並沒有抱太大期望，只是拜託看看而已。」
「羅潔梅茵？但這些數量根本不夠喔。」
「因為砂糖還十分昂貴，這也沒辦法。只要想想他們不可能有辦法輕易提高預算，就可以看出這樣真的已經盡力了。剩下的只能我們自己想辦法。」
在我沉睡的兩年期間，砂糖雖然已經在貴族間較為流通，但還是很貴。而且，還是屬於容易缺貨的商品。領地當然不可能為了領地對抗戰，就把所有砂糖拿出來。
「但是這樣一來，領地對抗戰時就無法滿足所有的客人了。」
「韋菲利特哥哥大人，您知道王族會有多少人來參觀嗎？」
「我記得伊格納茲調查過。」
韋菲利特的文官開始找起資料。我再把身體轉向韋菲利特。
「韋菲利特哥哥大人，只要磅蛋糕的數量足以款待王族與奧伯夫婦，我想暫時就沒問題吧。這樣的數量準備得出來嗎？」
「嗯。如果只提供給王族與奧伯夫婦，應該是沒問題，但其他貴族怎麼辦？」
「屆時就講求先來後到吧。先到的人先提供，沒有的話就沒有了。」
我說完，韋菲利特彷彿有人在面前拍了手的貓咪般瞪大深綠色眼睛。
「唔？講求先來後到？可以這樣做嗎？」
「不管可不可以，沒有的東西我們也無法提供。王族與奧伯夫婦先列為一定要款待的對象，至於除此之外的貴族，若有位置便招待他們，沒有的話便送給他們磅蛋糕當作見面禮帶回去。要是連磅蛋糕也送完了，只能請他們明年再來，恭送他們離開。」

「羅潔梅茵大小姐，這麼做對其他貴族未免太失禮了。」

尤修塔斯也否決了我的提議。顧及身分順序，優先款待王族與奧伯夫婦這點固然沒問題，但還是不能完全無視他領的貴族。而且聽說有些畢業生戀人的父母也會來訪，到時候也必須稍加接待。

「那麼，若能預料有哪些重要客人將會來訪，例如畢業生交往對象的父母，我們就先為他們保留座位與禮品，這樣子如何呢？至於當天臨時起意才來的貴族，再講求先來後到。」

「這樣倒還可以……」

尤修塔斯表示了贊同後，就決定這麼做。反正磅蛋糕的數量是一定不夠。

「至於在數量有限的情況下，究竟該怎麼做才能面面俱到，又能讓客人心滿意足……我因為還不太懂得貴族間的社交應對，這件事就麻煩韋菲利特哥哥大人了。」

「什麼？」我把工作丟給他後，韋菲利特不高興地看著我。就算擺出那種臭臉，我也幫不了忙。既然我的提議被拒絕了，希望他能想出更符合貴族作風的替代方案。

「既然能夠款待的人數有限，我能想到的做法就是請他們明年再來。但當然，我也打算提供給對方明年優先入座的權利，或是把磅蛋糕切成小塊，至少請對方試吃……」

「原來如此，那我再想想看。」

眾人在宿舍裡頭同時準備著大規模的茶會與領地對抗戰，很快地來到了茶會當天。

艾倫菲斯特的茶會室在一樓，距離通往底樓廚房的樓梯相當近。這是為了在準備茶水與點心時能比較輕鬆。客人出入用的門扉通往貴族院的中央樓，任何人都能進來，但與宿舍相連的另一扇門則與玄關大門一樣，只有住宿生才能進入。

我走進侍從們正準備著的茶會室，到處檢查有沒有遺漏，茶水與點心是否充足。隨後，與韋菲利特一起討論了誰要負責接待哪些客人。由於所有領地都會參加，賓客數量非常眾多，光靠我一個人實在應付不來。

「庫拉森博克與那邊的學伴就交給羅潔梅茵。我會優先接待男性客人與修習一年級課程時認識的人，還有曾在幾場茶會上見過面的人。」

「韋菲利特哥哥大人，真是太感謝您了。」

我確認著見習文官們整理好的情報清單，過不久第三鐘響了起來。接下來出席者們將各自從宿舍出發，我們也必須作好迎接的準備。所有人開始往自己分配到的位置移動。不過，早在鐘聲完全結束之前，似乎就有訪客來到。門外傳來了通知訪客抵達的細微鈴聲。在門旁待命，負責開門的見習侍從一臉吃驚，往我們轉過頭來。

「亞倫斯伯罕的蒂緹琳朵大人到了。」

眾人快步各就各位，大門隨即打開。雖然差不多都準備好了，但現場仍留有一些匆匆忙忙的感覺。蒂緹琳朵往茶會室內張望了一圈，接著有些紅了臉，難為情地垂下雙眼，抬手輕輕托住臉頰。

「都怪我太過期待了吧？我好像有些太早到了。真是不好意思。我是不是該先出去，再進來一遍比較好呢？」

她的表情讓我非常苦惱。真不知該照著字面相信她是真的太過期待，還是其實是拐著彎在挖苦我們，明明已經到了約定時間卻還沒作好準備。

「哪裡，蒂緹琳朵大人。您竟然期待到了連鐘聲還沒響便過來，真是我們的榮幸。歡迎您的到來，請進。」

「好的，我非常期待能見到韋菲利特呢。」

……啊，看來是挖苦。

我立即作出判斷。她對我露出的笑臉上，深綠色的雙眼卻一點笑意也沒有。就這方面而言，也算是非常好懂的人。就交給韋菲利特接待她吧。

「蒂緹琳朵大人說她很想見韋菲利特哥哥大人喔。」

「自從表姊弟一起舉辦茶會，還有參加戴肯弗爾格主辦的茶會以後，我們再也沒見過面了吧。」

「蒂緹琳朵大人，我也很高興能見到您。」

「哎呀，你今天的態度真拘謹呢。雖然很想叫你和先前一樣，無須這麼見外，但今天畢竟會有很多人過來嘛。」

韋菲利特與她寒暄期間，我吩咐侍從們準備茶點。座位準備好後，由韋菲利特護送著蒂緹琳朵前往，招呼她坐下。她的侍從在旁邊準備餐具與刀叉的時候，韋菲利特為表安全地喝了口茶，吃了口點心。

「這是在艾倫菲斯特十分流行的磅蛋糕，今天我們準備了三種口味。」

分別是蜂蜜、芬里吉尼與酒漬水果口味。當然除了磅蛋糕，我們也準備了幾種往年常見的點心。

「這是羅潔梅茵想出來的點心。」
「哎呀。這麼說來，這是來自神殿的點心囉？外表雖然樸素，吃起來卻很美味呢。」
「很高興您喜歡。」
……等一下！雖然笑得一臉得意，但對方其實是藉著稱讚趁機挖苦，意思是在神殿長大的我才想得出那種寒酸的點心喔。韋菲利特哥哥大人，請你要聽出來！
韋菲利特曾說，與表兄姊舉辦的茶會非常和平地落幕了。現在看來，搞不好只是韋菲利特沒把對方的揶揄與惡意放在心上，再不然就是根本沒注意到，但現場其實是波濤洶湧。我突然間感到十分擔心。
邀請蒂緹琳朵落坐後，客人們也陸續抵達。我與韋菲利特兩人站在門邊迎接，然後交由侍從們帶位。
「盧第格大人，歡迎您大駕光臨。」
「羅潔梅茵大人，很高興得到妳的邀請。我一直希望著能有機會與妳聊上幾句。艾倫菲斯特與法雷培爾塔克的交情深厚，我們的關係也稱得上是表兄妹。」
盧第格微微一笑說道。是因為彼此的父母有姻親關係吧，盧第格長得與韋菲利特十分相像。面對有幾分眼熟的臉孔，讓我備感親切。再加上盧第格還會彎下腰來，正面與我對視，對於基本上總要仰望別人的我來說也非常加分。
「但我是養女，盧第格大人仍認為我是您的表妹嗎？」
「我很希望能保有友好的往來呢。」

既然是芙蘿洛翠亞的娘家，我也希望能與法雷培爾塔克保有友好交流。我們一起呵呵笑著，這時韋菲利特又迎接了新的客人進來。

「漢娜蘿蕾大人，歡迎您大駕光臨。」

「韋菲利特大人，非常感謝您的邀請。我真的非常期待今天的茶會呢。羅潔梅茵大人……似乎很忙呢，那麼我稍後再向她問候吧。」

我在與盧第格說話時很快瞥了一眼，看起來漢娜蘿蕾是名十分文靜的少女，完全想像不出她的哥哥是那個會突然對人展開攻擊的藍斯特勞德。她有著一頭分不清是淡粉還是紫色的頭髮，綁成了兩條馬尾。大概是相當緊張，紅色眼珠惶惶不安地環顧著四周，給人的感覺很像是兔子。

「羅潔梅茵大人，很高興妳邀請我們前來參加茶會。今天一定要趁這個機會向妳介紹我的朋友。」

艾格蘭緹娜帶著朋友們一起走進來時，茶會室裡已經一半以上的位置都坐滿了。由於艾格蘭緹娜現在是最高學年，所以她的朋友很多都是高年級生。

「這樣近距離一看，羅潔梅茵大人真的好嬌小呢。」

一群少女包圍住我，眼神很像在看著年幼的小孩子，只差沒嚷嚷說「她好可愛」。但她們畢竟是領主候補生，笑容背後應該藏有許多心思吧。

……是因為我的外表嬌小，才對我釋出善意嗎？還是說，是因為艾格蘭緹娜大人介紹我是她的朋友？我該怎麼與大家應對才是正確的呢？

我一邊苦惱，一邊交由韋菲利特迎接隨後抵達的客人，招呼艾格蘭緹娜她們落坐。

這種時候也要依照領地排名。艾格蘭緹娜之後，接著要為第三順位多雷凡赫的領主候補生阿道芬妮帶位。邀請她坐下後，阿道芬妮嫣然微笑。

「聽說羅潔梅茵大人身中劇毒，在尤列汾藥水中沉睡了兩年吧？但是，舍弟也告訴過我，說妳的表現非常優秀呢。同樣是一年級生，其實舍弟很想參加，但我實在太想見羅潔梅茵大人一面了。」

……對不起喔。我雖然知道妳弟弟是奧爾特溫大人，但完全記不得長相！

儘管在內心大聲吶喊，但我表面不露聲色，回以微笑。

「我聽說奧爾特溫大人與韋菲利特哥哥大人是好朋友，成績也非常優秀呢。」

如今頻繁的社交活動也即將劃下句點，領主候補生們與今年作為代理人出席的上級貴族們似乎都已相當熟悉，全員到齊時，他們已經自行暢談起來。艾格蘭緹娜與她的學伴們包圍住我，韋菲利特則走向認識的人最多的地方。

「艾倫菲斯特的磅蛋糕雖然外表樸實，卻非常美味呢。亞納索塔瓊斯王子也相當愛吃唷。」

艾格蘭緹娜介紹起磅蛋糕後，在場幾人彷彿正等著這個話題，臉龐立即發亮。

「前些天參加艾格蘭緹娜大人的茶會時，我曾品嘗過一些呢。芬里吉尼口味的磅蛋糕特別迷人。」

「那個磅蛋糕是前些日子羅潔梅茵大人帶來給我的。此外，我畢業儀式上要戴的髮飾，也是亞納索塔瓊斯王子委託艾倫菲斯特製作，成品非常出色呢。」

……艾格蘭緹娜大人，原來已經幫我向朋友宣傳過了啊。簡直女神。她介紹的方式比我高明，而且又具有影響力。雖然想向她看齊，但恐怕很難達到。

「艾格蘭緹娜大人的頭髮會比以往要有光澤又美麗，也是艾倫菲斯特的關係吧？今天艾倫菲斯特的女學生們，頭髮都比平常還要閃亮呢。」

沒錯，今天為了宣傳絲髮精，我們和升級儀式時一樣，所有女學生都用了絲髮精洗頭。在會場內來回走動、負責接待的侍從們，頭髮都閃耀著豔亮光澤。

「羅潔梅茵大人的頭髮又特別具有光澤呢。我可以稍微摸摸看嗎？」

「好的，請。」

一群人輪流撫摸我的頭髮，羨慕並讚嘆著我頭髮的柔亮，還央求我說想購買絲髮精。但是，目前我還不能擅作主張作出回應。

「很遺憾，商品的買賣需要經過奧伯的許可，所以我不能隨意回答，但各位是否介意先拿點試用品呢？我可以分送一些絲髮精喔。」

「哎呀，可以嗎？」

「但因為數量有限，我只能優先分送給朋友……」

用東西引誘別人與自己成為朋友，在我心中稱不上是真正的朋友，但畢竟同是領主候補生，往來之際必定伴隨著利害關係。艾倫菲斯特又是排名不算高的中立領地，若成為朋友時沒有好處，沒有人會想主動接近我們吧。我必須趁著有影響力的艾格蘭緹娜還在時，盡可能與他領的人建立起情誼。

「吩咐侍從進行準備後，接下來我也該向其他賓客打聲招呼。」

「有這麼多人齊聚一堂，舉辦起茶會想必很辛苦吧。加油喔。」

得到了艾格蘭緹娜與她學伴們的聲援後，我離開一行人。我先用眼神向布倫希爾德示意，要她準備好絲髮精的試用品，再走向一開始沒能打到招呼的客人重新問好。

「雖然很想早些與各位建立情誼，但先前我不得不返回艾倫菲斯特，所以一直拖到了現在才舉辦茶會，真是十分抱歉。百忙之中，承蒙各位還願意抽空前來，我感到萬分榮幸。」

「羅潔梅茵大人在成為領主的養女之前，是在神殿長大的吧？現在也還要參加神殿的儀式呢。我因為從未踏進過神殿，不曉得究竟要做多少工作，但想必十分辛苦吧。」

蒂緹琳朵用擔心的眼神看著我說道，周遭因此響起了一陣交頭接耳聲。看來雖然知道我是領主的養女，但知道我曾在神殿長大、如今也還擔任神殿長的人並不多。依稀可以聽見有人在說：「在神殿長大？」話聲中夾帶著輕蔑，還有人露出了彷彿找到弱點可以攻擊的眼神。

……表面上裝作擔心我，實則暴露我的出身嗎？真討厭。

從今往後，每年我都得為了奉獻儀式返回艾倫菲斯特。如果就這樣任人把我「在神殿長大」的這個出身當作弱點，往後會非常麻煩。事已至此，只能正面迎戰。我環顧眾人，揚起嘴角微笑。

「是的。正如蒂緹琳朵大人所言，我因為家庭因素，是在神殿中長大。不過，現在會參加神殿舉行的儀式，是基於奧伯的要求喔。因為近來領地的魔力量真的非常不足，甚至只好把我這樣的小女孩拱為聖女，舉行儀式。我實在很羨慕不需要為魔力煩惱的大領地呢。韋菲利特哥哥大人，您說對不對？」

「嗯。我也會參加神殿的儀式，讓領地盈滿魔力。雖然辛苦，但讓領地充滿魔力也是領主一族該做的重要工作，而且也很有成就感。當然，我也羨慕不需要領主候補生出馬，魔力便十分充足的大領地。」

有了韋菲利特的幫腔，我再朝蒂緹琳朵投去豔羨的眼神說：「真希望能把那麼豐沛的魔力分一些給我們呢。」顯然是聽懂了我在挖苦亞倫斯伯罕雖為大領地，近年的排名卻在下降，蒂緹琳朵不悅蹙眉，深綠色雙眸變得冷冽。

「近幾年許多中小領地都過得相當困苦，法雷培爾塔克也十分羨慕大領地呢。」

盧第格露出沉穩的笑容說道。

「即便處在如此艱困的情況下，先前羅潔梅茵大人仍對坐困愁城的法雷培爾塔克伸出了援手。我們領地的人民都非常感謝艾倫菲斯特的聖女。」

「盧第格大人，您能這樣認為是我的榮幸。」

「希望今後也能與艾倫菲斯特繼續互助合作。」

……這句話的意思是以後也請多多指教嗎？還是說，與已經遭到監護人們反對的求婚一事有關？

現在還不清楚法雷培爾塔克的意圖是什麼。雖然知道對方很感謝我們，但還不知道今後會提出什麼要求。我沒有明確回應盧第格，只是報以微笑。

「現在不論哪個領地都很辛苦呢。」

中小領地的人也紛紛開口表示同意。雖然平民出身的我完全感覺不出來，但幾乎所有他領的貴族都在政變中受到衝擊，生活發生巨變，抑或能夠明顯感受到中央的變化。尤修塔斯甚至還說，連貴族院也變得與以往相當不同。與只是人數減少的艾倫菲斯特相比，其他領地似乎都受到了更深一層的影響。

「羅潔梅茵大人，雖然您說領地魔力不足，但艾倫菲斯特整體的成績仍是往上提升，還推出了新流行吧？」

「這是因為我們想到，不如先從不需要魔力的地方開始努力。不過當然，魔力也必須設法增加才行呢。」

艾倫菲斯特的成績有顯著成長的，就只有不需要魔力的學科；現在引起流行的新事物也是點心與裝飾品，而非前所未見的魔導具。因為魔力不足，我們才想在其他領域上奮力一搏。聽完我這樣的說明，眾人都發出了可以理解的應和聲。

「我覺得羅潔梅茵大人的髮飾好漂亮呢。原來也能用魔力以外的能力，為領地貢獻一己之力。我也想要看齊，試著想想看……」

「哦？但羅潔梅茵大人在能夠使用魔力的事情上，也相當不遺餘力吧？」

這句意料之外的發言，讓我看向聲音傳來的方向。由於今年沒有領主候補生，代表領地參加的一名男性上級貴族望著我，眼中充滿試探。

「一年級的舍妹做出了乘坐型的騎獸，聽說這也是羅潔梅茵大人想出來的吧。您是如何想到可以製作這種騎獸的呢？」

「我因為天生身體虛弱，所以總是在想，有沒有什麼辦法能在移動時，盡量不接觸到戶外空氣。想到了最後，才想出這樣乘坐型的騎獸。」

我騙人。對於那些聽了我表面理由後一臉敬佩的人真是抱歉，其實我只是在製作乘坐工具的時候，腦海裡只能想到車子的外型。

「乘坐型的騎獸不須換上騎獸服也能乘坐，還可以放置行李，對女性來說也許特別方便吧。不過，我的護衛騎士也說過，因為要整個人坐在騎獸裡頭，不好揮舞武器，所以不適合騎士。」

噢……眾人一致發出了讚嘆聲。

「這個想法雖然出色，但先前不是曾傳出謠言，說妳騎著騎獸攻擊了舍監嗎？後來似乎證明只是誤會一場，但我想原因應該出在騎獸的外型模仿了魔獸。身邊的人都沒有阻止妳嗎？還是說，羅潔梅茵大人特別喜歡那種恐怖的魔獸呢？」

蒂緹琳朵說完，眾人的視線又集中到我身上。這時候再怎麼強調小熊貓巴士很可愛，多半也沒人能夠理解。我苦惱著該怎麼回答時，思考了一會兒的韋菲利特像是想到什麼，開口說了：

「我猜這大概是因為羅潔梅茵在製作騎獸時，很在意看來是否強大。她因為身體虛弱，很憧憬強大的事物吧。羅潔梅茵有喜歡強者的傾向喔。像人也是，她十分親近騎士團長。還有波尼法狄斯大人、斐迪南大人、卡斯泰德……」

……咦？雖然韋菲利特哥哥大人自認為在幫我說話，但才不是這樣。好像有哪裡怪怪的喔！我什麼時候說過我喜歡強者了?!

聽了與真相非常有出入的幫腔，蒂緹琳朵不知道是被哪個部分感動到，還是只是演戲，露出了充滿憐憫而且憂心忡忡的眼神看著我。

「原來是這樣呀……弱者總是渴望強大，這種心情我雖然隱約可以明白，但是身為女性，比起強大，更該追求讓自己惹人憐愛唷。」

蒂緹琳朵說完，有人點頭同意，也有人為我說話。

「羅潔梅茵大人若是想要變強，感覺與戴肯弗爾格很合得來呢。漢娜蘿蕾大人，您不這麼認為嗎？……哎呀，漢娜蘿蕾大人呢？」

「她似乎不久前離席去洗手間了。」

……看來又一次沒辦法與漢娜蘿蕾大人寒暄了。我今天好像一直沒抓對時機呢。

「羅潔梅茵大人，準備已經妥當。」

布倫希爾德走過來對我小聲說道，我於是結束問候，邊看著空位邊走回自己的位置。接下來，要把絲髮精的試用品分給朋友。我回到座位上後，充滿了期待的眼光便將我團團包圍。親眼看見艾倫菲斯特的女學生們與艾格蘭緹娜頭髮上的光澤後，很顯然不少女性都對絲髮精產生了興趣。

布倫希爾德邊苦笑邊朝我遞來小瓶子。我接下時，在眼角餘光中看見漢娜蘿蕾回來了。完全與她錯身而過。希望茶會結束之前，能找個機會與她交談。我這樣心想的同時，一邊小心著別弄錯領地的順位，最先把小瓶裝的絲髮精送給阿道芬妮，再依序分送給艾格蘭緹娜介紹過的朋友們。

「請笑納。稍後會說明使用方式。」

「哎呀，謝謝羅潔梅茵大人。」

發送的時候，可以感覺到韋菲利特接待著的人們也朝這裡投來視線。不過，既然那邊的人什麼都沒表示，我也順勢只把絲髮精分給成為朋友的人。

「香氣十分迷人吧？我也非常喜歡呢。」

艾格蘭緹娜這麼表示後，拿到的女孩子們都打開小瓶子上類似軟木塞的蓋子，嗅聞香味，接連發出讚嘆。雖然每個人都有自己的喜好，但這次我統一贈送了與艾格蘭緹娜一樣香氣的絲髮精。

「布倫希爾德，請教大家的侍從如何使用絲髮精吧。」

「遵命，羅潔梅茵大人。」

布倫希爾德把幾名侍從集結在一起，開始說明絲髮精的使用方式。未能拿到試用品的人們似乎再也按捺不住，相繼往我這裡傾身。

「羅潔梅茵大人，那是什麼呢？有股很宜人的香味呢。」

「這個叫作絲髮精，可以用來令頭髮產生光澤。由於數量有限，這次先只分送給我的朋友們。」

「哎呀，妳不分送給韋菲利特大人的朋友嗎？」

蒂緹琳朵微微睜大雙眼，看向韋菲利特。在眾人的注視下，韋菲利特輕笑著附和我說的話。

「因為想出絲髮精的人是羅潔梅茵。而且和女性不一樣，我對頭髮的光澤沒有什麼興趣，與美容有關的事物基本上都是交由羅潔梅茵處理。」

幾名男性客人也微微苦笑，像在表示同意。他們肯定和韋菲利特一樣，無法理解女孩子們為何看到絲髮精後眼神大變。

「這樣子呀……羅潔梅茵大人，那妳應該願意分送給我吧？」

……什麼？為何她會那麼信心十足，覺得我一定要給她？

難不成這是大領地領主候補生的命令，要我也拿出一份給她嗎？始料未及的發展讓我偏過頭，一時間手足無措，不知道該怎麼應對。

「真是的，蒂緹琳朵大人。方才羅潔梅茵大人不是說了嗎？她今天只能先送給自己的朋友。從妳目前為止的言行，感覺不出是在對待朋友呢。」

身為排名第一的庫拉森博克領主候補生，艾格蘭緹娜開了口，面帶著溫柔的笑容譴責道。先拿到了絲髮精的朋友們也點一點頭，表示同意。

……啊，就是為了像這樣避免受到強權壓迫，中級與下級貴族才要盡可能加入強大的派系吧。

亞倫斯伯罕若是下令，地位較低的艾倫菲斯特也只能服從。但是，地位更高的庫拉森博克出面制止後，亞倫斯伯罕也只能就此收手。既非自己人也非監護人的艾格蘭緹娜出言袒護後，我首次深刻明白到了中級與下級貴族的處境。同時，也切身體會到了他們對於自己派系的領導人有著什麼期望。

……在貴族院，我必須小心謹慎，盡可能與上位領地保有友好往來；在艾倫菲斯特，則要保護好自己派系裡的中級與下級貴族。

然而，即便艾格蘭緹娜開口制止，蒂緹琳朵仍不死心。她彷彿受到了什麼殘忍對待般，先是瞪大深綠色眼睛，接著眨了眨眼，悲傷地顫動著睫毛垂下眼去。

「想不到各位竟是這樣以為，我真是太難過了。我一直、一直擔心著羅潔梅茵大人呢。因為她突然遭到領內貴族的攻擊，還因此沉睡了兩年，想必吃了不少苦頭，始終都是我重要的表妹啊。」

……咦？咦？重要的表妹？她在說誰跟誰？

「聽在他人耳裡，我的語氣或許稍嫌嚴厲，但這是所謂的愛之深責之切呀。羅潔梅茵大人一定明白的，對不對？」

……不明白。我一點也不明白。

對於她翻臉簡直跟翻書一樣快，我呆若木雞，聽著蒂緹琳朵激動地為自己辯解。但是，我忽然反應過來。我如果不明明白白地斷然否定，不就默認她說的全是對的了嗎？我急忙否認蒂緹琳朵說的話。

「我頭一次聽說呢。先前您不是說過，我們並非表姊妹嗎？」

「真是的，連羅潔梅茵大人也誤會了我呢。真教人傷心。」

蒂緹琳朵一副萬分沮喪的模樣。她畢竟有著清麗的五官，周遭的男孩子們立即露出了坐立難安的表情，只想當作是「不幸的誤會與誤解」，讓這件事就此落幕。對照之下，察覺到了這股氣氛的女孩子們顯得十分不耐。她們都用眼神為我打氣，要我振作一點。

「羅潔梅茵大人，妳完全誤會我了。妳當然是我重要的表妹不是嗎？」

儘管周遭的女孩子們都投來冷冰冰的目光，蒂緹琳朵似乎仍堅持要繼續演這齣鬧劇。

……我並不是誤會，而是那樣理解的呢。可是，這下該怎麼辦？該怎麼做才能結束這場鬧劇呢？

我苦惱著不知該如何有貴族風範地結束這場鬧劇時，古德倫微微一笑，抽走布倫希爾德手上的小瓶子拿來給我。

「大小姐。既然如此，也送一瓶絲髮精給您的表姊蒂緹琳朵大人吧？」

她輕輕地將小瓶子遞到我手中。同時，塞進掌心裡的字條上寫著：「趁著公開場合，讓眾人認定妳是亞倫斯伯罕領主候補生的表妹。」古德倫說的沒錯，能保有領主候補生表妹的頭銜也不錯。畢竟我原本就是為了保護自己，才把絲髮精分給朋友們。

……但對方都已經大放厥辭說了那麼多，讓人很火大就是了。

「我完全不曉得，原來蒂緹琳朵大人視我為重要的表妹呢。身為表姊妹，今後還望您多多關照。」

都在全領地的領主候補生面前這樣宣告了，以後很難再翻臉不認人吧。我微微一笑，遞出小瓶裝的絲髮精。蒂緹琳朵接過後，露出開心的笑容。

「好的。羅潔梅茵大人，往後我們好好相處吧。」

送給了蒂緹琳朵試用品以後，其他女孩子也爭先恐後朝我走來，表示想要試用品。粗略地數了一下，若只有聚集前來的這些女孩子，數量應該勉強足夠。

發完了試用品，說明完使用方式後，艾格蘭緹娜改變話題，說起自己將在畢業儀式上由亞納索塔瓊斯護送。

「我能夠接受亞納索塔瓊斯王子的護送，也都多虧了羅潔梅茵大人的幫忙呢。」

「真的嗎？還請告訴我們詳情。」

王族究竟會護送誰？這顯然是十分重要的政治話題，不只女孩子，在場男性客人也都專心聽著艾格蘭緹娜說話。

「話說回來，社交活動開始的時候，羅潔梅茵大人明明已經返回艾倫菲斯特了，卻還能與艾格蘭緹娜大人有往來呢。」

「首次與艾格蘭緹娜大人一起參加茶會，是我收到音樂老師們的邀請那一次。後來在我返回領地之前，也曾受邀出席艾格蘭緹娜大人舉辦的茶會。我因為能在貴族院的時間十分短暫，艾格蘭緹娜大人還願意與我結為好友，真的讓我倍感安心。」

兩位很早就有交流了呢——周遭人們露出了驚訝的表情，蒂緹琳朵臉上則是浮現了同情與擔憂。

「艾格蘭緹娜大人不久便要畢業了，妳一定很不安吧？」

「哎呀，蒂緹琳朵大人真的很愛操心呢。妳不必太過擔心，因為我與羅潔梅茵大人已經說好了，今後也會繼續當好朋友。對吧？」

艾格蘭緹娜一邊牽制著蒂緹琳朵，一邊朝我溫柔微笑。看著那女神般的笑容，我也跟著微笑點頭。

「不好意思，羅潔梅茵大人……」

忽然一道細小且顫抖的嗓音出聲叫我，我轉過頭去，只見戴肯弗爾格的漢娜蘿蕾站在那裡。她在胸前交握著雙手，彷彿下了什麼重大決心。

「我有話想告訴羅潔梅茵大人……」

……太好了。終於可以打聲招呼了。

請人把我抱下椅子後，我站到漢娜蘿蕾面前。以平均身高來說，漢娜蘿蕾偏嬌小，但還是比我要高。我仰頭看向她後，那雙兔子般的紅眼睛帶著淚光，閃爍不定。

「我也一直在想要正式與您打聲招呼。總覺得今天老是與漢娜蘿蕾大人錯過呢。」

我重新向她問好。於是，漢娜蘿蕾先是不知所措地注視著我，接著才配合似地向我寒暄問候。

……咦？漢娜蘿蕾大人不是要來問候的嗎？我是不是做錯了？

我心生不安以後，漢娜蘿蕾的神色也充滿不安，來回張望四周。感覺得出周遭人們充滿好奇的眼光都投向我們，想知道接下來會有什麼發展。

「我本來有話想告訴羅潔梅茵大人，是與哥哥大人有關的事情，但看來不應該在這種場合下說呢。還是留到下一次吧。」

……是什麼事情呢？難道是與藍斯特勞德大人有關，又想提出什麼無理要求嗎？

比迪塔時我利用妙計獲得勝利，拒絕了戴肯弗爾格想成為休華茲兩人主人的要求，之後也透過舍監拒絕了他們的再戰要求。說不定是某種很難在他人面前啟齒、非常不合理的要求。

「不光是這樣，我也希望能與您成為朋友……」

漢娜蘿蕾忸忸怩怩地這麼說道。我轉頭看向布倫希爾德。看見布倫希爾德搖頭，我的臉色刷地變白。

……真的是非常強人所難的要求！糟糕！試用品已經沒了！因為漢娜蘿蕾大人剛才都與韋菲利特哥哥大人他們在說話，我還以為她對絲髮精沒有興趣。怎麼辦？

莫非面對大領地，我應該要主動拿給他們才對？但現在所有試用品都發完了，大領地才來向我索求試用品，實在教人傷腦筋。真希望對方能有點大領地的樣子，從一開始就表明自己想要。突如其來的無理要求令我非常苦惱，只能據實以告：

「漢娜蘿蕾大人，實在萬分抱歉，絲髮精的試用品已經發完了。」

「……咦？」

漢娜蘿蕾震驚地張大雙眼，旋即垂下眼皮，緩慢地搖了好幾次頭。由於她稍微低了下頭，別人可能無法看見她的表情，但比漢娜蘿蕾要矮的我，卻清清楚楚地看見了她那張大失所望、彷彿隨時要哭出來的小臉。

不————！她的表情超級失望！救命啊，尤修塔斯！

我忍不住回頭求救，古德倫露出微笑，靜靜上前站到我身後。接著她輕輕按住我的肩膀，示意我面向前方，一邊開口說道：

「羅潔梅茵大人，索蘭芝老師告訴過我，漢娜蘿蕾大人經常拜訪圖書館。作為友誼的見證，不如借本大小姐的書給她如何呢？」

我瞠大了雙眼，扭頭看向古德倫，她點點頭表示這個消息千真萬確。她究竟是什麼時候從索蘭芝那裡打聽到這種消息的？這個疑惑剎那間閃過腦海，但馬上被更重要的情報徹底蓋過。

「哎呀！漢娜蘿蕾大人喜歡看書嗎？」

「……嗯、嗯，是啊。我並不討厭。」

漢娜蘿蕾抬起頭來，點了點頭。明明幾乎沒有領主候補生會特別造訪圖書館，但漢娜蘿蕾似乎十分常去。如果她是修完課以後才去圖書館看書，那就表示剛好在我返回艾倫菲斯特以後，漢娜蘿蕾才開始在圖書館出沒吧。要是沒有錯過的話，我們更早就能成為好朋友了。

……噢噢噢噢！發現愛看書的女性領主候補生了！好想跟她成為朋友。一定要當朋友才行。這必定是睿智女神梅斯緹歐若拉的指引！萬歲！

我的心情立刻變得非常興奮，好想當場向神獻上祈禱，感覺得到魔力開始在體內流竄。但是，在現場有這麼多領主候補生的情況下，大家又才剛對於我在神殿長大感到不以為然，所以我不敢向神獻上祈禱，只能努力抑制。

「漢娜蘿蕾大人，我有好幾本騎士故事集，您比較喜歡以戰鬥為主的呢？還是以戀愛為主的呢？既然是戴肯弗爾格的領主候補生，果然比較喜歡著重描寫戰鬥的故事嗎？」

「非要選擇的話，我更加喜歡以戀愛為主的故事。」

漢娜蘿蕾思考了一會兒後，用含蓄又文靜的語調回答。她看起來十分害羞內向，光是想像她開心地看著戀愛故事的模樣，就讓人不由自主微笑。

……漢娜蘿蕾大人雖然兩邊都喜歡，但更喜歡戀愛故事呢。嗯、嗯。

既然如此，那就把艾薇拉寫的、以戀愛為主的騎士故事集借給她，之後再一邊問她有什麼感想，一邊了解她的喜好吧。說不定也可以一起做書。腦海中的想像開始沒有止盡地延伸擴張。

「那我馬上請人送去給您。能結交到喜歡看書的朋友，我非常高興！」

我不由得笑容滿面，漢娜蘿蕾也好似鬆了口氣，露出可愛的笑容。隨後，她想到什麼似地拍向掌心。

「對了，既然如此，那我也借您一本書作為回報吧。羅潔梅茵大人喜歡什麼樣的書籍呢？」

……等、怎麼辦？漢娜蘿蕾大人搞不好是天使。是願意把書借給我的寶貴天使。也是睿智女神梅斯緹歐若拉的使者。啊啊，朋友啊！

在興奮與喜悅的驅使下，我抬起了手準備向神獻上祈禱。但下一秒，古德倫放在我肩膀上的雙手立即用力，感覺得出她要我「壓抑下來」。我只好拚命壓下為了尋求出口、在體內瘋狂亂竄的魔力，仰頭看向漢娜蘿蕾。

「只要是書，我都非常歡迎，但如果有在戴肯弗爾格裡流傳的騎士物語或者戀愛故事，我很希望有機會拜讀呢。」

「那我也會盡快請人送去。往後希望能與您多多往來，羅潔梅茵大人。」

漢娜蘿蕾開心地露出了彷彿要融化般的笑容，伸手握住我舉到一半、本想要獻上祈禱的雙手，然後用力握了一下。

……這個貴族千金是怎麼回事?!也太可愛了吧！是可愛的愛書同好。怎麼辦？我找到最棒的朋友了！

看著漢娜蘿蕾這麼可愛的動作，我也忍不住露出融化般的笑容。

「我也很希望能與您多多往來，漢娜蘿蕾大人……啊……」

我的意識就此中斷。

睜眼醒來時，人已經躺在床鋪上了。面對這種熟悉的感覺，我大嘆口氣。

「……好久沒搞砸了呢。」

結交到美好的新朋友後，我顯然興奮過度了。既無法獻上祈禱，也沒能把魔力移進魔石，在體內流竄的魔力，就這麼超過了浸過尤列汾藥水後本已擴大的容量限制。

……等身體恢復，得帶著書去向漢娜蘿蕾大人道歉才行。

領地對抗戰

壓縮好體內的魔力，讓魔力回到原本狀態後，身體也能如常行動了，我往床邊矮桌上的搖鈴伸長手。大概是聽到了我在床上動來動去的聲響，還沒搖響鈴鐺，黎希達便推開布幔走了進來。

「大小姐，您醒了啊。您接連睡了兩天，讓我擔心得不得了呢。我拜託了好幾次遲遲不肯移步的斐迪南小少爺，他正好剛答應了要來為您檢查……」

尤修塔斯向斐迪南報告了我因為興奮過度而暈倒，並且請求指示後，據說斐迪南只是扔來了空魔石，然後回覆不用管我，讓我體內的魔力自行穩定下來即可。而我居然就這麼睡了兩天，對於自己竟然興奮到這種程度，我也是無言以對。接著我再想像了斐迪南不斷接到呼喚，終於百般不願地動身來到這裡時，卻發現我已經醒了，到時會是怎樣的光景？眼前立刻蹦出了斐迪南那張寒冰般的臭臉，還有他喋喋不止的嘮叨碎念，我臉色開始發白。

「黎希達，我好想再暈倒一次。最好一直昏迷到斐迪南大人抵達為止。」

「大小姐，您在說什麼啊。大家都很擔心您喔。既然只要魔力穩定下來就沒什麼大礙，晚餐時間請前往餐廳吧。」

為了用晚餐抵達餐廳時，大家不約而同地往我轉過頭來。

「羅潔梅茵大人！」
「妳終於醒了嗎？雖然叔父大人回覆說無須擔心，但還是讓人擔心死了。」
「茶會後來怎麼樣了呢？」
我邊吃著晚餐邊問大家。茶會上因為有古德倫跟在我身邊，黎希達負責在幕後下達指示，又為了照顧我忙碌奔波，所以關於茶會最後是什麼情形，她說她不清楚。更正確地說，她是這麼回答：「請直接向當時在場的人確認。」
「主辦人都暈倒了，誰還有辦法繼續悠哉地喝茶聊天啊。」
這下子，出席的領主候補生與其近侍們都知道了我有多麼虛弱。非但如此，還在他們心裡留下了只要不慎觸碰到我、就會害我暈倒的印象，聽說茶會當場立即解散。
「受到最多驚嚇的，當然是才剛握住妳的手，就看著妳失去意識的漢娜蘿蕾大人。下次記得好好跟人家道歉。她雖然拚命忍耐，但還是哭了喔。」
漢娜蘿蕾當時似乎徹底陷入恐慌，完全不知道該怎麼辦才好。一樣有過心理陰影的韋菲利特，說他費盡了唇舌安慰漢娜蘿蕾一行人。
像是他曾在洗禮儀式時牽著我的手奔跑，結果我突然就失去意識，仆倒在地滿身是血；打雪仗時，我只是被幾顆雪球砸到就不支倒地，害得警戒著學伴與旁人的所有騎士嚇得臉色鐵青等等。我的虛弱傳說還真不少。
「我不知道說了多少次，這雖然會對身邊的人造成強烈衝擊，但羅潔梅茵每次醒來以後，本人卻好像什麼事也沒發生過一樣，所以真的不必自責。妳的近侍們也說了，這不是漢娜蘿蕾大人的錯，請她別放在心上。不過，她好像覺得我們只是在安慰她。」

衝擊似乎太過巨大，讓漢娜蘿蕾無法輕易地重新打起精神，聽說她仍是垮著肩膀自責道：「這說不定都是我的錯。」

「所以，我一路送了漢娜蘿蕾大人返回戴肯弗爾格舍。也向藍斯特勞德大人說明了茶會上發生的事情，對於讓漢娜蘿蕾大人受到驚嚇，鄭重地道了歉。」

偏偏這場茶會又是在比過奪寶迪塔後舉辦。藍斯特勞德曾說我陰險狡詐，還說他絕不承認我是聖女，所以聽說他當時露出了充滿敵意的眼神，狠瞪著韋菲利特一行人。

「嗚嗚……我真的給大家造成了天大的麻煩呢。」

「不過，沒想到妳竟然昏迷了整整兩天。明天就是領地對抗戰了喔……話說回來，妳這次到底為什麼暈倒？在我看來，妳什麼也沒做啊……」

對於韋菲利特的問題，我本想回答：「因為漢娜蘿蕾大人喜歡書又可愛，我一時太過興奮就暈倒了。」但突然驚覺不太對。

……怎麼覺得我好像有點像變態？還是再稍微修飾一下好了。嗯……因為能成為朋友所以太興奮？不對不對，因為成為朋友太高興了？

我正苦惱著什麼樣的回答聽來比較正常時，頭頂上方傳來了讓人背脊發涼的低沉天籟美聲。

「關於妳為何會昏倒，我也很想問個清楚。」

「斐、斐迪南大人?!」

我的聲音忍不住高了八度，心臟猛縮起來。猛然回過頭，只見斐迪南正用充滿不耐的雙眼低頭看我。身後還有擔任護衛騎士的艾克哈特。斐迪南的淡金色雙眸明顯在說：

「在我忙得要命時，妳又幹了什麼好事？」
「因為黎希達呼喚了太多次，我才不得已過來察看，妳看來精神倒是不錯。」
「大小姐晚餐前才剛醒。」
黎希達幫我緩頰道，斐迪南從冷冰冰的笑臉變回平常的面無表情。
「總之我要詢問詳情，跟我來。」
「啊，可是，明天就是領地對抗戰了，我有很多事情要準備……」
為了把嘮叨碎念往後推遲，我拐著彎拒絕與斐迪南一同離開，但他環顧了餐廳內的眾人一圈，用平淡的口吻宣告。
「妳不需要擔心領地對抗戰。因為妳已確定不會出席。」
「……咦？」
「羅潔梅茵不會出席領地對抗戰，這是奧伯的決定。對此，我也會向妳說明。侍從有黎希達與尤修塔斯即可。羅潔梅茵的近侍們為明天作準備吧。」
斐迪南的宣告讓我茫然自失，任由黎希達推著我的背，前往談話用的房間。艾克哈特站到門前，進入房裡的，只有我與斐迪南，還有尤修塔斯與黎希達共四個人。
「斐迪南小少爺，談話前請先檢查大小姐的身體狀況吧。」
「我知道。羅潔梅茵，過來。」
我慢吞吞地走到坐在椅子上的斐迪南面前。他完全成了我的主治醫師。斐迪南一下子摸摸我的脖子，一下子碰碰手腕，進行各種檢查。
「魔力似乎已經鎮定下來了。妳自己知道發生了什麼事嗎？根據尤修塔斯的報告，他推測妳應該是因為可以互借書籍，一時之間太過興奮。」

「……差不多猜對了。」

第一次結交到愛書的朋友，我太興奮了。在這個世界，書籍本就稀少又昂貴，很少有人的習慣是閱讀。像這種既喜歡看書，又有相同的家世背景，可以輕鬆結交為朋友，甚至還與我同年的女孩子，我覺得往後不會再出現第二個了。漢娜蘿蕾對我來說，是從此刻起絕不能放手的朋友。

「因為結交到了愛書的朋友，我一時太過興奮，本想獻上祈禱，但被尤修塔斯阻止了。我也覺得在茶會上獻上祈禱與祝福不太妥當，所以極力壓了下來。可是，我再怎麼拚命忍耐，已經從深處釋放出來的魔力還是像這樣在體內來回流竄，在我心想不妙的時候，眼前就陷入一片黑暗了。」

「看來是超過了容量限制吧。與我料想的相去無幾。現在妳體力的魔力已非常穩定，應該是不必擔心。問題在於妳結交的朋友。她到底是什麼樣的人物？」

斐迪南沒好氣地瞪著我。我開始回想漢娜蘿蕾的模樣。

「她是戴肯弗爾格的領主候補生，漢娜蘿蕾大人喔。她看起來就和『兔子』一樣可愛，是位愛書的貴族千金。我們還說好了，要互相借對方書籍。我終於可以和朋友一起聊書了！啊啊，好期待喔！」

「笨蛋，妳興奮過頭了。」

斐迪南立即把我拉過去，拿出魔石貼在我的額頭上。他一邊用厭煩至極的語氣說著，一邊很快換了顆魔石。

「我勸妳最好別太接近那位朋友，否則又有可能暈倒。」

看來我的心情似乎極度亢奮。看著眨眼間變了顏色的魔石，我「啊」地輕叫一聲。黎希達一臉她也束手無策似的搖了搖頭。

「眼看著大小姐在自己面前暈倒，已經為漢娜蘿蕾大人造成極大的困擾了吧？為了對方著想，大小姐似乎別太接近漢娜蘿蕾大人比較好呢。」

「……我會努力克制自己的情緒，請別說出這麼殘忍的話。這是我交到的第一個愛書朋友呢。」

「難不成妳目前為止都沒有喜愛書的友人嗎？」

麗乃那時候雖然喜好不太一樣，但確實是有幾個各自對某領域非常感興趣、有些與眾不同的朋友。但是自從成為梅茵，還有成為羅潔梅茵以後，再也沒有了。就連一直以來一起做書的路茲，也不是愛書同好。因為他只把書當作商品，不會拿來閱讀消遣。

「自從在這裡生活以後，我是第一次交到喜愛書的朋友。因為書本太過昂貴，即便是貴族，也很少有人擁有大量書籍吧？」

當初我與菲里妮感情變好的契機也是書，但下級貴族與領主候補生不一樣。我們無法平起平坐，也無法借書給對方。我頂多只能讓她以近侍的身分待在自己身邊，無法更進一步交流。對菲里妮來說，我是怠慢不得的對象。總要留意著周遭旁人的反應，保持一定的距離。我們始終只能以主從的身分相處。

「可是，漢娜蘿蕾大人是戴肯弗爾格的領主候補生喔。她那裡一定有許多藏書。我也必須趕快接著做書，這樣她借我書的時候，我才有書可以借她。」

「恐怕好一陣子都無法冷靜吧。黎希達，為免羅潔梅茵的魔力超出容量限制，每當她太過興奮，就用魔石吸走她的魔力。」

「叩咚」一聲，斐迪南把皮袋放在桌上，依稀透著魔石的輪廓。看得出來裡頭放了三顆大魔石。

「先不說這個了，斐迪南大人。為什麼不讓我出席領地對抗戰呢？我的身體狀況已經沒問題了。」

「看了尤修塔斯的報告，奧伯判斷在妳惹出麻煩之前，最好把妳隔離。領地對抗戰當天，不只他領的奧伯，王族也會前來參觀。妳已經在自己主辦的茶會上暈倒，引發不小的騷動。乾脆就這樣繼續躺著休息，身邊的人也能少點麻煩。」

用麗乃那時候學生時期的活動來比喻，領地對抗戰就好比是學園祭。是所有人最引頸期盼的一大盛事。現在卻禁止我出席，太過分了。多半是內心的不滿表現在了臉上，斐迪南表情無奈地看著我，盤起手臂。

「羅潔梅茵，領地對抗戰也可說是領主會議的預演。老實說，妳有太多地方讓人感到不安，社交手腕也還不夠高明，我們不想讓妳露面。至少，要等到妳再有點體力與社交技巧以後。倘若他領奧伯找妳攀談，妳有信心能夠圓融周到地應對嗎？不會像在茶會上那樣突然暈倒，能夠保持意識到最後一刻嗎？」

斐迪南的淡金色雙眸靜靜凝視我，我「唔」地倒吸口氣。我怎麼可能有信心能圓融周到地應對。這陣子才看到尤修塔斯總是抱頭苦惱。

「……我的社交能力有這麼糟糕嗎？」

「尤修塔斯說了，基本上都沒問題。妳在參加社交活動時，表面上應付得很好。但是他也說了，妳時不時會突然做出他無法理解的舉動，很想問妳為何會演變成那樣。這大概是因為妳行動時的常識與基準，與我們全然不同吧。」

看來我的常識依然與一般貴族有落差。但是坦白說，我自己根本不知道是哪裡、有怎樣的差異。因為不知道是哪裡與大家不一樣，我也不曉得該注意什麼事情、又該如何小心留意。

「斐迪南小少爺，大小姐年紀還這麼小，已經非常努力了。難以想像她曾在尤列汾藥水裡沉睡兩年的時間，不僅取得了非常優秀的成績，也主持了奉獻儀式，還要參加社交活動。面對大病初癒的大小姐，您究竟還想要求她什麼呢？」

黎希達往前一站，袒護了垂頭喪氣的我。「休息。」斐迪南邊看著她，邊頂著一如既往的面無表情說。

「進入貴族院前領主要求她的事情，羅潔梅茵輕而易舉便達成了，甚至超出了他的預期。說得更準確一點，是遠遠超出了我們的預期。我們從未預計她會與王族產生交集，也沒想過能與上位領地擁有這般密切的交流。以她的個性，若讓她出席明天的領地對抗戰，結果又不慎與王族還有他領奧伯產生交流，只會讓我們非常頭疼。現在她身邊的人，已經無法應付更多的狀況。因此，為了不讓羅潔梅茵接觸到王族與上位領地的奧伯，我們要求她好好休息。」

斐迪南對黎希達這麼說完，把目光投向我。

「尤修塔斯在報告中也說過，妳也許是因為要準備領地對抗戰，又要參加社交活動，太累了才在茶會上暈倒。所以考慮到妳的身體狀況，為了讓妳能放鬆歇息，我帶了幾本書來，這樣妳還是想出席領地對抗戰嗎？」

帶了幾本書來？這也就是說……萬歲！我可以看一整天的書了！

一邊是出席領地對抗戰，一邊是裝病窩在宿舍裡看書一整天，我立刻衡量起來。先前為了領地對抗戰與社交活動，我甚至不能出入圖書館，所以答案當然只有一個。

「我的身體還不太舒服，所以我由衷認為，自己還是在黎希達的陪同下乖乖待在宿舍裡吧。可是，我的近侍們該怎麼辦呢？到時想必人手不足，我希望所有人都能出席領地對抗戰。」

一旦我休息，便有近侍必須留在宿舍裡跟著我。但今年領地對抗戰不管人力還是物資都不充足，不能再少人了。

「我會留在宿舍負責看著妳，所以妳的近侍無須留下。只要有黎希達，一整天應該不會有問題吧。」

……咦？神官長會留下來監視我嗎？我才不要。

感覺原本的閱讀時光，會演變成說教時光，我暗忖著有沒有辦法別讓斐迪南留下來。

「但斐迪南大人前來就是為了參觀領地對抗戰吧？請您別擔心我，儘管去觀賽吧。」

「這次我身為妳的監護人，也要輔佐奧伯與上位領地交涉，本來是預計要參觀領地對抗戰，但目前的狀況似乎相當棘手。」

被斐迪南惡狠狠一瞪，我歪了歪頭。發生了什麼麻煩嗎？

「尤修塔斯告訴了我十分讓人頭疼的事情，他說現在貴族院內流傳著與我有關的奇妙傳說。還說我若在領地對抗戰上現身，恐怕會引發騷動。妳到底做了什麼？」

……噢，是斐迪南傳說嗎？

「請別什麼事情都怪到我頭上。是因為赫思爾老師宣稱我是斐迪南大人的弟子，貴族院裡的人們才開始討論起斐迪南大人學生時期的事蹟。雖然我不否認不只事實，大家還摻雜了不少旁人的事蹟，加油添醋成了十分誇大的傳說，但這與我沒有關係。」

「但我聽說大小姐認為這也可以在茶會上當作話題，指示眾人蒐集傳說……」

「尤修塔斯，噓——！」

我急忙想讓他住嘴，但幾乎同時，斐迪南已經狠瞪過來。

天亮後，來到了領地對抗戰的日子。對我來說，是睽違已久的讀書日。眾人提早吃完早餐，各自忙碌不已地進行準備。

廚房已經接連幾天都飄來誘人的甜香，準備好了大量已經切塊的磅蛋糕。陸陸續續從艾倫菲斯特送達的物品也大半都要用在領地對抗戰上，裝有磅蛋糕的箱子飄出了讓人口水直流的香氣。見習侍從們檢查著物品、下達指示，由下人們負責搬走。韋菲利特似乎待在要舉行領地對抗戰的競技場，在現場坐鎮指揮。

見習文官們聽著斐迪南與尤修塔斯的提醒，神色認真地把發表成果時的注意事項抄寫下來。最重要的注意事項是這條：「若知道我來了，赫思爾老師很可能撇下發表，跑來宿舍找我討論研究成果，所以絕不能讓她知道我在這裡。」

見習騎士們也溫習了一遍魔物的弱點與攻略方式，從不同於玄關大門的門扉離開宿舍，接受艾克哈特短暫的訓練。負責教育騎士團新人的艾克哈特十分滿意地表示過，知道自己團隊合作能力很糟的學生們，比起毫無自覺的新人還要好教。他說因為大家都能虛心接受指導，從春天開始再由波尼法狄斯進行訓練的話，明年一定能有顯著成長。

「奧伯．艾倫菲斯特到！」

在眾人手忙腳亂地進行著準備時，以領主夫婦為首，畢業生的監護人們陸續抵達。一行人都穿著社交用的絢麗華服，完全沒在宿舍停留，徑直往舉行對抗戰的競技場移動。因為大家都是貴族院的畢業生，不必有人帶路。

「羅潔梅茵，妳終於醒了嗎？今天一天留在宿舍裡休息吧。妳臉色還不太好。」

「感謝您的關心，養父大人。」

因為預計要看書一整天，我開心得氣色甚至比平常要好，但奧伯．艾倫菲斯特說了「臉色不好」，那就是臉色不好。我必須乖乖休息。

「斐迪南，羅潔梅茵就拜託你了。兩人都別離開宿舍。」

「遵命。」

前來觀賽的客人們經過後，屋內安靜下來，很快地換作見習騎士們回到宿舍。聽說接下來他們必須前往競技場待命。

「羅潔梅茵大人，能請您給予我們祝福嗎？」

「大家請跪下來。我給予各位英勇之神安格利夫的庇佑。」

最高年級的安潔莉卡跪在最前方，見習騎士們整齊列隊後，也跪下來靜靜俯首。我變出思達普後高舉右手，如同往常注入魔力。

「願火神萊登薛夫特的眷屬，英勇之神安格利夫給予眾人庇佑。」

從思達普飛出的藍光灑落在見習騎士們身上。

「請各位要好好觀察周遭情況、互相協助，努力活用自己學到的經驗。願各位能為艾倫菲斯特搏得最好的成績。」

「是！」

眾人離開宿舍以後，我待在一樓的多功能交誼廳裡看著斐迪南帶來的書本，度過悠哉愜意的時光。除了見習文官與尤修塔斯偶爾會跑進來，向斐迪南尋求指示外，其餘時間都很安靜。

不只尤修塔斯整理的報告書，斐迪南也看起了韋菲利特與夏綠蒂的見習文官，還有哈特姆特等人整理好的資料。為了教育文官，這似乎是他透過尤修塔斯出的作業。

第三鐘響後，餐廳裡立即瀰漫起了引人食指大動的食物香氣。過不了多久，文官與侍從們輪流回來吃午餐。

「羅潔梅茵大人，今年真是盛況空前。」

「我第一次看到艾倫菲斯特有這麼多訪客！」

回來吃午餐的學生們都興奮地告訴我領地對抗戰的情況。聽說來自中央的學者們，都雙眼發亮地前來察看有關休華茲兩人的研究。赫思爾喜孜孜地在旁說明，一群人還熱烈地討論起了無法釐清的部分究竟是怎麼一回事。據說現場還展示了我設計的新騎獸，只不過是蘇彌魯造型。「無須換上騎獸服便能乘坐」這句口號，吸引了女性的目光。

「您明明不在現場，羅潔梅茵大人的名字卻好像已經廣為人知了。」

「戴肯弗爾格的騎士團長也來了喔。還詢問成為斐迪南大人愛徒的領主候補生在哪裡。」

嗚咦！我在心裡頭鬼叫一聲，但似乎不只我覺得不妙。也在一旁聽著的斐迪南立即露出了難以形容的表情，好像有什麼頭緒。該不會是同年紀，曾被斐迪南想出的陰險作戰打得落花流水的人吧？

「看來沒去參觀是正確的。」

「因為對外宣稱羅潔梅茵大人仍臥病在床，庫拉森博克與戴肯弗爾格的領主候補生都在監護人的陪同下，各自送了慰問的禮品過來。奧伯．艾倫菲斯特正竭盡所能在接待他們。」

……哇噢，養父大人，加油！

不久，換作見習騎士們一窩蜂同時進來。聽說他們的比賽已經結束了。除了安潔莉卡，所有人的表情都十分古怪，沒有什麼比完比賽的暢快感，反而一致盯著我瞧。明明給予了祝福，結果還是不行嗎？

「柯尼留斯哥哥大人，迪塔的比賽成績如何呢？」

「以排名來說差強人意，但與至今的模擬戰比起來，我們已是用最快速度打倒魔獸。」

「既然如此，為什麼大家的表情都不太開心呢？」
柯尼留斯與見習騎士們對看之後，難以啟齒似的開口。
「因為我們對付的魔獸是窟倫，一想到您把那樣的魔獸當作騎獸，就有點……」
「我從來沒見過窟倫，請問是什麼樣子的魔獸呢？」
「是非常兇暴而且有著惡臭的魔獸。」
「……咦？有惡臭嗎？」
那我好像有些無法接受。我也皺起了臉龐，這時斐迪南插嘴說了。
「你們幾個，窟倫的事以後再說，吃完午餐快去協助侍從。我接到報告說訪客太多，他們甚至無法好好賠罪。」
見習騎士們聽了急忙開始動作，吃完午餐後馬上飛奔離開。
餐廳稍微安靜下來後，我與斐迪南也在黎希達的服侍下用餐。斐迪南一邊吃著，一邊小聲嘟噥道：「我對妳感到有些過意不去。」
「怎麼了嗎？」
「就是今天禁止妳出席領地對抗戰。這樣一來，妳也無法出席表揚儀式。」
斐迪南說，領地對抗戰的比賽在第五鐘前就會結束。第五鐘響後，會宣布今年的成績優秀者。
「赫思爾曾在信上寫道，一年級的最優秀者多半是妳。原本妳能夠當面得到國王的表揚，接受眾人的讚美。如今卻因為我們的考量讓妳缺席。」
「……我反而很慶幸缺席呢。現在的我完全不敢與國王陛下說話。」

要在全領地的領主夫婦與王族都出席的場合上，以最優秀者之姿受到表揚，還要直接與國王對話，這我完全辦不到。光擔心自己這次會不會出什麼錯就很嚇人。

「希望明年妳就能出席領地對抗戰，但目前我還不知道究竟該如何教育妳。因為妳的常識與思考方式和我們截然不同，這點我實在不知該從何改起。畢竟截至目前為止，我也已經教育了妳很長一段時間。」

「大小姐因為在神殿長大，雖然有些缺乏貴族方面的常識，但也只能慢慢習慣。花費時間累積經驗，這個過程非常重要。」

在旁服侍的黎希達露出沉穩笑容，這麼說道。

「大小姐受洗完後，先以領主女兒的身分生活了一年半的時間。隨後沉睡了兩年，便進入貴族院就讀吧？扣除掉她在神殿生活的時間，大小姐以貴族身分生活的時日，恐怕只有半年左右。只能從現在開始慢慢適應了。」

連細枝末節也記得清清楚楚的斐迪南，開始算起我以貴族身分在城堡裡生活了多少時間。

「嗯……雖然算起來超過半年，但妳以貴族身分在城堡生活的日子確實不長。但待在神殿時我也會教育妳，感覺起來也不算短……」

「城堡只有貴族，與嚴格說起來幾乎沒有半名貴族的神殿不一樣。待在神殿，無法養成貴族的思考方式喔。因為那裡的貴族只有小少爺一個人。」

「原來如此。」聽了黎希達的提醒，斐迪南點點頭。

「斐迪南小少爺總是太過性急，一下子便想見到成果，但一個人的成長需要時間。

請您稍微放慢腳步吧。」

黎希達說的沒錯。一個人的成長需要時間。而且，城堡與神殿不一樣。神殿因為沒有貴族在，並沒有那種從早到晚都要小心翼翼的緊張感。所以一旦斐迪南訂定了新的教育計畫，我想自己能待在神殿的時間也會變少吧。

……真不想面對呢。

我知道黎希達的提醒非常正確，也知道自己必須解決社交時會遇到的問題。但是，一想到能安心歇息的地方終將離自己遠去，心情不禁十分憂鬱。

安潔莉卡的畢業儀式

領地對抗戰的隔天就是畢業儀式。領主夫婦會各自在宿舍的房間留宿，但其他監護人們必須暫時返回艾倫菲斯特。

……怪不得來觀賽的人並不多。

因為要連著兩天使用魔力進行轉移非常吃力。聽說中級與下級貴族的監護人，除非是事前就知道自己的孩子將大顯身手，或者子女想成婚的對象為他領貴族，否則不會來參觀領地對抗戰。安潔莉卡的父親比起觀看領地對抗戰的迪塔，更重視明天畢業儀式的劍舞，所以明天才會請假前來。順帶一提，安潔莉卡的母親因為是芙蘿洛翠亞的侍從，今天已經與主人一同來到貴族院，觀看了迪塔比賽。莉瑟蕾塔說過，她母親明天已經請到假了。

……一家都是優秀的侍從中，真的只有安潔莉卡一個人是見習騎士呢。

畢業儀式從第三鐘開始。上午有奉獻舞與劍舞等表演，來自中央神殿的神殿長會給予眾人祝福。雖然只當作是畢業儀式的一部分，但其實也算是成年禮。到了下午，已經成年的畢業生們會換上正裝，在大禮堂集合，舉行畢業儀式。

「明天我也只能待在宿舍留守吧？」

吃完晚餐後，我在多功能交誼廳裡這麼問斐迪南。斐迪南說過，他也會在貴族院留宿，所以我想他明天大概也負責監視我吧。

「會出席畢業儀式的重要人物就和今天一樣。妳明天若是出席，今天的缺席便會徹底失去意義……對於留在宿舍看書，妳有任何不滿嗎？」

領地對抗戰都已經缺席了，我也知道不可能還讓我出席畢業儀式。但是，我真的很好奇艾格蘭緹娜正式上場表演奉獻舞的樣子，還有因為練習地點不同，從來沒看過的安潔莉卡的劍舞。尤其是一生只有這一次機會，更是教我扼腕。

「我當然很高興可以看書，可是，我也很想親眼看看安潔莉卡的劍舞，還有艾格蘭緹娜大人的奉獻舞。要是有『攝影機』就好了……」

「那是什麼？」

「是一種可以錄下劍舞與奉獻舞，之後再觀看影像的工具……我想想喔。先前不是有個赫思爾老師會在課堂上使用的魔導具嗎？和那個類似，但播出的畫面會動，而且還可以反覆播放，這樣子說明會比較好懂嗎？」

我一邊思考著該怎麼說明才好，一邊努力解釋，斐迪南輕挑起眉。

「赫思爾應該有放映用的魔導具。以前我曾做來在課堂上使用。但因為使用時需要消耗非常大量的魔力，所以只用了一次，就收起來沒再用過了。不過，只要把妳的魔力灌注進魔石裡，再讓魔導具運作，如果只是要錄下劍舞與奉獻舞，也許不成問題吧？」

「真的嗎?!」

……居然早就有相當於攝影機的魔導具了嗎！

我內心感動不已，用滿懷期待的眼神仰望斐迪南。只見他板著臭臉，拿出奧多南茲的魔石。

「眼下的問題，是將被赫思爾知道我人在貴族院，但為了讓妳安分守己，恐怕也是不得不為。妳先往這顆魔石注入魔力吧。魔力量必須充足，否則影像會中斷。」

斐迪南說完遞來魔石，然後詢問赫思爾能否借放映用的魔導具一用，送出奧多南茲。我高高興興地接下了充電任務，緊握住魔石，不斷注入魔力。由於我早已經興奮得魔力在體內亂竄，所以這項任務輕輕鬆鬆。

……唔呵呵、呵呵～可以看到劍舞和奉獻舞了！

正想著也該收到回覆時，結果奧多南茲的回覆沒有回來，反倒是赫思爾本人抱著魔導具與一大疊資料衝進宿舍。

「斐迪南大人，既然你人在貴族院，為何不更早一點通知我?!看了你送回來的資料，我有一大堆問題想和你討論！」

「就是因為猜到妳有可能這麼說，然後撇下領地對抗戰，我才刻意沒有與妳聯絡。久疏問候了，赫思爾老師。這個魔導具還能使用嗎？」

斐迪南拿起赫思爾手中的魔導具，開始檢查。

「你不是說因為需要大量魔力，就丟著這個魔導具不管，現在還要拿來做什麼？」

「現在有必要錄下明日的劍舞與奉獻舞。魔力會由羅潔梅茵負責提供，所以沒問題……嗯，還能正常運作。妳還是老樣子，總是辛勤保養手邊的魔導具，實在教人佩服。真希望寫報告書時也能這麼勤勞。」

對自己不利的話似乎被當成了耳邊風，赫思爾沒有回應斐迪南，當場開始攤展手上的資料。

「關於圖書館的魔導具，今天我在領地對抗戰上與好幾名學者討論過了，這些全是我們得出的推論。當中還有人在中央研究王族的魔導具，他根據相同魔導具的結構，猜測這部分可能要放與生命之神有關的魔法陣。只不過，那位學者記得的魔法陣無法順利地套用在這裡。」

「嗯……這可真有意思。究竟是什麼樣的魔法陣？」

兩名瘋狂科學家聚在一起後，熱絡地討論起來。文官們興致勃勃，卻也一臉完全聽不懂的表情望著兩人。

我往魔石注入完魔力後，默默離開現場。比起讓人一頭霧水的魔法陣討論，我更想閱讀斐迪南難得幫我帶來的書籍。回到房間看書、沐浴，最後上床就寢。

時間來到了隔天早上。吃完早餐，走進多功能交誼廳裡一看，我發現兩人還保持著與昨晚一樣的姿勢在討論，只差在周遭隨手寫下的資料變多了。艾克哈特似乎也跟著熬夜，愁眉苦臉地倚牆而立。身為斐迪南的護衛騎士，即便他討論研究的事情一整晚，似乎也必須陪在一旁。這該不會就是他們貴族院時期的日常風景吧？

「斐迪南大人、赫思爾老師，早安。兩位還在討論嗎？至少該用點早餐吧？」

「妳來啦，羅潔梅茵。已經早上了嗎？赫思爾老師，本日是畢業儀式，我看最好還是就此打住吧。」

「……畢業儀式啊。難得我覺得研究的進展不錯呢。」

赫思爾看起來真的很不情願，斐迪南一臉受不了地搖搖頭。

「請至少忍耐今天一天吧。妳以前曾咳聲嘆氣說過，沒有人能接任我的位置，現在找到有為的弟子了嗎？」

「是啊。雖然多年來始終沒找到滿意的人選，但今年的二年級生中有個相當優秀的學生。是接近下級貴族的中級貴族，雖然魔力偏少這點有些可惜，但改良方面的能力也因此非常出色。」

斐迪南的創意與著眼點堪稱天才，製造出了許多前所未見的魔導具。但是，也因為他擁有龐大的魔力，據說大多數他發明出來的魔導具都只有他自己能用。聽說有望成為新弟子的那名學生，正在設法改良斐迪南過往做的那些魔導具，希望能用更少的魔力使其運作，一頭栽進了研究的世界裡。

「如今，我能像現在這樣與你一起討論，又找到了新弟子，感覺過往那段教人懷念的開心時光又回來了，每天都過得非常充實。斐迪南大人，你曾在畢業那天，說過自己往後的日子將只有無趣與苦悶，不曉得在你回到艾倫菲斯特以後，是否多少有過令你感到快樂的時光呢？」

此刻赫思爾的表情，不再是一味只顧著研究的瘋狂科學家，而是擔心著弟子的師父。聽見師父這樣的問話，斐迪南瞬間難得語塞，接著遙望向遠方，露出了感到非常懷念的表情。然後，他帶著苦笑回答。

「現在我正過著一刻也不感厭倦，與無趣全然無緣的生活。」

「能聽到你這麼說，我也稍微放心了。無論是魔導具還是研究成果，或者戀愛消息也好，我會期待著任何與斐迪南大人有關的新消息。」

赫思爾說完，很快地收起資料，快步走向餐廳。她說吃完早餐以後，要趕緊準備畢業儀式。赫思爾剛進去不久，尤修塔斯緊接著從餐廳走出來。

「斐迪南大人，您接下來要做什麼呢？還是和以前一樣先睡一會兒嗎？」

「嗯，二鐘半時叫醒我。」

「遵命。請好好歇息……艾克哈特，你也睡一下比較好吧？我因為跟在托勞戈特身邊，睡得很飽，但你許久沒整晚陪著那兩個人，應該累壞了吧？」

艾克哈特恨恨地瞪向尤修塔斯後，追上斐迪南。

「尤修塔斯，你怎麼從餐廳出來呢？」

「嗯，因為我正在服侍托勞戈特用餐，看見赫思爾老師走進來，就知道兩人討論到現在總算結束了。」

「……言下之意是，你在托勞戈特用餐到一半時，撇下他不管嗎？」

「這也沒辦法。比起托勞戈特，當然是斐迪南大人更重要，要優先服侍他啊。」

尤修塔斯一臉理所當然地笑了笑，又返回餐廳。

「只能帶一人前來的自己的侍從，居然優先服侍另一個人……不管是用餐還是沐浴，都因為斐迪南大人的關係得往後推延，我開始有些同情托勞戈特大人了呢。」

尤修塔斯完全照著自己的原則我行我素，看著他遠去的背影，優蒂特喃喃說道。

學生們吃完早餐，開始慢慢往多功能交誼廳聚集時，畢業生的父母也利用轉移陣來到貴族院。父母一走出轉移廳，在外頭等著的見習侍從們便帶著他們前往孩子所在的房間。因為要幫忙孩子為畢業儀式進行準備。不如說是父母必須親眼確認有無任何遺漏，這樣好像比較準確。

「父親大人、母親大人。」

「羅潔梅茵大人，久未向您問候。這次真的……」

安潔莉卡的父母沒理會出聲叫喚的女兒莉瑟蕾塔，率先把目光投向我。眼看兩人筆直朝我走來，準備向我問安，我輕輕揮手打斷兩人。

「冗長的寒暄就不必了。今天的時間非常緊急。莉瑟蕾塔，快點為妳父母帶路吧。現在安潔莉卡一定正感到麻煩，不肯用心作準備，請你們三人要嚴格監督，別讓她敷衍了事。這是我的命令。」

安潔莉卡有太多地方讓人感到不安了。就算劍舞準備得很完美，但她有可能畢業儀式時的正裝卻準備得很隨便；還有在決定髮型時只顧著考慮劍舞，完全沒想過要綁得漂亮一點。但是，現在多了父母與妹妹共三名優秀的侍從，相信她無法再隨便應付。

「遵命。」莉瑟蕾塔帶著苦笑回答後，帶著父母離開多功能交誼廳。這下子就不用擔心安潔莉卡了。「很好。」我點了點頭，這時卻看見達穆爾不知為何走進了多功能交誼廳。他往室內環顧一圈後，來到我跟前跪下。

「達穆爾，你怎麼會到這裡來呢？」

「昨夜斐迪南大人緊急喚我前來。他說畢業儀式時，因為幾乎所有近侍都不在您身邊，要我前來執行護衛任務。」

看來因為會與赫思爾討論整晚，自己與艾克哈特將在上午補眠一段時間，這些都在斐迪南的預料之中。

「既然達穆爾來了，大家去準備畢業儀式吧。」

我對近侍這麼說完，他們各自開始移動。目送大家離開後，我轉頭看向達穆爾。

「達穆爾，城堡那邊一如往常嗎？祖父大人還好嗎？」

達穆爾呵地輕笑出聲，大概是想到了什麼，目光突然飄向遠方。

「……波尼法狄斯大人非常、非常硬朗呢。他還跑到騎士團來，與幹部討論了有關教育見習騎士們的事情。我想從春天開始，見習騎士們恐怕會非常辛苦。」

達穆爾回答時眼中飽含同情，看樣子波尼法狄斯是火力全開。似乎可以好好期待見習騎士們的成長了。

二鐘半響後，除了畢業生與陪同入場的人以外，學生們都要離開宿舍。聽說在主角畢業生進場之前，他們要在大禮堂進行準備。眾多侍從都在送著自己的主人時，我看見尤修塔斯鐘聲一響，就跑去叫醒斐迪南。果然為托勞戈特送行這件事被他先拋到腦後。

「黎希達，這樣實在太可憐了，請妳跟在托勞戈特身邊吧。」

「不行。如果羅潔梅茵大人身邊還有其他侍從也就罷了，此刻所有人都正要出發，我不能離開您的身邊。」

黎希達斷然拒絕，我微微點頭。既然她都說不行了，那我也愛莫能助。

學生們出發後過了一會兒，斐迪南來到多功能交誼廳。身旁還跟著尤修塔斯與艾克哈特。然而奇妙的是，艾克哈特竟然穿著教人感到陌生的正裝。

「真難得，艾克哈特哥哥大人今天竟然在執行護衛任務時穿正裝。有什麼事情嗎？」

「我要護送安潔莉卡，總不能還穿著騎士的鎧甲吧？」

「咦咦?!是艾克哈特哥哥大人要護送安潔莉卡嗎?!」

我震驚得雙眼圓睜，艾克哈特也驚訝瞠目。

「妳不知道嗎？一般在宿舍裡頭，眾人不都會討論誰要護送誰嗎？」

「莉瑟蕾塔似乎知道，但其他人好像都不知道喔。包括我在內，很多人都在好奇是誰要護送她呢。可是，因為安潔莉卡只會歪著頭，所以大家都在猜搞不好她本人也不知道，是由親族決定對象的吧。兩位究竟是什麼時候變成這種關係的呢？」

昨天艾克哈特也與斐迪南一起來到了宿舍。但是，印象中他既未與安潔莉卡關係親密地交談過，兩人甚至從未眼神交會。橫看豎看，都不像是一對戀人。

「因為我與她並不是那樣的關係。自從祖父大人把安潔莉卡收為弟子，他一直想讓她與自己族裡的人成婚。由於幾乎是到了最後一刻也還沒決定對象，所以安潔莉卡可能也不知道是誰吧。聽說她說完『一切任憑師父決定』後，就再也沒有過問。」

……啊啊，她一定是交給祖父大人以後，就放棄思考了吧。

「由於讓安潔莉卡與一族的人成婚是祖父大人的希望，今年冬天可說是人仰馬翻。」

與波尼法狄斯的親人成婚，等於是與有領主一族血緣的一族結為姻親。一般來說這可是莫大的榮耀，但對身為中級貴族的安潔莉卡來說，身分差距太懸殊了。再加上安潔莉卡身為騎士的能力雖然出色，但考慮到她的性格與社交能力，卻不適合成為上級貴族的第一夫人。聽說安潔莉卡的父母想方設法推辭過，但他們終究沒有力量能推翻波尼法狄斯的決定。

為了一籌莫展的兩人，再考慮到安潔莉卡的將來，據說是艾薇拉提議，從波尼法狄斯的孫子當中挑選出年紀相當的人，並嫁給他當作第二夫人如何？安潔莉卡的父母本還拚命懇求，最好是當第三夫人比較妥當，但波尼法狄斯不答應，所以最終說好嫁為第二夫人，才勉強達成了共識。

「但是，問題在於要當誰的第二夫人。」

聽說當初是預計成為托勞戈特的第二夫人。因為安潔莉卡完全還不考慮結婚，是個一心只想變強，教人直想嘆氣的美少女。眾人認為與其找個年紀比她大、很快就得成婚的對象，年紀比她小的對象更適合。再者，當時托勞戈特也預計成為我的護衛騎士，所以大人們討論過後，覺得是最恰當的組合。

然而，托勞戈特辭去了我的護衛騎士一職。而且還是等同解任的請辭。波尼法狄斯因此勃然大怒，取消了他與愛徒安潔莉卡的婚事。

「所以先前親族會議的時候，不只要討論對托勞戈特的處置，如今安潔莉卡的畢業儀式迫在眼前，也必須重新挑選她的結婚對象。一旦托勞戈特從候補人選中被剔除，就只能從我們三兄弟中選出一人。」

「從年紀來看，應該要選蘭普雷特哥哥大人或者柯尼留斯哥哥大人吧？」

考慮到安潔莉卡的年紀，艾克哈特應該是最後才會考慮的人選。

「是啊，正如妳所言。但是，直到與亞倫斯伯罕那邊的問題真正解決之前，最好都別讓蘭普雷特訂下明確的對象。柯尼留斯也早在以前說過，他已經有意中人了，不想護送安潔莉卡。所以最終，曾經喪偶的我便成了最適合的人選。」

曾經堅持說在斐迪南結婚之前，自己絕不結婚的艾克哈特，如今終於要結婚了。該來的總是要來……想到這種，我拍向掌心。

「既然對象是暫時還不想結婚的安潔莉卡，艾克哈特哥哥大人能得到的好處，就是至少有好一陣子的時間，都能逃離結婚這個話題與母親大人的嘮叨吧。」

「沒錯。」艾克哈特苦笑著點頭。看來往後幾年他都還不打算結婚。就這方面而言，也許是很匹配的組合。不過，艾克哈特雖然找到了自己能接受的好處，答應了這門婚事，但感覺安潔莉卡什麼也沒在想，真是教人擔心。

「艾克哈特大人，讓您久等了。」

已經梳妝打扮好的安潔莉卡在父母帶領下，走進多功能交誼廳。只見安潔莉卡穿著一襲藍色服裝，是象徵強大的萊登薛夫特貴色。與騎獸服一樣，是外表看來像是裙子的褲裙。由於安潔莉卡已經成年，裙長已經變為可以遮住鞋子的長度。

看見她頭髮全部盤起，梳作成年女性的髮型，我一時間無法適應。化上淡妝的安潔莉卡搖身一變成了大美女，連平日常看見她的我也目瞪口呆。

「嗯，打扮得真是漂亮。我很期待妳的劍舞。」

「我也希望自己能展現出最完美的劍舞。」

艾克哈特牽起安潔莉卡的手說道，她也微微一笑。這幅畫面乍看下就像是十分可靠的騎士，配上夢幻柔美的貴族千金。外在越登對，內在越讓人擔心得要命。

「安潔莉卡，妳真的不介意對象是艾克哈特哥哥大人嗎？」我開口第一句話，就這麼詢問身穿劍舞服裝的安潔莉卡。她毫不遲疑地點了下頭。

「我已經對師父說了，一切全由他決定。既然是師父的介紹，我不會有任何怨言。雖然對艾克哈特大人很過意不去，但我只要能夠繼續侍奉羅潔梅茵大人，無論對象是誰都無所謂。」

……真是太爽快、太有安潔莉卡風格的回答了。

「這樣啊。」我半錯愕半感嘆地應和道，她的父母卻是面無血色。

「誰都無所謂是什麼話！對艾克哈特大人太失禮了！」

兩人立即痛斥安潔莉卡，再向艾克哈特力勸道：「小女這般無禮，您就算此刻要拒絕為她護送也沒關係……」他們極盡所能想要推辭，但艾克哈特只是爽朗地哈哈大笑，完全不以為意。

「這樣一來會換我被祖父責罵。再說了，像這樣對戀愛與結婚毫無興趣的女孩子，對我來說反而正好。」

第三鐘響後，艾克哈特護送著安潔莉卡走出宿舍。還帶著斐迪南做的放映用魔導具，與注滿了我魔力的魔石。

「艾克哈特哥哥大人，請一定要拍到安潔莉卡與奉獻舞跳光之女神的人喔。」

目送所有畢業生離開宿舍後，今天我也一樣沉浸在閱讀的世界裡。達穆爾在斐迪南的使喚下，幫忙處理文件。

第四鐘響時，大家都回來了。吃完午餐，畢業生們紛紛檢查服裝有無不整，等著稍後要出席畢業儀式。表演過劍舞的安潔莉卡則要換上正裝，換好衣服後很快就要出發。

「艾克哈特哥哥大人，請快播放劍舞與奉獻舞給我看吧。」

看見艾克哈特正在待命，似乎無事可做，我向他這麼要求，他便把放映用的魔導具交給斐迪南。聽說拍攝時需要魔力，播放時也需要大量魔力。

「我接下來必須再護送安潔莉卡出席畢業儀式，所以沒辦法播放。」

「所以要再等晚一點嗎？」

「不了，並不需要艾克哈特的魔力。想看的話，用妳自己的魔力進行播放即可。往這裡的魔石注入魔力吧。」

斐迪南操作著魔導具，東摸西找地開始準備。他說播放時也需要準備對應的工具。斐迪南忙著準備時，一組又一組畢業生接連出發，前往參加畢業儀式。如果護送者是他領學生，是在茶會室碰頭。

「安潔莉卡，恭喜妳畢業了。」

「我能夠從貴族院畢業，全拜羅潔梅茵大人之賜。我必須向您道謝。感謝羅潔梅茵大人的諸多關照。」

安潔莉卡跪下來垂首，她的父母與莉瑟蕾塔也一同跪了下來。

「羅潔梅茵大人，我們一族都對您由衷感激。本日安潔莉卡能夠順利參加畢業儀式，全是因為有羅潔梅茵大人與您身邊的人傾力相助。」

安潔莉卡本來還作好了退學的心理準備，如今能夠畢業，她的父母顯得感慨萬千。

「艾克哈特哥哥大人，麻煩您好好護送安潔莉卡，別讓她露出任何破綻。我相信哥哥大人的掩護非常完美。」

艾克哈特輕摸了摸我的頭，要我放心，然後牽著安潔莉卡的手走了出去。其他畢業生緊接在兩人之後離開，監護人與領主夫婦也往外移動，宿舍裡只剩下與畢業儀式無關的學生們。

「斐迪南大人，您準備好了嗎？」

我回到多功能交誼廳後這麼問道，斐迪南輕輕點頭。他周遭還有幾個學生似乎是對從未見過的魔導具感興趣，打量著放映用魔導具。

「把影像放映到這塊板子上，再依妳自己方便觀看的角度改變位置吧。決定好位置後，注入魔力。」

現場還有塊與公會證一樣表面光滑，照到光後會反射虹光，約為Ａ４大小的金屬板。似乎要調整好金屬板的位置，再注入魔力。我興沖沖地注入魔力後，金屬板上開始播放影像。身旁眾人隨即發出了「噢噢」驚嘆聲。

「是劍舞耶。好厲害。我頭一次知道有這種魔導具。」

「羅潔梅茵，我也要看。」

韋菲利特靠了過來，我們兩人的近侍也湊過來擠成一團。

老實說，放映用魔導具的畫質不是很好。雖然是彩色的，但感覺解析度很低，當然也沒有聲音，真的就只有影像而已。不過，能觀賞到自己無法親眼目睹的劍舞與奉獻舞，還是讓我非常高興。

「這個是斯汀略克嗎？」

「沒錯。安潔莉卡是拿著斯汀略克在跳劍舞喔。每一次揮劍，魔力都會微微飄散開來，刀身發出淡淡的藍光，真的如夢似幻呢。」

非常尊敬又喜愛安潔莉卡的優蒂特為我說明，笑得十分開心。她說就連在貴族院，操控魔劍的人也不多。因為不論是培育還是操控魔劍，都相當需要魔力，據說其他中級貴族更是完全無人持有。

儘管也有其他女性騎士在表演劍舞，但安潔莉卡明顯最為醒目。看見一個美少女嫻熟自在地揮舞著刀身會發出淡淡藍光的魔劍，目光很難不被她吸引。

「太精彩了。」

我感動地吐出大氣，同時奉獻舞也開始了。艾克哈特顯然想盡量節省魔力。完全沒有時間沉浸在餘韻裡，我緊接著看起奉獻舞。

艾格蘭緹娜的手緩緩抬起，奉獻舞開始了。由於我也會練習奉獻舞，所以知道搭配的音樂是什麼。我邊看邊哼著歌詞，發現亞納索塔瓊斯也與艾格蘭緹娜一起出現在了畫面裡。多半是認真練習過了，亞納索塔瓊斯也跳得有模有樣。

……噢噢，亞納索塔瓊斯王子的奉獻舞進步了。

先前我還心想明明是扮演夫婦神，兩人的程度卻有落差，這不太好吧……如今看到亞納索塔瓊斯的舞藝進步，跳舞時畫面變得和諧，讓我開心不已。跳舞期間，兩人也會在視線交錯時對彼此微笑，看起來非常幸福，連我也跟著感到高興，很想給予祝福。

……祝福你們兩人。希望這樣幸福的笑容，可以永永遠遠持續下去。

「羅潔梅茵，快放開魔石！」

「咦？」

我抬起頭來，只見斐迪南臉色大變地朝我衝過來。他捉住我的手腕往上高舉，動作就像在喊萬歲一樣。與此同時，祝福的光芒從戒指飄起，往外飛出。

「……妳到底想了什麼事情？」

「呃、呃……我只是心想，希望亞納索塔瓊斯王子與艾格蘭緹娜大人能永永遠遠幸福下去。啊，還順便想了真想給他們祝福。」

剛才的祝福光芒飛出去後，想也知道目的地是畢業儀式的會場。可以想像到祝福光芒突然出現後，灑落在兩人身上的光景。此刻大禮堂內恐怕有一波不小的騷動。

「……斐迪南大人，祝福是可以收回來的東西嗎？」

「當然不行，妳這笨蛋。」

「我想也是。會不會引起騷動呢？」

「不知道。但是，不管別人問妳什麼，妳都要裝傻到底……在場所有人也是，剛才的祝福禁止洩露半字。若敢多嘴，小心為自己惹來殺身之禍。」

斐迪南威脅時的表情冷峻又嚴肅，讓人感覺不到半點說笑的成分在，幾乎沒見過他的學生們都嚇得渾身發抖，點頭如搗蒜。

「明明都已經讓妳留守了，竟然還發生這種事……妳實在教人頭痛。」

斐迪南按著太陽穴，嘆了很深、很深的一口氣。

……神官長，對不起喔。可是，我真的不是故意的嘛。

一年級結束

「我們回來了。留守期間有任何異狀嗎？」

前往出席畢業儀式的領主夫婦回到了宿舍。由於畢業生們還在依依不捨道別，也有的在向父母介紹自己的對象，所以都還在大禮堂。齊爾維斯特一邊說明，一邊神情憔悴地惡狠狠瞪向我。我不由得「嗚」地倒吸口氣。這肯定是因為祝福的光芒，現場發生了什麼狀況，而齊爾維斯特也發現了罪魁禍首就是我。

「並無任何異狀，奧伯．艾倫菲斯特。」

斐迪南頂著平常的面無表情，一派若無其事地往前站了一步。趁著他擋掉了大半來自齊爾維斯特的視線，我一點一點地緩慢移動，躲到斐迪南背後。

「話說回來，今年畢業儀式的情況如何？有什麼有趣的消息嗎？」

「……嗯，我會好好說明。先去我房間吧。羅潔梅茵也是。」

「養父大人，非常感謝您的邀請，但是很遺憾，我是女孩子，不能進入都是男士房間的二樓喔。」

我垂死掙扎，極力想找藉口逃避。「這是我的命令。」然而，齊爾維斯特的眉毛抖動了下，用低沉的嗓音這麼宣告。連在一旁的芙蘿洛翠亞也微笑著說：「我也會一起前往，所以妳不用擔心。」這下子根本逃不了。

齊爾維斯特大力揮開披風，往房間移動。看著他的背影，我只能垮下肩膀，腳步沉重地跟上去。近侍們不得進入領主的房間。如今在房裡的，只有領主夫婦、斐迪南與我而已。騎士團長卡斯泰德與艾克哈特想必正站在門外。

「第二王子與庫拉森博克的領主候補生一同入場時，我正看得興味盎然，突然飛來了不知打哪出現的祝福光芒。」

光芒灑落在了兩人身上，但據說誰也沒有看見祝福是從何處飛來。「這到底怎麼回事？」「是神殿長做了什麼嗎？」大禮堂內一陣譁然。這時，眾人都以為是祝福給予者的中央神殿長高舉起手，示意眾人安靜。現場安靜下來後，中央神殿長宣布：「這是神賜予的祝福。」他說，是神在祝福艾格蘭緹娜的成年與結婚。

「給艾格蘭緹娜大人嗎？不是兩個人？」

「因為灑在兩人身上的祝福光量明顯有差異呢。感覺亞納索塔瓊斯王子因為是艾格蘭緹娜大人選擇的對象，才一同受到祝福。」

我明明是希望兩人幸福，卻只有艾格蘭緹娜得到祝福，這也太奇怪了。

「那麼，這件事也許與我無關喔。一定是因為艾格蘭緹娜大人蒙受諸神的寵愛，才有這樣的結果吧。」

乾脆就當作真的是諸神賜予的祝福吧。我在心裡頭這樣得出結論時，斐迪南卻按著太陽穴瞪我。

「妳的祝福在不自覺的情況下，很容易受到情感左右。就算給予兩人的祝福量有差異也完全不奇怪。想想先前為了夏綠蒂的洗禮儀式，妳練習了多久？」

「……啊嗚。」

被斐迪南提醒先前我為了給予所有孩子一樣的祝福量，曾經為此拚命練習過，我一時無法反駁。經他這麼一說，依據我內心的好感度不同，給予艾格蘭緹娜與亞納索塔瓊斯的祝福量會有不同，好像也是理所當然。

「總之，如今既已當作是諸神賜予的祝福，這件事絕對要保密到底，不能說溜半個字。還有其他目擊者嗎？」

「嗯，我已經命令在場的學生不得洩露。況且中央神殿的神殿長都已經認定這是諸神賜予的祝福，這個說法也傳開了，倘若事後才說這是羅潔梅茵給予的祝福，也只會遭來嘲笑，挖苦我們急著為聖女增添光環。」

只要眾人在返回領地前都守口如瓶，明年的冬天到來時，所有人都會深信這是諸神賜予的祝福吧，斐迪南如是說。

「那麼對外只要宣稱，艾格蘭緹娜大人似乎深受諸神的寵愛即可。不過，我還是得了解情況。把來龍去脈說清楚。這次到底是向哪位神祇獻上了祈禱？」

齊爾維斯特用疲憊不已的話聲要求我說明，但我支吾其辭。就算他狠瞪著我，要我回答是哪位神祇，我也回答不出來。因為這次我並沒有獻上祈禱。

「我只是心想，希望亞納索塔瓊斯王子與艾格蘭緹娜大人能夠永遠幸福。可是，我並沒有特定向哪位神祇獻上祈禱……甚至也沒有開口說出祈禱文。」

齊爾維斯特用狐疑的眼光瞪著我，再看向斐迪南。

「這點我能作證。她若是以平常的方式獻上祈禱，我早在祝福飛出前就能阻止她。」

「哎呀。那麼，羅潔梅茵當時究竟做了什麼呢？」

芙蘿洛翠亞的溫柔嗓音讓我稍微安下心來，告訴她當時我利用斐迪南的魔導具，在看艾克哈特拍下的安潔莉卡的劍舞，還有艾格蘭緹娜的奉獻舞。

「……讓我瞧瞧。我從未見過有這種播放用的魔導具。」

「齊爾維斯特，正事還沒談完。」

「不，說不定是影像裡藏有什麼秘密。」

齊爾維斯特反駁道，斐迪南咕噥說著：「你已經先把真心話說出來了。」一邊打開房門，吩咐艾克哈特把放映用的魔導具拿來。收回斐迪南房間的魔導具隨即被送來，然後開始播放可謂關鍵的奉獻舞影像。

「這可真是驚人。」

「但因為需要大量魔力，平常無法隨意使用。」

「今年的奉獻舞真的非常出色，能以這樣的方式再次觀賞，真教人高興呢。」

芙蘿洛翠亞似乎也覺得今年的奉獻舞，尤其是艾格蘭緹娜的舞姿特別美妙動人。我高興地仰頭看向芙蘿洛翠亞。

「艾格蘭緹娜大人真的跳得很棒吧？尤其是這裡……向大自然諸神獻上最虔誠的祈禱吧，祈禱吧。兩位在這裡……」

「羅潔梅茵，難道妳剛才也像這樣唱了歌詞？」

「對呀。因為這個影像沒有聲音，我又知道奉獻舞怎麼跳，就自己配上音樂了。」

我這麼回答後，斐迪南旋即按住太陽穴說：「這個想必就是原因。」

「是什麼原因？」

「當然是奉獻舞的歌詞。奉獻舞之歌本就是用以獻給眾神。羅潔梅茵在首次亮相時，也曾因為唱歌獻給萊登薛夫特而形成了祝福。這次妳又唱了以古老語言寫成、獻給諸神的奉獻舞歌曲，那麼就算再次形成祝福也不足為奇。這對他人來說雖是異常事態，但放在妳身上，卻可說是見怪不怪。」

斐迪南斬釘截鐵地說別人的異常事態，發生在我身上卻是常態。齊爾維斯特露出困惑至極、難以形容的眼神看向斐迪南。

「那該怎麼做才能阻止？」

「別問我。羅潔梅茵何時、想給予誰祝福，我怎麼可能連這些也管得了。」

「……先前老師說，跳奉獻舞時必須誠心誠意，我當時還心想自己必須小心才行，但沒想到只是哼歌而已，居然也會變成祝福。連我自己也嚇了一跳。」

我的非比尋常讓大家都愁容滿面。

「我又發現了一個更讓人頭痛的事實。就是如今羅潔梅茵已擁有思達普。」

斐迪南露出了非常厭煩的表情說道，但我完全不明白。我與齊爾維斯特面面相覷，一起歪過頭後，斐迪南更是用力皺眉。

「你們難道忘了，我們是為何要取得神的意志，納入體內變作思達普嗎？」

「為了可以更靈活地操縱自己的魔力，更容易向神獻上祈禱，取得加護……夠了。我知道了。」

齊爾維斯特說到一半就垮下臉抱頭，看來是因為取得了思達普，我遠比以前更容易向神獻上祈禱了。

「我看再怎麼苦惱，也想不出有什麼解決辦法。先來思考該盡快決定的事情吧。」

「養父大人，比起解決辦法，還有什麼事情必須優先思考嗎？」

「是啊。眾人口中推廣了新流行、還得到最優秀表彰的聖女羅潔梅茵，究竟是否已有對象，光是領地對抗戰與今天的畢業儀式，就已經有好幾個人來向我打聽。目前來打探可能性的還只有下位領地，所以我也能輕易回絕，但必須趕在上位領地有人來求親之前，盡快訂下羅潔梅茵的婚約。」

……噢噢，難不成我大受歡迎?!

這還是我生平頭一次遇到有複數的對象想向我求婚，內心不禁有些興奮起來。斐迪南往我的腦袋輕敲一記。

「笨蛋，這些都只是麻煩，別因此情緒激動。那麼，你如何回答？」

「我當然回答她在艾倫菲斯特內已有對象。趁著韋菲利特先前曾暗示過春天會有答案，我順勢回答了將在領主會議上發表婚約。」

「嗯，這樣回答非常妥當。絕不能讓羅潔梅茵去其他領地。不光魔力方面的問題，我也不認為她能在他領一直戴著假面具活下去。因為她是管控起來非常麻煩、情緒又不穩定，還容易讓魔力失控的危險物品。」

「……危險物品？斐迪南大人，把人當作東西也太過分了吧！」

雖然內容大致都沒有錯，我也無法反駁，但對於他把我當作物品看待，我一定要表達抗議。對此，芙蘿洛翠亞露出傷腦筋的笑容，搖了搖頭。

「羅潔梅茵，妳應該先對自己即將訂下婚約一事有反應喔。」

「可是，我之所以成為養女，就是為了提供魔力給艾倫菲斯特，並為領地帶來利益，所以早就確定我的婚事會是政治聯姻了吧？我只要能夠自由出入圖書館，不論嫁給誰都無所謂。」

「……妳的主張與安潔莉卡一模一樣。真是驚人相似的主從。」

經斐迪南這麼一說，我「啊」地輕叫一聲。

真的耶……咦？我該不會也將變成令人搖頭嘆氣的美少女？

「考慮到要能管控羅潔梅茵，魔力量又相當，斐迪南是最適合的人選……」

「別說蠢話了，齊爾維斯特。」

斐迪南大人就那麼討厭與我訂婚嗎——我本要脫口這麼說，但急忙把這句話吞回去。因為斐迪南的表情認真到了可怕的地步。

「這樣一來，你的孩子就不可能成為下任領主。這可不是說笑就能算了。」

「……這是什麼意思呢？」

我不明所以地反問，斐迪南輕嘆口氣。

「目前在艾倫菲斯特，被視為下任領主候補的人選共有五位。」

「呃……分別是養父大人的親生子韋菲利特哥哥大人、夏綠蒂、麥西歐爾，還有成為養女的我，以及前任領主之子的斐迪南大人吧？」

「沒錯。嚴格說來，波尼法狄斯大人也是領主的候補人選，但因為已屆高齡，本人也毫無意願，所以貴族們下意識中，也都把波尼法狄斯大人排除在候補人選外。」

……這麼說來，祖父大人也是領主的孩子呢。

「因為進過白塔而留下汙點的韋菲利特、身為女性必須招贅他領領主候補生的夏綠蒂、至今尚未受洗的麥西歐爾，還有備受薇羅妮卡排擠而毫無後盾的我，最後是因為魔力豐富而成為養女、在印刷業與各種新流行中都是核心人物的羅潔梅茵。客觀看來，誰最適合成為下任領主，可以說是一目了然吧？」

「可是，我……」

我原本是平民——我本要這麼說，但斐迪南打斷我接著續道：

「看在不曉得真相的人眼裡，羅潔梅茵與我不同，有卡斯泰德與艾薇拉這對父母，還有祖父波尼法狄斯大人與萊瑟岡古一族為後盾。」

知道我原先是平民的人少之又少。所以，表面上我是波尼法狄斯的孫子，也是有領主一族血脈的騎士團長之女。聽說血統上完全沒問題。

「今後印刷業又將在羅潔梅茵與艾薇拉的帶領下擴張發展，再考慮到父母的血緣，哈爾登查爾、葛雷修與萊瑟岡古早已可說是羅潔梅茵派。更別提長年來，萊瑟岡古伯爵一直被擁有亞倫斯伯罕血緣的人踩在腳底下。他勢必會力推既是自己血親，還與亞倫斯伯罕沒有半點瓜葛的羅潔梅茵為下任奧伯吧。」

芙蘿洛翠亞的臉色登時不變。我的祖父波尼法狄斯的妻子既是萊瑟岡古的女性，艾薇拉的外祖母也是萊瑟岡古的貴族。看在旁人眼裡，我完全是萊瑟岡古一族的人。

「這樣的羅潔梅茵若與我成婚，結果可想而知。我肯定會被推舉為下任領主。原先沒有後盾的我，在與羅潔梅茵結婚後便有了後盾。縱使拖到羅潔梅茵成年才與她舉行婚禮，剛成年的韋菲利特與夏綠蒂也不可能是我的對手。」

這絕非是斐迪南傲慢自大，而是事實吧。才剛成年的韋菲利特與夏綠蒂，絕對贏不了變得比現在更老奸巨猾的斐迪南。

「若想在羅潔梅茵被他領的人搶走前想出對策，就先讓她與韋菲利特訂婚吧。這樣一來也能如你所願，韋菲利特能當上下任領主的可能性會變高。」

「原來如此……斐迪南，既然羅潔梅茵要與韋菲利特訂下婚約，不如你與夏綠蒂訂下婚約吧？」

齊爾維斯特抬頭看向斐迪南，用明顯在說笑的語氣這麼說道。「別開玩笑了。」聽了這一點也不好笑的玩笑話，斐迪南臉上立即冒出青筋。

「就是說啊！那樣子夏綠蒂也太可憐了！夏綠蒂成年的時候，斐迪南大人已經是大叔了喔。對象不能像斐迪南大人這樣性格惡劣，必須是年輕又溫柔的男士，而且還會好好珍惜夏綠蒂，否則我絕不允許！」

「哦……？妳再說一遍。」

我明明是在附和斐迪南，他卻散發出了更加兇猛的怒火，狠狠捏起我的臉頰。

「好痛、好痛喔！對噗擠！」

我撫摸著斐迪南總算放開的臉頰時，芙蘿洛翠亞輕嘆口氣。

「羅潔梅茵，對於要與韋菲利特訂婚，妳沒有異議嗎？」

「只要城堡與神殿的圖書室能夠任我處置，完全沒有問題。」

「……妳願意在身邊支持韋菲利特嗎？」

「我會盡己所能。」

如果我想安安穩穩地管理圖書館，領主當然得認真盡責才行。只是在旁支持的話，我應該能努力做到。但我在心裡下定這樣的決心時，卻聽見斐迪南哼笑一聲。

「芙蘿洛翠亞大人，妳不應該對羅潔梅茵抱有這種期望。韋菲利特能否抓緊韁繩，管好羅潔梅茵才是重點。」

「難道我是什麼脫韁野馬嗎?!」

「考慮到妳對周遭人們造成的影響，脫韁野馬還比較好掌控。」

芙蘿洛翠亞面帶五味雜陳的表情，看著我們的互動露出苦笑。沉思了半天的齊爾維斯特倏地抬起頭來。

「若無異議，我將在慶春宴上，向領內貴族宣布韋菲利特與羅潔梅茵的婚約，並在領主會議上告知所有領地。沒問題嗎？」

「是……這件事請務必也要通知韋菲利特哥哥大人一聲喔。」

齊爾維斯特要我退下後，我回到自己房間，收到了艾格蘭緹娜與亞納索塔瓊斯寄來的慰問信。艾格蘭緹娜在信上寫道，亞納索塔瓊斯因為我的一席話而展開行動，最終的結果也讓她覺得非常圓滿，本來還希望能在畢業儀式上得到我的祝福。

……莫非這是在試探我有關祝福的事情？

信上還說了，髮飾與絲髮精都廣受好評，外祖父大人與奧伯．庫拉森博克都相當感興趣，還在領地對抗戰上與奧伯・艾倫菲斯特相談甚歡。

……雖然養父大人憔悴了不少，但大領地的奧伯們都這麼高興，努力也有回報了呢。

我隨即回信寫下：我本來也很想親眼觀賞艾格蘭緹娜大人的奉獻舞，真是太可惜了。亞納索塔瓊斯寄來的慰問信上，則是夾雜著責怪問我：居然在這種重要儀式時病倒，妳的身體未免太虛弱了吧？對此，我回信寫道：「我的身體這麼虛弱真是抱歉。如果可以的話，我當然也很想出席。畢業儀式上，兩位似乎已經得到過眾人的祝福了呢。我也在此祝福二位。」藉此表現出當時的祝福光芒與自己無關。寫好了給兩人的回信後，我也寫了信給領地對抗戰時送來慰問禮品的漢娜蘿蕾，向她表達歉意與謝意。

「請幫我把這封信與這本書，送去給戴肯弗爾格的漢娜蘿蕾大人。」

寫完了該寫的信件以後，我看向侍從們開始慢慢整理的房間。畢業儀式已經結束了，從明天開始，大家會依序返回領地。

「明天要去一趟圖書館，提供魔力給休華茲與懷斯才行呢。還要歸還前幾天借的書籍……」

「大小姐，請您先找斐迪南小少爺商量。直到明年冬天回來之前，也許能提供多餘的魔力寄放在索蘭芝老師那裡。」

與斐迪南商量過後，他願意借我儲存了我魔力的魔石。只不過，因為大體積的魔石非常昂貴，所以斐迪南說他要親自走一趟，與索蘭芝簽訂租借契約。我徵得了齊爾維斯特的許可後，與斐迪南一起帶著近侍們，一大群人往圖書館移動。

「可是，我不覺得索蘭芝老師會用來做壞事呢……」

「這樣大小的魔石裡頭塞滿了妳的魔力，當然該預先擬好對策，以免遭竊與遭人惡意利用。妳似乎毫無危機意識，願意把魔石與魔導具借給任何人，但借給他人東西時，都要作好再也拿不回來的心理準備。因為一般人根本不會隨隨便便把魔力借出去。」

既然都說了是常識，那我必須牢記下來。我點了點頭。但是，斐迪南經常隨隨便便就把魔石借我，我也沒有多想便把魔力借給他，難道對象若是監護人就沒關係嗎？

「公主殿下，來了。」

「公主殿下，看書嗎？」

休華茲與懷斯走出來迎接，我向兩人歸還請莉瑟蕾塔幫忙拿著的書籍。看見兩人在我身旁小步小步地來回打轉，斐迪南的語氣既驚訝又有些愕然。「……妳還真的成了他們的主人。」

「羅潔梅茵大人，哎呀，這不是斐迪南大人嗎？好久不見了。」

索蘭芝似乎還記得為了幫赫思爾蒐集資料，從前經常出入圖書館的斐迪南。聽見索蘭芝的叫喚，斐迪南的目光也流露出了懷念。

「許久不見了……原本曾聽羅潔梅茵提起，我認識的圖書館員都已不在，現在還能遇見一名舊識，讓我安心許多。」

為了不讓索蘭芝提起如今圖書館員都已不在的傷心事，斐迪南刻意這樣簡單帶過。大概是察覺到了他的用心，索蘭芝溫柔微笑。

「索蘭芝老師，我本日前來是想歸還書籍，還有與您商量魔力供給一事。請問現在時間方便嗎？」

「是的，感謝您如此費心。」

由於今天是畢業儀式隔天，圖書館內毫無人影。看見就連書架也一片空空蕩蕩，我瞪大眼睛。上次來的時候是因為最終測驗快到了，許多學生都拿了書籍在閱覽，所以書架才空空如也，但居然到了現在還這麼空曠，這究竟是怎麼一回事？

「還有這麼多書沒歸還嗎？現在已經是各領學生要回家的時期了……」

「情況一年比一年要嚴重呢。只能怪我力有未逮……」

索蘭芝難過地垂下雙眼。她說即使是辦理過了借書手續的學生，也有人因為索蘭芝是中級貴族就不以為懼，沒有歸還書籍。至於有哪些學生把書帶進閱覽席後，又擅自帶出圖書館，她也無法調查。

「無法調查？怎麼可能。那休華茲與懷斯是為何而存在？從前都是依據圖書館魔導具的紀錄，向每個學生送去通知，催促他們歸還吧？」

眼看圖書館與自己在學時相比變了這麼多，斐迪南的眼神變得凜冽。但是，索蘭芝說她因為不是主人，無法向休華茲與懷斯調出這些資料。

「我不能再給羅潔梅茵大人增添更多負擔了。」

「哪裡，這完全不是負擔喔。因為圖書委員的工作，就是幫忙處理圖書館的各種業務。只要能幫上忙，我願意提供任何協助。」

我只是擔心擅自幫忙會造成索蘭芝的困擾，所以來到圖書館時，都只是乖乖看書。

她如果願意指派工作給我，我會以圖書委員的身分全力以赴。

「雖然我不知道什麼是圖書委員，總之羅潔梅茵有意願也有魔力。我倒認為圖書館這副模樣再繼續下去，隨便對待書籍的學生很可能得不到祝福，只會得到羅潔梅茵的詛咒吧？」

「斐迪南大人，請別說詛咒這麼容易引來誤解的話。」

「從前只是有人把圖書室弄得一團亂，資料撒得滿地都是，妳就說出了要拿對方來血祭這種危險發言。最好趕在妳在貴族院裡大開殺戒之前，解決這件事吧。」

雖然我完全沒有大開殺戒的意思，但事關書籍，要是真的發生了也無可奈何吧。

「羅潔梅茵，妳是休華茲與懷斯的主人，所以這是妳的工作。依照領地順序，問出有誰尚未歸還書籍、又有誰擅自把書帶出圖書館。趁著這段時間，我會與索蘭芝老師討論租借魔石的相關事宜。」

「是。休華茲、懷斯，請依照領地順序，告訴我有誰擅自把書帶出圖書館，又有誰尚未歸還書籍吧。」

我照著斐迪南的吩咐，喚來休華茲與懷斯，依據領地開始製作未歸還書籍的學生名單，也動員了同行的近侍們一起幫忙。

「依照領地順序，未歸還書籍者……」

「依照領地順序，私自帶出者……」

休華茲與懷斯低聲說著，雙眼發出淡淡微光，開始一一唸出名字。我與近侍們一個個把名字寫下來。列好名單以後，我發現上位領地完全不需要寄信催促，反而是下位領地在利用圖書館時比較不守規矩。

「完全沒有艾倫菲斯特的學生呢。」

「羅潔梅茵大人這般熱愛圖書館，才沒有人會這麼愚蠢，敢做出給圖書館員增添麻煩的事情。圖書館的書籍若敢逾期不還，只會賠上自己的未來。」

柯尼留斯聳聳肩說，大家也表示同意。帶著寫好的名單，我走進索蘭芝的辦公室。

「斐迪南大人、索蘭芝老師，名單已經寫好了。」

「嗯，正好我們也簽完了魔石的租借契約。我看看。」

遞出名單後，斐迪南看見私自帶出書籍的學生竟然有這麼多，用力擰起了眉。

「這次由我送出奧多南茲，催促眾人還書吧。聽到是陌生成年男性來信催促，學生們肯定會自己誤會成是中央採取了行動。」

若聽到索蘭芝的聲音，大家想必還是繼續無視；我的聲音又還是小孩子，有可能更遭到看輕。但如果是斐迪南充滿威嚴的話聲，一定會嚇得渾身發抖，前來歸還書籍吧。

「沒想到斐迪南大人竟然願意提供協助，讓圖書館能順利運作，我真是太高興了。」

我感動地表達感謝後，斐迪南勾起嘴角。

「羅潔梅茵，等等讓我查看休華茲與懷斯肚子上的魔法陣吧。我想自己親眼看看。既然我提供了協助，讓圖書館能正常運作，這點獎勵應該沒問題吧？」

……原來這才是目的?!對於神官長居然特地跑來圖書館，還要幫忙寄出奧多南茲，催促學生還書，我正覺得有些奇怪喔！

唔唔！我不禁感到生氣，但同時也思考起了斐迪南提供協助的好處與壞處。斐迪南早已經拿到赫思爾提供的資料，再讓他親眼看看魔法陣也沒什麼關係。況且讓他看了魔法陣以後，他如果願意協助我製作休華茲與懷斯的服裝，還能讓書籍都回到圖書館，對我來說好處其實更多吧。

「……只要交給斐迪南大人，大家一定會歸還書籍嗎？」

「是啊，我會送去他們非還不可的通知。」

斐迪南用威嚴十足的低沉嗓音開口說了：「貴族院的圖書館之管理乃由王族委任，藏書更是王族的所有物。逾期未還者將被視為竊犯，以國王之名向各領領主下達通知。與此同時，也因違背了在圖書館辦理登記時向睿智女神梅斯緹歐若拉立下的誓言，將依此執行魔法契約。」講完了這一連串威脅意味非常濃厚的提醒後，斐迪南再唸出每個學生的名字，然後朝著各領宿舍送出這封恐怖到了極點的奧多南茲。

……畢竟今天還是畢業儀式隔天，應該有不少領主還在宿舍吧？他們會不會大發雷霆呢？

這天的圖書館堪稱一片混亂。一大群學生面無血色地帶著書衝進圖書館，索蘭芝與休華茲忙著辦理還書手續，我也以圖書委員的身分樂不可支地在旁幫忙；斐迪南則在辦公室裡觀看懷斯的肚子，寫下大量的魔法陣。

做到了圖書委員的工作，心滿意足的我，與仔細觀察過懷斯的肚子後，似乎想到了什麼的斐迪南，都開開心心地返回艾倫菲斯特。

情報購買與魔力壓縮講座

利用轉移陣回到艾倫菲斯特後，首先朝我衝來的人是夏綠蒂。

「姊姊大人，歡迎回來！聽說您獲選為一年級的最優秀者吧？太厲害了！」

才剛回來就聽見夏綠蒂的讚美，我的心情幾乎要飛上雲端。「太厲害了」這一句話，讓我所有努力都有了回報。就是這種心情。

「夏綠蒂，我回來了。明年我也會以最優秀者為目標喔。」

為了讓妹妹能稱讚我。這句真心話我藏在心底，握起拳頭表明決心。夏綠蒂眨了幾下眼睛後，也模仿我握起拳頭。

「我明年去貴族院也要以一年級的最優秀者為目標。因為我是姊姊大人的妹妹嘛。」

「一起加油吧。」

我與夏綠蒂互相對視，一起笑著走出轉移廳。由於我們移動時會帶著成群的近侍，若不快點離開，隨後返回的學生們會十分困擾。走出轉移廳後，早一步回來的韋菲利特與他的近侍們還在這裡，導致空間變得非常狹隘。

「韋菲利特哥哥大人，請讓我們過去。我們要回房間了。」

「抱歉。大家走吧。」

韋菲利特一大群人開始移動。我們也跟在後頭前進。

「羅潔梅茵！」

忽然間波尼法狄斯的呼喊聲從相當遠的地方傳來，我舉手應道：「是！」但近侍們將我團團圍住，就算舉起了手，可能也看不見我吧。我本來這樣心想，但波尼法狄斯還是準確地找到了我。

「聽說妳獲選為最優秀者！做得好啊。不愧是我孫女！」

「祖父大人，我也獲選為優秀者喔。」

「噢噢，柯尼留斯也是嗎？我的孫子真是優秀。太了不起了！喝！」

波尼法狄斯吆喝一聲，從人群中抓出了柯尼留斯，雙手伸到他的腋下把他抱起來，用力一甩拋進空中。

「嗚哇?!」

……居然能把接近成年的柯尼留斯哥哥大人拋到空中，祖父大人的肌肉真驚人。我佩服地發出「噢噢」一聲，看著這幅畫面時，突然兩隻大掌伸到我腋下。

「接下來是羅潔梅茵。來，飛高高！」

「祖父大人，危險！」

柯尼留斯著地後，立即朝我起腳跳來，大聲制止，但是來不及了。我已經被拋進空中。與接近成年、個子高又有重量的柯尼留斯相比，依然是幼童體型、與剛受洗時差不多的我，往上飛出的速度完全不一樣。

「呀啊啊啊啊啊！」

「嗚哇！」

波尼法狄斯發出焦急的大叫聲，眼看著我就要撞上天花板。

周遭眾人也都大喊著危險，這時柯尼留斯大概是施展了身體強化魔法跳上來，抓住我的披風用力一拉。雖然有驚無險地並未撞上天花板，但瞬間卻有種脖子被人勒住的感覺，我「唔呃！」地發出痛苦呻吟。

……會死！

披風被用力拉扯後，我的身體稍微改變了方向，開始往柯尼留斯的方向墜落。我完全發不出聲音來，只是筆直落下。

「唔！」

在我幾乎是從空中往地面撞擊時，好不容易張手接住我的人，是與領主一起先行回來的卡斯泰德。他牢牢地接住我後，很快環顧四周。確認誰也沒有受傷後，把還在暈頭轉向的我交給黎希達，兇巴巴地瞪向波尼法狄斯。

「父親大人，您突然對羅潔梅茵大人做什麼?!」

剛從貴族院回來的我，四周都是我的近侍。由於大家都知道波尼法狄斯的行為是在疼愛孫女，所以只是沒好氣地瞪著他而已。然而，換作別人做了一樣的事情，會以殺害領主一族未遂的罪名即刻遭到逮捕吧。

在周遭眾人的瞪視下，波尼法狄斯的眼神來回亂飄，然後拍向掌心。

「呃，唔，對了！我只是在測試柯尼留斯有沒有能力保護好羅潔梅茵。柯尼留斯合格了！嗯，真不愧是我孫子。」

這藉口找得也太糟糕了。卡斯泰德氣沖沖地雙手扠腰站立。

「父親大人，請您不要再接近羅潔梅茵，她會有生命危險。」

「卡斯泰德?!」聽了突如其來的宣告，波尼法狄斯驚慌大喊，但完全遭到無視。

「柯尼留斯，你從父親大人手中保護了羅潔梅茵，做得很好。羅潔梅茵，妳轉移時的暈眩還沒消退就被人拋進空中，今天要好好休息。」

「是，父親大人。」

渾身癱軟動彈不得的我，由黎希達抱著我回到房間。如今明明是在城堡，返回房間時，近侍們卻和在貴族院時一樣成群跟了上來，讓我感到很不可思議。從今以後，近侍們也會待在城堡工作，生活將變得十分熱鬧吧。

「羅潔梅茵大人，歡迎您的歸來。」

「我回來了，奧黛麗。」

奧黛麗已經整理好了房間，等著我回來。我往乾淨平整的床鋪躺下來。頭還相當暈眩，身體有些不舒服。

……來人啊，請教祖父大人什麼是適可而止吧！

從貴族院回來的當天，近侍們因為也要整理自己的行李，所以各自自我介紹後便解散。隔天，先是開始說明在城堡的工作內容。我請護衛騎士們以達穆爾為中心，一起討論工作要怎麼分配，見習侍從們則交由黎希達與奧黛麗告知在城堡的工作內容。我與見習文官們因為都接到了領主的傳喚，為了回答到時候的問題，我向哈特姆特說明要怎麼把情報分門別類。

「……上次我就是像這樣分類以後，把在貴族院蒐集來的情報賣給有需要的部門。所以我想這次應該也一樣，會有騎士團與文官的高層出席。」

這次為了即將到來的領主會議，應該需要各式各樣的情報，想必會賣得很好。哈特姆特開始分類起情報後，我看向菲里妮。

「還有，我也要支付報酬給宿舍裡抄寫書籍的學生們。菲里妮，關於誰抄寫了幾本書，又用了多少墨水與紙張，妳都記錄下來了嗎？」

「是的，我整理成了這份清單。」

「謝謝妳。那麼，請依照這份清單計算報酬。因為我得拜託斐迪南大人幫我準備現金。」

我指導菲里妮怎麼計算抄寫工作的報酬。看向清單後，我發現不只艾倫菲斯特，也有很多他領學生的名字。

「菲里妮，妳也結交到了這麼多他領的朋友嗎？」

「因為羅潔梅茵大人提供的報酬，比一般抄寫工作的報酬還要高，其他領地的學生也想要承接。所以，就當作是我介紹工作給他們……」

「是我告訴菲里妮，可以把抄寫書籍的工作委託給他們，再收取介紹費。」

哈特姆特雖然是上級貴族，但說不定具有經商才能。靠著介紹費，菲里妮似乎賺到了不少錢。她笑得非常開心，表示自己總算存到了可以學習魔力壓縮法的錢。

在房間分類完了情報後，下午要與高層交涉。由於不能帶著所有近侍浩浩蕩蕩地移動，所以侍從我只帶了黎希達與布倫希爾德，文官帶了哈特姆特與菲里妮，護衛騎士有達穆爾、安潔莉卡與柯尼留斯。萊歐諾蕾與優蒂特從下午開始，要去接受波尼法狄斯的特訓。

「我究竟要到什麼時候，才能在城堡執行護衛羅潔梅茵大人的任務?!」

「波尼法狄斯大人的特訓對領主一族的護衛騎士來說，是非常重要的任務。妳先好好地接受波尼法狄斯大人的鍛鍊吧。」

先前都在貴族院留守的優蒂特出聲抗議，堇紫色雙眼還閃著淚光。但這畢竟是按照順序，我也幫不了她。聽了達穆爾分不清是安慰還是勉勵的話語後，優蒂特與萊歐諾蕾前往參加特訓。

目送兩人離開後，我坐上小熊貓巴士，往領主辦公室附近的會議室移動。韋菲利特與他的近侍也被叫來了，因為要了解我不在時有哪些消息。

「那麼，開始報告今年在貴族院取得的情報吧。」

蒐集了情報的文官開始報告，內容有關於流行的變化、今年新發明的魔導具，還有各領地的警戒狀況等等。各部門高層針對每個部分都提出了問題，也把從去年到今年的進展記錄下來，討論持續進行。接著，輪到哈特姆特報告。

「今年因為舊薇羅妮卡派的孩子們與之接觸，所以我稍微蒐集到了與亞倫斯伯罕內情有關的消息。」

「你說什麼?!」齊爾維斯特雙眼圓睜。斐迪南感到有意思地彎起嘴角。

「至今因為奧伯．艾倫菲斯特的命令，舊薇羅妮卡派的孩子們在貴族院內，似乎也都避免與亞倫斯伯罕接觸，但是韋菲利特大人入學以後，兩邊的距離似乎拉近了，我便利用了這個機會……請問這算是對艾倫菲斯特有反叛之意的行為嗎？」

「不，如今我們已盡可能與對方斷絕往來，能在貴族院蒐集到情報可是好消息。」

在斐迪南的催促下，哈特姆特開始報告。據他所言，亞倫斯伯罕現在的內部情勢相當動盪不安。

「我把得到的幾項情報歸納在一起後，發現他們能夠成為下任領主的領主候補生似乎只有寥寥幾人。我認為是輔佐領主的一族魔力驟減後，領地也沒落衰退。」

「唔？」

「至於領地衰退後的內部情況無人詳述過，所以詳情並不清楚。不過，能夠成為下任領主的領主候補生只有兩人，其中之一是喬琪娜大人的么女蒂緹琳朵大人。」

這似乎是艾倫菲斯特的高層從未耳聞的情報。眾人都顯得大受衝擊，啞然失聲地陷入長考。

「下任領主的候補人選只有兩人？可是，我記得亞倫斯伯罕原先的第一夫人與第二夫人都有子女，姊姊大人也有三個孩子喔。如今僅剩兩人，到底是發生了什麼事？」

「亞倫斯伯罕儘管是大領地，領地排名卻在下降，恐怕就與這些內情有關吧。蒂緹琳朵大人究竟是為了成為下任領主，才主動接近有亞倫斯伯罕血緣的韋菲利特大人？還是為了避免成為下任領主，在尋找可以出嫁的對象？雖然還不知道她的真正用意為何，但目前似乎可以肯定，內部情勢相當不妙。」

聽了哈特姆特的報告，斐迪南按著太陽穴，長嘆了一口氣。緊接著，他以興味盎然的眼光看向哈特姆特。

「真是意想不到的情報，你做得很好……要不要來我手下做事？」

「不行喔，斐迪南大人。哈特姆特是我的文官，也是今後要幫忙掌管印刷業的重要心腹，請別把他搶走。」

居然當著我的面搶人，我立即制止。哈特姆特發出了愉快的輕笑聲。

「您的提議雖然非常吸引人，但請恕我拒絕。為了研究羅潔梅茵大人，我必須待在她的身邊。」

……完了。搞不好應該把他丟給神官長，和我保持距離才對?!

「研究羅潔梅茵？她確實充滿了謎團，但你要研究羅潔梅茵的哪一方面？」

斐迪南一臉莫名地皺眉。哈特姆特的橙色雙眼綻放光彩，神采奕奕地回答。

「羅潔梅茵大人給予祝福的方式似乎與我不同，我很想研究到底是怎樣的差異。」

「嗯，你這著眼點有意思。之後找時間來向我報告你的進度。」

「遵命。斐迪南大人從羅潔梅茵大人還在神殿時便認識她，我一直有許多問題想向您請教。」

……糟糕。總覺得他們好像建立起了某種非常危險的關係。

姑且不論一小部分的奇怪失控，根據在貴族院蒐集來的情報有多少價值，決定好了購買金額後，便請各個單位支付。

「斐迪南大人，抄寫書籍的錢我也打算一次付清，請從預算中撥出報酬。」

「這是沒問題，但妳為何要這麼急著支付？慢一點也無妨吧？」

「因為我對學生們說了，如果想學我的魔力壓縮法，就請自己賺錢，所以我必須在教導魔力壓縮法前先把報酬給他們。」

我說明了有上級貴族不屑賺錢的這一整件事情。「妳真是……」斐迪南聽完後用錯愕的眼神看我，倒是沒有責備。

「對了，請問要教魔力壓縮法的對象都確定了嗎？」

「嗯，我們許可的人都已下達通知。」

這次要教魔力壓縮法的對象，有包含韋菲利特在內的領主一族近侍，還有我今年新招納的近侍，以及因為是親族，下達了許可的基貝一家。有波尼法狄斯、萊瑟岡古一家、哈爾登查爾一家。此外，還有我答應了他的托勞戈特。對於我要加進托勞戈特，大家雖然面有難色，但既然已經說好了，我想教給他。我不想在這種時候違背約定，招來無謂的怨恨。托勞戈特已經不得不把尤修塔斯當作侍從帶在身邊，在貴族院的生活過得相當辛苦，我認為至少可以讓他保有這點希望。

「至於舊薇羅妮卡派的孩子們，已經決定好要怎麼做了嗎？」

「我打算等到了領主會議，觀察過亞倫斯伯罕的反應與派系的動靜後再決定。可能會在觀望的同時，讓本人自己選擇，究竟要把魔法契約的內容訂得更嚴格再簽約，還是成年後再自己決定派系，妳想這樣子如何？總不能沒有任何限制。」

「……只要各位認為這樣比較妥當，我沒有問題。我只是希望舊薇羅妮卡派的孩子們，未來不要沒有任何機會。」

如果再怎麼努力也徒勞無功，這樣實在太可憐了，所以只要願意訂下靠著努力便能達成的條件，我就沒有意見。遠比我要了解何謂派系的舊薇羅妮卡派的孩子們，應該也不認為一下子就能完全得到認可。

「兩天後我會準備好報酬……啊，對了。羅潔梅茵，若妳今年冬天尾聲也想喚來普朗坦商會販售書籍，記得提出申請。」

對喔，冬季尾聲還要販售書籍。我立刻往自己的寫字板寫下普朗坦商會的申請。

我馬上提出了申請，接著兩天後是支付情報酬勞的日子。在貴族院蒐集了情報的學生們都在一間房裡集合，神色雀躍充滿期待。當中還有我的近侍們。支付時我坐在椅子上，身旁是黎希達與達穆爾。

和去年一樣，支付報酬的時候，我會順便轉達各部門高層買下情報時說過的讚美，然後勉勵幾句。

「騎士團長非常高興喔。」

「奧伯的文官對這項情報讚不絕口呢。」

我這樣說著遞出報酬後，上級貴族的孩子似乎也感到很驕傲，看著自己賺來的錢臉龐發亮。充滿成就感的笑臉令人想要微笑。

「羅潔梅茵大人，我存到目標金額了。這樣一來，您願意教我魔力壓縮法吧？」

「沒錯，下次在魔力壓縮課上見吧。」

支付完報酬，隔天便是教導魔力壓縮法的日子。慶春宴就快到了，時間真的非常緊迫。我在回房的一路上，誇獎自己的近侍們說：「大家都很努力呢。」

「羅潔梅茵大人，您願意教我第四階段的壓縮法了嗎？」

先前已經學過魔力壓縮法的安潔莉卡，關心的只有第四階段。但她也是為了這個目標才順利修完所有課程，所以這種反應也算正常吧。

「既然安潔莉卡通過考試了，我當然會教妳。不過，因為第四階段只教給我的近侍們，所以我打算另外找一天，只集結近侍再教給你們。要等到其他人都學了魔力壓縮法以後喔。」

在場所有人都笑容滿面，當中又以菲里妮的笑容最燦爛。她不只在哈特姆特的指導下蒐集了情報，也非常認真抄寫書籍，所以獲得了與努力對等的報酬。

「菲里妮，妳心情真好呢。」

「因為這下子，我也能與大家一起學習魔力壓縮法了。」

菲里妮面帶微笑，兩頰泛起紅暈。菲里妮出生在家境不算富裕的下級貴族家庭，她說從小開始很多想要的東西都無法得到，常常只能忍耐。這次她也不認為父母會出錢讓她學習魔力壓縮法，所以能夠靠著自己賺到目標金額，讓她非常高興。

「尤其是母親大人去世，父親大人再婚以後，生活又變得更加難熬……當初羅潔梅茵大人幫我把母親大人說的故事印成了書，我真的很開心。」

菲里妮雖然閃爍其詞，但她與弟弟都是前妻的孩子，想必遭受到了不少過分的對待吧。母親說過的故事，對她來說是孩提時期的重要回憶，所以對於能把故事化作實體保留下來的製書事業，她才產生了莫大的興趣。然而，後來我卻沉睡了兩年時間，製書一事也中斷了。因此她說這兩年來，她都一點一點地把故事寫下來，以免自己忘記。

「有一次我寫好的故事還被沒收。不過，後來父親大人幫我拿了回來。他說因為我擁有的那些紙張，是羅潔梅茵大人給我的東西。」

若是任意糟蹋領主一族給予的東西，往後不知道會在怎樣的機緣下化作災難，降臨在自己身上。所以她的父親警告說了，別碰菲里妮擁有的紙張。

「夏天家裡迎來了新的成員，我與弟弟的處境變得十分艱難。我一直很擔心自己不在的時候，弟弟會遭到怎樣的對待。」

菲里妮現在已經是我的近侍了，只要她希望，我可以為她在城堡準備房間。可是，至於她尚未受洗的弟弟，我也無能為力。

「相信諸神的庇佑一定也與菲里妮的弟弟同在。」

「謝謝羅潔梅茵大人。」

隔天是教授魔力壓縮法的日子，菲里妮工作卻請了假。飛來的奧多南茲解釋說她身體不舒服，但是同時卻也夾帶著菲里妮從遠處傳來的大叫聲：「把我的錢還給我！」

「必須快點去救菲里妮……」

「羅潔梅茵大人，此刻已有眾多貴族齊聚一堂，要向您學習魔力壓縮法。現在沒有時間去找菲里妮。」

我正要起身，哈特姆特卻按住我的肩膀這麼說道。

「所以是要我拋下菲里妮不管嗎？」

「我並非要您對她棄之不顧，況且我也不認為羅潔梅茵大人做得到。但是，唯獨今天您必須晚些再展開行動。我知道羅潔梅茵大人心地善良，但您不能只為了一名下級貴族，便不顧與眾多上級貴族的約定。」

哈特姆特說完，其他近侍也點點頭。

「您現在若離開，事後不曉得貴族們會如何對菲里妮指指點點……」

「羅潔梅茵大人的一舉一動，都將影響到菲里妮的評價。」

「而且聽來只是錢被搶走而已，並無生命危險，事態並不算緊急。」

「若想教給她魔力壓縮法，只要事後在教近侍們第四階段壓縮法時，一併教給她即可。現在還請您自制。」

聽到大家異口同聲要我先別去，我緊緊握著拳頭，硬生生把「可是，我還是想去救菲里妮」這句話吞回去。

「我明白了，現在就去教貴族們魔力壓縮法吧。」

為免我突然跑走，近侍們將我團團圍住，一行人往教授魔力壓縮法的房間移動。屋內已經聚集了眾多貴族。由於除了韋菲利特外的領主一族護衛騎士都已學過魔力壓縮法，此刻在這裡的貴族以文官與侍從居多。

魔力在成長時，通常是小孩子的成長幅度更大。再加上學習魔力壓縮法的費用並不便宜，好像有些人都只讓小孩參加，父母並未報名，現場年輕人很多。少數的例外，就只有待在最前方的波尼法狄斯，還有與我為親族的基貝夫婦。看到現場還有一名比波尼法狄斯更高齡的老紳士，我瞠大眼睛。難不成他今後還想增加魔力嗎？

……但壓縮魔力時若對身體造成負擔，感覺很有可能暴斃，太恐怖了吧。

「歷經生命之神埃維里貝的重重嚴格遴選，得以有幸與您會面，願能為您獻上祝福。」

沒有見過面的貴族相繼前來向我問安。一想到菲里妮，我暗暗心急如焚，但絕對不能表現在臉上。我面帶著領主養女該有的客套笑容，接受大家的問候。

最高齡的老爺爺走路搖搖晃晃地向我走來。他甚至需要有人攙扶，熱淚盈眶地在我面前跪了下來。

「羅潔梅茵大人，我是前任基貝．萊瑟岡古。歷經生命之神埃維里貝的重重嚴格遴選，得以有幸與您會面，願能為您獻上祝福。」

「准許你。」

「如今能夠見到羅潔梅茵大人，我不論何時斷氣都了無遺憾。」

……雙眼泛著淚光，突然就賭上性命的問候好沉重！

「聽說這位大人硬是拜託了萊瑟岡古伯爵，說他今天無論如何都要來見外曾孫羅潔梅茵大小姐一面。」

……什麼?!原來是我的外曾祖父?!

根據黎希達小小聲告訴我的資訊，原來這位見到我後喜極而泣，走路還顫顫巍巍的老爺爺，便是卡斯泰德的外祖父，也就是我的外曾祖父。就連在麗乃那時候，我也沒見過自己的外曾祖父。還能活著見到面，感覺真是奇蹟。聽說外曾祖父的年紀已經大到何時斷氣也不足為奇，如今早已引退，不再出席社交場合，都待在宅邸裡生活。

「能夠見到外曾祖父大人，我也非常高興……咦咦?!」

我回以祝福的光芒後，卻見外曾祖父突然雙眼一閉，啪噹一聲倒下，就此不再動彈。我只能睜大眼睛，愣愣注視著在我眼前無預警昏倒的外曾祖父。

「……是因為我用魔力給予了祝福嗎？」

「沒事的，羅潔梅茵大人。這是常有的事，請您不必擔心。」

……不不，一般都會擔心吧！

四周一時間鴉雀無聲，隨即喧譁起來，外曾祖父也被帶了出去。雖然大家不斷告訴我，外曾祖父並沒有生命危險，但看起來實在一點也不像。要是進行了魔力壓縮，鐵定會前往遙遠的高處吧。我只能稍微安慰自己，幸好還沒開始教授魔力壓縮法。

……嚇死我了。還以為我的心臟要停止跳動了。

頭一次看見有人在自己面前暈倒後，我向至今因為我不斷留下了陰影的身邊人們發自真心道歉。

外曾祖父退場後，過了好一會兒，現場的喧譁聲才慢慢靜下。現任萊瑟岡古伯爵誠惶誠恐地上前向我問候。

「羅潔梅茵大人，我是基貝．萊瑟岡古。歷經生命之神埃維里貝的重重嚴格遴選，得以有幸與您會面，願能為您獻上祝福。」

「准許你。」

「非常抱歉祖父大人讓您受到了驚嚇。因為他唯一的心願，便是在接到最高神祇的召喚之前，能夠見羅潔梅茵大人一面。如今能夠見到羅潔梅茵大人，我也萬分高興。」

現任萊瑟岡古伯爵相當年輕，大概只比卡斯泰德大幾歲吧。在他的雙眼中，似乎可以看見熊熊燃燒的野心。明明是親族，卻直到現在都不讓他與我會面，我好像明白了原因。恐怕是私下敲定了我與韋菲利特的婚約後，才允許了他的會面吧。

「那麼接下來，要教各位我的魔力壓縮法。為此，請各位先繳交費用，並在魔法契約書上簽名。」

我抬手示意負責收取費用的文官，以及負責監管全國性魔法契約的齊爾維斯特。大家在魔法契約書上簽名時，會由齊爾維斯特在旁確認。因為有些人我還無法把名字與長相連起來，這也是為了向眾人昭告，增長魔力一事是在領主的主導下進行。

收取完費用，參加者們也在魔法契約書上簽好名字後，我再次請達穆爾擔任助手，說明壓縮魔力的方法。這次教的是三階段的魔力壓縮法。藉由實際示範，果然大家也比較容易想像吧。大多數人都表示比起以往，更能輕鬆地壓縮魔力；至於皮袋壓縮法，眾人一致表示還是初次見到。

「就算學會了方法，最終還是要靠每個人的意志力，能夠壓縮的量也不一樣……還有，要是太急著進行壓縮，導致魔力濃度一下子提升太高，也會感到暈眩不適。所以請小心別妨礙到工作，慢慢增加魔力吧。」

我也不忘補上注意事項。如果還過度壓縮導致頭暈目眩，那就是自己的責任了。

「即便是已經停止成長的成年人，只要憑著自身的努力，仍能提升魔力濃度……太了不起了。明明是隱藏起來對自己更有利的知識，您卻為了領地，願意教給自己以外的領主候補生，這份寬大的心胸也委實教人敬佩。」

基貝．哈爾登查爾神情愉快地說完，隨即告退離開。韋菲利特與他的近侍們也跟在後頭準備走出去。發現所有人都一臉嚴肅，恐怕是邊走邊在壓縮魔力，我忍不住開口叫住他們。

「羅潔梅茵，怎麼了嗎？」

「由於比較晚才學到魔力魔縮法，我明白韋菲利特哥哥大人的護衛騎士們都想努力壓縮，但是行動的時候，若所有人都在進行魔力壓縮，這樣非常危險喔。」

被我指摘後，一行人狼狽地互相對看。似乎是總算注意到了自己都集中精神在魔力壓縮上，毫未留意周遭的情況。

「不只壓縮過度會感到暈眩，也請小心別影響到自己執行護衛任務。韋菲利特哥哥大人，您可以調整排班方式，方便大家進行魔力壓縮，同時最好也要下令，禁止大家在執勤期間壓縮魔力喔。」

「嗯，妳說得對。」

韋菲利特點點頭，護衛騎士們似乎也不再壓縮魔力。看著所有人魚貫離開，我立即轉身衝向齊爾維斯特與斐迪南。

菲里妮的家務事

「養父大人、斐迪南大人，我可以去救菲里妮了嗎？」

「……經妳這麼一說，妳確實有名近侍沒有出現。但是，救她又是怎麼回事？」

齊爾維斯特皺起了眉。但是，就算他問我怎麼回事，我也不知道該如何回答。因為我唯一的線索，就只有今早收到的奧多南茲。

「我也不清楚。今天早上我收到了一封奧多南茲。有名女性表示菲里妮今天身體不適，可是我在這道話聲後面，聽見了菲里妮在一段距離外喊著把錢還給她。」

斐迪南一邊聽著一邊輕敲太陽穴，但他緊接著拿開指尖，眨了眨眼後定睛打量我。

「聽到這個消息，妳竟然沒有衝過去。莫非多少有些長進了嗎？」

「因為所有近侍異口同聲阻止我……隔了一段時間，我現在也比較冷靜了。」

正確地說，是看到外曾祖父在眼前昏倒後，注意力全被他拉走了。

「如果要顧及菲里妮的處境，在不令她感到困擾的前提下幫助她，我該怎麼做才好呢？那筆錢是菲里妮要繳交的魔力壓縮法費用。她說過因為父母不可能幫忙出，必須自己賺錢，在貴族院蒐集了情報、抄寫書籍、蒐集各地的故事，好不容易才存下來的。她本來還那麼高興，終於可以學習魔力壓縮法了……」

我作夢也沒想過，本該希望子女成長的父母竟然會加以阻撓。因為家境不富裕，又無法向父母央求，菲里妮才靠著自己努力賺錢。

「父母會搶走孩子的錢嗎？」

「對下級貴族來說，把賺來的錢交給家裡並不少見。尤其是尚未成年，還住在家裡的孩子更是如此。」

與菲里妮同為下級貴族的達穆爾回道，齊爾維斯特輕聲嘆息。

「早知道妳該幫她保管。」

「也許吧。可是，明明她沒有拜託我，我說不出口由我來幫妳保管這種話。這只會變成命令吧？」

其實我也曾經考慮過，直接先從報酬中扣除掉魔力壓縮法的費用。齊爾維斯特也建議過，這樣一來就不用準備太多錢，會比較輕鬆。可是，這是大家第一次自己努力賺錢，藉由真正拿在手上，這對產生成就感來說是有必要的。然後用這筆錢來支付費用，投資自己，遠比他們只靠父母的金援，會更加認真學習。為了建立他們的金錢觀，我才刻意給予現金當作報酬，想不到現在似乎造成了反效果。

「我明白妳的心情，但妳不應該介入別人家庭內的問題。」

「菲里妮是我的近侍，我必須保護她，不讓她蒙受任何損失。這不是主人的職責嗎？在貴族院得到艾格蘭緹娜大人的保護時，這是我領悟到的事情。」

「嗯，妳的想法並沒有錯。雖然成天淨是惹麻煩，看來多少也有成長。」

斐迪南再次敲起太陽穴，思索起來。我開口問他：

「我雖然學到了主人的職責，但該怎麼保護才是正確的呢？我不想傷害到菲里妮，希望事情可以和平落幕。」

「妳一旦插手干預別人的家務事，只會讓事態變得更嚴重。如果妳想讓事情和平落幕，便讓妳的近侍重新賺錢，下次再由妳替她保管就好了吧？」

斐迪南說得淡然乾脆。意思是若想和平解決，就不要出手干涉。但我就是辦不到，才會找他商量啊。我用力咬住嘴唇。就在這時候，哈特姆特彷彿是演技拙劣的演員在唸臺詞般，突然間抬高音量說話。

「哎呀，真糟糕。都怪我粗心大意，居然拿錯錢給菲里妮了。」

他用一點也不著急的口吻說完，環顧眾人。

「菲里妮帶回去的那筆錢，是要付給他領學生的，本來要付給菲里妮的那筆錢，我不小心寄放在羅潔梅茵大人那裡了。」

這不可能。我早就付完了所有的報酬，要支付給他領學生的酬勞也已經保管起來了。不明白哈特姆特為何突然這麼說，我納悶地偏過臉龐時，斐迪南輕笑一聲。

「這可糟了。羅潔梅茵，該支付給他領學生的錢，似乎被妳的近侍帶回去了，萬一已經用掉那筆錢，可會演變成領地間的問題。快把本該支付的報酬帶過去，然後把那筆錢拿回來。這次別忘了先扣掉魔力壓縮法的費用。」

聽到這裡，我總算意會過來，大力點頭。

「要是發展成領地間的問題就不好了。必須馬上去菲里妮家，為我們給錯錢這件事道歉才行。」

「妳若是突然造訪，只怕會造成恐慌。我會向菲里妮的父親卡席克說明原由，命他一同回去。等妳準備好了酬勞再回來這裡。」

「是！」

得到了可以趕往菲里妮家的正當理由後，我立刻跳上騎獸，衝回自己房間。並未報名學習魔力壓縮法的黎希達與奧黛麗，都瞠大了雙眼出來迎接我。

「黎希達，請把保管好要給他領學生的報酬拿出來。」

我向兩人說明了現在的情況，請她們拿來報酬。我照著先前給菲里妮的報酬，從中取出了一樣的金額，再拿走學習魔力壓縮法的費用與一枚小銀幣。我認為不必把賺來的所有錢都送回家，應該可以留下一點錢，讓菲里妮自由運用。

「大小姐，是否該在城堡為菲里妮準備一間房間呢？竟然謊稱她身體不適，不讓她出門工作，待在這樣的家庭，即便本人沒有過錯，終有天也會成為她的過失。」

黎希達神色憂心地如此提議。的確，若只顧慮到菲里妮，這麼做是最好的。但是，她說過自己有弟弟。我不認為她會拋下他，自己住進城堡。

「……只要菲里妮願意，我會為她準備。可是，她也許不願意住進城堡。」

我把要給菲里妮家人的酬勞交由哈特姆特保管，變出騎獸。

「走吧。」

拜訪下級貴族時，總不能帶著所有近侍前往。但因為會離開城堡，所以必須帶著所有護衛騎士，至於同行的文官與侍從，我選了反應敏捷又機靈的莉瑟蕾塔與哈特姆特。

「我們還是會準備好菲里妮的房間，等著您回來。總不能真有需要的時候，卻完全沒作好準備。」

「那就拜託妳了，布倫希爾德。」

在貴族院一直以近侍的身分同進同出，布倫希爾德即便是上級貴族，也十分疼愛菲里妮。蜜糖色的雙眸明顯盈滿擔憂，在她的目送下，我們返回斐迪南正等著的房間。

「斐迪南大人，讓您久等了。」

「我這邊也已說明完原委。卡席克，都怪羅潔梅茵給錯了報酬，給你造成麻煩了。」

斐迪南對著一名突然被叫來，顯得戒慎惶恐的下級文官說。菲里妮的父親血色盡失，一派聽話順從便是自己該盡的本分般。我也為給錯報酬一事向他道歉。

「實在是非常抱歉。倘若沒有拿回原原本本的金額，會演變成領地間的問題呢。」

「竟、竟然有這種事……」

卡席克因為忙著蒐集有關魔力壓縮的情報，據說冬季期間都是為了睡覺才回家，完全不曉得現在家裡頭發生了什麼事。一聽到自己的家庭牽扯進了有可能演變成領地間問題的大事，他臉色蒼白得有如白紙。

交由卡席克帶路，我們各自乘坐著騎獸，趕往菲里妮家。為了為我的失誤道歉，也為了監督我的行動，監護人斐迪南也一同前往。

「請進。」

菲里妮家就在下級貴族宅邸林立的貴族區南邊。與遼闊的城堡相比，自然是無法相提並論，但仍然遠比平民的住家要寬廣又潔淨。單看面積，應該比渥多摩爾商會還大吧。

「哎呀，歡迎各位大駕光臨。」

早已聽說是再娶的妻子，菲里妮的繼母看來確實相當年輕。她面帶倦容，多半是因為在夏天剛生了一個小寶寶吧。

「約娜莎拉，我們回來是有急事。聽說菲里妮帶了一筆鉅款回來，妳知道嗎？」

「……那孩子做了什麼嗎？昨天她還撒下大謊，聲稱自己是領主一族的近侍，還帶了一大筆錢回來，我正覺得奇怪呢。下級貴族怎麼可能成為羅潔梅茵大人的近侍。一定是在兒童室起誓後遭到拒絕，不敢面對現實，才這樣胡言亂語吧。」

約娜莎拉十分憎惡地這樣說完後，對於為我造成困擾，恭恭敬敬地道歉。

「妳似乎有所誤解，所以容我更正，菲里妮是我的近侍沒錯喔。我已在貴族院正式任命她為近侍。」

約娜莎拉雙眼圓睜不敢置信，我注視著她，不疾不徐地再重複一次。

「菲里妮並沒有說謊，她確實是我的近侍。」

「這……這怎麼可能……」

看著左右微微搖頭的約娜莎拉，我嫣然一笑。

「聽說菲里妮身體不舒服吧？請讓我探視她。此外，我也必須向菲里妮說明，這件事並不是她的責任，然後請她歸還昨天那筆錢。」

「這、這怎麼行……那孩子還臥病在床，豈能讓身體虛弱的羅潔梅茵大人去探望她。既然事態如此緊急，我立即去把那筆錢拿來。」

眼看對方慌得明顯非常可疑，我看向斐迪南。斐迪南再看向哈特姆特，下巴微微一揚。明白了他要我派哈特姆特前往，我輕輕點頭，加深臉上的笑意。

「很感謝妳擔心我的身體。哈特姆特，麻煩你與約娜莎拉一同前往，確認金額是否無誤。莉瑟蕾塔，請妳代替我探視臥病在床的菲里妮，並轉告她不用擔心。我會待在這裡等著，各位無須擔心。」

自己不能去，那派近侍前往就好了。都已經看見約娜莎拉對菲里妮釋出了這麼明顯的惡意，除非確認菲里妮平安無事，否則我完全沒有回去的打算。我再吩咐達穆爾與優蒂特跟上，擔任哈特姆特與莉瑟蕾塔兩人的護衛。既然要檢查金額是否正確，有越多雙眼睛見證越好吧。

看著一行人魚貫走出會客室後，沒過多久，遠處傳來了偌大的聲響與尖叫聲。我不由自主想站起來，斐迪南立即在桌子底下伸手制止。與此同時，安潔莉卡與艾克哈特都拿出武器採取警戒。

然而，隨後便安靜下來，一點聲音也沒聽見。沒有任何人前來通報，也沒人捎來消息，讓人心裡發毛。

「非常抱歉，我馬上去確認。」

卡席克說完，走出了會議室。幾乎是同一時間，我聽見達穆爾厲聲說道：「請讓開。」

「菲里妮！」

達穆爾抱著菲里妮走進會客室。她身上裹著達穆爾的披風，臉上有被掌摑過的痕跡，含淚的嫩草色雙眸裡滿是絕望。莉瑟蕾塔在後頭帶著一名一看就知道沒有得到充分照顧，年紀大約四、五歲的男孩子走進來。

「菲里妮，究竟發生什麼事了？」

我開口詢問後，菲里妮緩慢地看向我，回神似的張大眼睛。

「羅潔梅茵大人，拜託您，請救救我的弟弟康拉德。」

菲里妮淚如雨下，開始訴說他們遭受到約娜莎拉的虐待。聽說康拉德重要的魔導具被搶走了。那個魔導具是貴族的孩子在出生時會得到的禮物，可以用來吸取孩子的魔力，並在就讀貴族院之前把魔力都存進魔石裡，具有非常重要的功用。然而，約娜莎拉把魔導具與魔石裡的魔力悉數取出，消除了康拉德原先登記在裡頭的魔力，使其回到最一開始的狀態。不僅如此，聽說她已經把這個魔導具給了自己剛出生的孩子。由於冬季期間卡席克忙著參加社交活動，經常不在家，菲里妮又因為在貴族院讀書不會回來，她才這般為所欲為。

「再這樣下去康拉德會沒命的！他的魔力已經快到達極限……」

「但是，這是你們的家務事。羅潔梅茵是領主的女兒，這不在她的管轄範圍內。」

我還來不及開口，斐迪南搶先說道。聽得出來他是同時在提醒我與菲里妮，說話前要先仔細想清楚。我在大腿上緊緊握拳。

「是呀，斐迪南大人說得沒錯，這是我們的家務事。原本根本不該傳進羅潔梅茵大人耳裡。菲里妮，就算是被選為近侍，妳也不該得意忘形。別忘了自己的身分。」

抱著自己孩子的約娜莎拉這麼說道，卻又不敢走進會客室，停在門口附近。她慎重地抱著自己的孩子與魔導具，臉上流露出明顯的警戒，環顧我們一行人。

但是，我無法坐視不管。貴族也好身蝕也罷，如果沒有魔導具，就會因為魔力滿溢而死。那種彷彿要被熱意吞噬至死的感覺，我非常了解。

「斐迪南大人，我不想眼睜睜看著康拉德喪命。」

「尚未受洗的孩子不算是獨立的個體。」

以前也聽過好幾次的回答，讓我一度用力閉上眼睛。我說什麼也無法理解這種想法。明明就在眼前而且活生生的生命，我實在無法相信這居然不算是獨立的個體。我看向能夠解決家務事的一家之主卡席克。

「既然是家務事，我不應該過問吧。但是，我還是無法坐視不管有個孩子可能就此喪命。卡席克，你對此事有什麼看法？」

「雖然曾聽內人提起過這個要求，但我沒想到她已經強行採取行動。」

然而，就算妻子找了他商量想這麼做，他也沒有買新的魔導具給她。感覺他已經得出了結論。孩子中有一個人，將不會以貴族的身分撫養長大。

「那麼，你打算怎麼做？購買新的魔導具嗎？」

「我們家沒有多餘的財力這麼做，將優先考慮魔力更高的孩子。」

「父親大人?!」

菲里妮發出悲痛的吶喊，但如今卡席克在我們面前這麼宣告後，似乎代表一切已成定局。只要是貴族，都會以魔力高的孩子為優先吧。我的近侍們只是難受地垂下雙眼，誰也沒有說話。

聽見卡席克這麼說，約娜莎拉慎重地護著自己的孩子，以及從康拉德那裡搶來後已重新登記過魔力的魔導具，如釋重負地吐了口氣。她的表情就只是個無論如何都要保護自

己寶貝孩子的母親，我的內心五味雜陳。

對於貴族孩子來說等同生命的魔導具被搶走後，如今又被父親捨棄，康拉德只是茫然杵立。菲里妮掉著斗大的淚珠，靜靜凝視弟弟。

「怎麼這樣……那，康拉德他……」

「康拉德就由我帶走。既然今後將在最高神祇的引導下，讓他登上通往遙遠高處的階梯，便與住在神的居所裡無異吧。」

我說完，卡席克與約娜莎拉都垮下了臉，表情非常為難。

「實在非常抱歉，羅潔梅茵大人。我們家並沒有餘力能安排青衣神官的生活起居。今後開銷會越來越大，康拉德變作下人後，我們家也仍舊需要他的魔力。此外……儘管成為羅潔梅茵大人的近侍是非常光榮的事情，但若要準備各種用品以符合身分，對我們來說也不是易事。還請允許菲里妮向您請辭。」

聽了約娜莎拉這些話，菲里妮難過地垂下目光。和她那年冬天在兒童室，放棄購買繪本時的表情一模一樣。她一直像這樣因為家庭的關係，所有事情只能忍讓吧。

「我有義務保護自己的近侍。我會在城堡給予菲里妮一間房間，也會借給她必要的工作用具，所以不用擔心。菲里妮，為免給家人造成負擔，從今以後妳就住在城堡。我沒有打算讓妳離開我的身邊。和莉瑟蕾塔一起去收拾妳的行李吧。」

菲里妮剎那間高興得小臉發亮，但看向康拉德後，又愧疚地低下頭。

「菲里妮，我會讓神殿收留康拉德。不會讓他就此喪命。」

「羅潔梅茵大人都這麼說了，走吧。」

莉瑟蕾塔催促了好幾次，菲里妮才擔心地頻頻回頭看向康拉德，踩著沉重的步伐回房收拾行李。

「康拉德，我可以為你施展治癒魔法嗎？」

「羅潔梅茵大人，豈能讓您平白消耗魔……」

「卡席克，我沒有問你。」

我蹲下來，與康拉德對視。眼前是個並未得到妥善照顧，身上還有多處被毆打過的痕跡，比我還小的男孩子。

「疼痛的地方很不舒服吧？」

說完我變出思達普。瞬間，康拉德的小臉變得非常僵硬，掙扎著想要逃跑。顯然是曾經有人拿著思達普，用魔力攻擊過他。我立刻消除思達普，看向約娜莎拉。

「這是我們的家務事，我只是在管教小孩。」

約娜莎拉淡淡微笑。看得出來她一點也不覺得這是壞事。我放棄用思達普施展治癒魔法，緩緩往戒指注入魔力。

「水之女神芙琉朵蕾妮的眷屬，治癒女神洛古蘇梅爾啊，請聆聽吾的請求，賜予吾聖潔之力，使吾得以治癒受傷之幼子。神聖的樂音奉獻予祢，請為吾等布下至高無上的波紋，賜予祢清澄明淨的守護。」

從戒指飛出的綠光包覆住康拉德，治癒了他身上的傷。康拉德瞪大眼睛，注視著自己的身體小聲低喃：「不痛了。」

「康拉德，我是羅潔梅茵，是你姊姊的主人喔。現在能夠幫你吸取魔力的魔導具已經沒有了。你想留在這個家裡，就這麼被魔力的熱意吞噬掉嗎？還是以下人的身分在這裡生活？或是前往神殿的孤兒院，在那裡生活呢？」

「羅潔梅茵大人，我們家沒有能力應付青衣神官……」

約娜莎拉才剛抬高音量，康拉德整個人便嚇得一抖。我輕輕揮手要她住口。

「我從沒說過要讓康拉德以青衣神官的身分進入神殿。沒有父母的孩子，都是視為灰衣神官收留，也將與這個家再也沒有關係。請當作他真的已經死了吧。」

「少了一名下人固然可惜，但若與我們家再也沒有關係，我倒是不介意。」

看著心情突然變好的約娜莎拉，康拉德十分吃驚，然後不解地看向我。

「進入孤兒院以後，我們會提供三餐、乾淨的床鋪，也會讓你接受教育。至少不會讓你像現在這樣遭受到暴力的對待。但是，如果你想繼續留在這個家裡，我也會尊重你的選擇。你想不想吃到美味的飯菜呢？」

康拉德遲疑了一會兒，眼神左右飄移後，最後把目光停留在我身上開口：

「……我肚子餓了。」

「是嘛。那麼等菲里妮作好準備，我們就出發吧。」

菲里妮與莉瑟蕾塔一起收拾完了行李後，走進會客室。看見我站在可以保護康拉德、讓約娜莎拉無法傷害他的位置上，她露出了既安心又心死的複雜表情。

「菲里妮，康拉德決定與我一同前往神殿了。」

菲里妮難過得雙眉顫抖，接著她抬起頭，用滿是怒火與不滿的雙眼看向父親。

「父親大人，康拉德的魔導具是我們母親大人的東西。您怎麼能允許約娜莎拉大人做出這麼蠻橫的事情？」

搶走後給繼子使用的魔導具，原先似乎屬於菲里妮的親生母親所有。竟然從康拉德手中搶走了也是母親遺物的魔導具，還抹除掉原本登記在裡頭的魔力，菲里妮顫抖著嘴唇，說她無法原諒這種事情，並且極盡所能地狠狠瞪著作出決定的父親，與搶走了魔導具的繼母。

「如今都已經重新登記了魔力，我也無可奈何……再說了，優先選擇魔力較高的孩子，也是理所當然。」

即便聽了女兒含淚的控訴，卡席克的態度依然不變。深深明白到了卡席克不會聽進自己的抗議與想法後，失望在菲里妮的雙眼裡蔓延，眼淚也掉了下來。緊接著菲里妮用力閉上眼睛，低下了頭。

……被搶走的魔導具，居然是已經過世的母親的遺物。

雖然不願明白，但我也知道貴族都想讓魔力更高的孩子成為繼承人。但是，竟然只因為這樣就從孩子身邊搶走母親的遺物，我實在無法理解。

「斐迪南大人，給小嬰兒的魔導具大概要多少錢呢？」

「若想買新的魔導具，恐怕要五枚小金幣吧？因為材料不僅昂貴，也需要有大量的魔力才能製作出來。」

我沒買過，所以不清楚，斐迪南嘀咕說。斐迪南還沒結婚，當然不可能知道嬰兒用魔導具的確切價格。

「菲里妮，我把錢借妳吧。但是，就只是借而已。用這筆錢把母親的魔導具買下來吧。畢竟那可是重要的遺物。」

「那般老舊，又強行覆蓋掉了原先魔力的魔導具，價格不值三枚小金幣吧。」

斐迪南一邊說著，一邊拿出與公會證十分相似、閃爍著虹彩的卡片，舉向卡席克。

「卡席克，我出三枚小金幣買下那個魔導具。你應該沒有任何不滿吧？」

不敢違抗氣勢懾人的斐迪南，卡席克倒吸口氣，拿出了同樣的卡片來。「鏘」的一聲卡片互碰後，卡席克朝嬰兒的魔導具伸出手。

「住手，這是這孩子的魔導具！」

「再買別的就好。」

「我不要！根本不曉得什麼時候才會有新的呀！」

約娜莎拉拚命抵抗，但卡席克還是靠著蠻力搶走了魔導具，呈交給斐迪南。斐迪南接下後，放到我的面前。我把母親的遺物遞給菲里妮。

「斐迪南大人、羅潔梅茵大人，非常謝謝兩位。」

菲里妮緊緊抱住魔導具，流下眼淚。但這一次臉上帶著喜悅的微笑。看見笑容又回到她臉上，我鬆了口氣。菲里妮先是低下頭，擦了擦眼角後，接著毅然抬頭，目光堅決地仰頭看向父親與繼母。

「父親大人、約娜莎拉大人，我今後將以羅潔梅茵大人的近侍這個身分，留在城堡裡生活。不會再回到沒有康拉德的這個家。」

卡席克聽了臉色不變，約娜莎拉卻是安心地吐了口氣，兩人的表情正好呈現對比。

菲里妮嫩草色的雙眼中浮現訣別的光彩。

「儘管時之女神德蕾梵庫亞所交織的絲線多半再無交會的一日，但願諸神的庇佑與兩位同在，一切平安康泰。」

菲里妮如此告別完，牽起康拉德的手，踏出自己的家。

帶康拉德前往神殿

「羅潔梅茵，妳打算直接帶這孩子前往神殿嗎？這可完全不在預料之內。」

一走出菲里妮家，斐迪南立刻兇惡地低頭瞪我。他的表情簡直就像是看見孩子撿了野貓回來後，橫眉豎目地要孩子把貓放回原位的母親。此刻若在神殿，或者只有我與他兩人單獨在場，他肯定會罵我：「不要想也不想就什麼都帶回神殿！」但是，我知道斐迪南雖然愛抱怨，也很注重貴族該做的表面功夫，但對於受虐孩童似乎抱有什麼複雜情感的他，除非有什麼特殊理由，否則不會坐視不管。

「因為我是神殿長，也是孤兒院長嘛。看見這孩子身處在這種環境下，我實在無法視而不見。難道斐迪南大人辦得到嗎？」

「……沒辦法，接下來前往神殿吧……但儘管我想這麼說，妳的護衛騎士有不少人尚未成年，必須讓他們返回城堡。」

斐迪南看向我身邊以未成年者居多的近侍們說道。哈特姆特立即露出微笑。

「斐迪南大人，身為要參與印刷業的見習文官，能夠進出神殿，以及能與平民商人談話可是必備條件。所以，請務必帶我一同前往。」

比起熱心工作，感覺哈特姆特的臉上更寫著「我想去聖女所在的神殿看一看」，是我的錯覺嗎？但是，照我訂下的這些條件，菲里妮也能帶她一同前往。

「斐迪南大人，見習文官應該沒關係吧？今後他們也必須常常前往神殿……」

我向斐迪南徵求許可，希望見習文官也能一同前往。這時，優蒂特猛然舉起手來。

「還有我！羅潔梅茵大人，我也想與安潔莉卡一起執行護衛騎士的工作。」

「姑且不論見習文官，見習護衛騎士的工作範圍已規定只限在貴族區。今後我會與奧伯．艾倫菲斯特一同商議，是否要把神殿也納入你們這些見習騎士的任務範圍內，但今天必須先回去。」

斐迪南邊寫著白鳥變成的信，告知神殿的侍從我們等一下將返回神殿，還會帶回一名孤兒，同時他也瞥向優蒂特、萊歐諾蕾、莉瑟蕾塔與柯尼留斯。斐迪南的命令不能違抗。優蒂特萬般遺憾地垮著腦袋，變出騎獸要返回城堡。

「優蒂特，雖然很可惜，但我在成年之前也從未踏進神殿喔。」

安潔莉卡變出自己的騎獸，一邊有些得意地挺起胸膛說：「優蒂特也快點長大成人吧。」優蒂特笑容滿面地發問：「安潔莉卡，神殿是什麼樣的地方呢？」安潔莉卡望著上空，思索了一會兒後微笑說道：

「神殿是很美味的地方。」

看著一臉愣住了的優蒂特，我內心無限同情。這樣子怎麼可能聽得懂。

「優蒂特，神殿因為有我的專屬廚師，所以在神殿的三餐，也與貴族院的伙食一樣。安潔莉卡是這個意思吧。」

「咦咦?!那和騎士宿舍有著天大的差別嘛！其、其他還有不一樣的地方嗎……？」

似乎是首次聽到與神殿有關的這些事情，優蒂特的堇紫色雙眼熠熠生輝，抬頭看著安潔莉卡。「我想想喔……」安潔莉卡沉思了半晌後，拍了一下掌心。

「神殿很棘手。」

「什麼？」

又一次莫名其妙的回答，讓優蒂特看向我尋求說明。但是，我也不懂是什麼意思。看見我搖頭，安潔莉卡說了。

「在神殿，所有人都得像文官一樣幫忙處理文書工作。訓練時的對象又是艾克哈特大人，不論哪一方面都讓人感到棘手。」

安潔莉卡的基準實在教人錯愕。「神殿並不是這樣的地方。」曾去過神殿的柯尼留斯搖頭反駁，沒去過的人們也納悶歪頭。

「居然這麼期待與未婚夫艾克哈特大人的訓練，感情真好呢！好羨慕喔。」

……咦？感情真好？剛才那樣的說明算是在炫耀嗎？

優蒂特興奮得嘰嘰喳喳，但她的基準也讓人無法理解。真不知道兩人到底有沒有正確理解對方的意思，聽完安潔莉卡與優蒂特的對話，大家都一臉怔愣，但各自感到愕然的地方好像都不太一樣。身為安潔莉卡的妹妹，莉瑟蕾塔瞪大雙眼，來回看著我與安潔莉卡。

「所有人都要做文官的工作……？難不成姊姊大人在處理文書工作嗎?!」

「並沒有喔，莉瑟蕾塔。我負責守門。就我一個人。」

安潔莉卡回答時神情凜然，但近侍們都一臉明白，對她投以溫暖的眼光，彷彿在說：「嗯，果然沒辦法處理文書工作呢。」因為大家都曉得安潔莉卡的成績。

「我還以為姊姊大人不只在貴族院，連在神殿也給羅潔梅茵大人造成了困擾呢。您今後也絕對不能插手文書工作喔，姊姊大人。」
「好。神殿侍從們的能力都非常出色，完全不會把文書工作交給我。」
安潔莉卡要是幫忙了文書工作，到底會發生多麼可怕的災難？莉瑟蕾塔邊說著讓人感到非常不安的發言，邊變出了自己的騎獸。
「羅潔梅茵，別閒聊了，妳也快點作準備。那個孩子與見習文官都要搭乘妳的騎獸。該護衛的對象必須集中坐在一起。」
「是。」
目送未成年的近侍們返回城堡後，我變出小熊貓巴士，讓哈特姆特、菲里妮與康拉德坐上來。能夠離開那個家，康拉德的表情顯得十分安穩，菲里妮看著這樣的弟弟，不安地沉著臉，緊緊與他牽手。哈特姆特也許是從未這麼近距離看過大尺寸的小熊貓巴士，坐進來以後，不斷東張西望。
「哈特姆特，請安靜坐好。還有移動期間我不回答任何問題喔。」
「……有人曾在移動期間向您提出問題嗎？」
「就是尤修塔斯。」
八成是想像到了那幅畫面，哈特姆特輕笑起來。
由斐迪南領頭，小熊貓巴士也出發了。似乎沒坐過騎獸的康拉德發出「哇啊！」的驚叫聲。飛上天空後，護衛騎士們護在我的四周，開始往神殿移動。下級貴族的住處都集中在貴族區南邊，菲里妮家又在靠近北門的地方，所以與神殿的距離不遠。越過貴族門以後，便抵達神殿貴族區域的正門玄關。

「神殿長、神官長，歡迎兩位歸來。」

除了斐迪南的侍從，法藍與莫妮卡也出來迎接。由於這次帶回來了一名新的孤兒，所以葳瑪也來了。

「我去撰寫收容孤兒的文件，妳為孩子準備食物吧。」

我遵照斐迪南的吩咐，帶著康拉德等人前往神殿長室，請妮可拉準備餐點。

「妮可拉，不好意思這麼突然，那就麻煩妳了。」

「現在第四鐘也快響了，時間很剛好呢。」

妮可拉去準備餐點的時候，我向哈特姆特與菲里妮介紹在場的神殿侍從們。

「他們是我在神殿的侍從，分別是法藍、薩姆、莫妮卡、葳瑪。葳瑪負責掌管孤兒院。現在正在準備食物的人是妮可拉，工坊還有吉魯與弗利茲。之後再一一介紹吧。這兩位是哈特姆特與菲里妮，是我在城堡的近侍，也是見習文官。今後為了參與印刷業的業務，將會出入神殿。」

介紹期間，妮可拉端著盤子回來了。她「叩咚叩咚」地擺好盤子。

「今天的餐點是鬆軟麵包與蔬菜湯，另外還煎了培根。由於羅潔梅茵大人原本沒有預計要回來，所以有些簡陋。還有，也請其他幾位享用這些點心吧。是我臨時做的。」

妮可拉端出了包有打得非常濃密的鮮奶油，還有酒漬水果的可麗餅。我先試吃以後，大家也開始動作。菲里妮與哈特姆特吃了口可麗餅後，雙眼瞪得老大。

「在神殿還能吃到這種點心嗎？」

「只有羅潔梅茵大人這裡才有喔。斐迪南大人似乎對甜點沒有太大興趣，所以在神官長室吃不到。如何，哈特姆特？神殿很美味吧？」

安潔莉卡邊回答邊優雅地吃著可麗餅。護衛騎士用餐時都是輪流。每次先吃的，必定是階級較高的安潔莉卡。達穆爾邊按著肚子，邊繼續執行護衛任務，朝點心吃得津津有味的哈特姆特與菲里妮聳了聳肩。

「在神殿的孤兒院，青衣神官剩下的食物都會當作是神的恩惠分送下去，所以味道比騎士宿舍要好得多，量也不少。」

達穆爾對吃驚瞠目的菲里妮點點頭，接著說明。

「而且為了日後能成為青衣神官的侍從，也為了在羅潔梅茵大人的工坊能幫忙製書的工作，孤兒們在受洗前就會學習文字與計算。灰衣神官們又都遵從神的教誨，沒有人會行使暴力……康拉德在這裡的生活，會比待在那個家好上好幾倍吧。」

「聽到你這麼說，我便放心了。」

聽了達穆爾對神殿內部狀況的說明，菲里妮安心吐氣。

「法藍，神官長應該要再一點時間才會過來吧？我要寫信給普朗坦商會，請吩咐吉魯或弗利茲送去吧。」

「已經決定好販售書籍的日期了嗎？」

法藍一邊問道，一邊幫我準備寫信所需的工具。聽說工坊已經作好了要在城堡販售書籍的準備。

「羅潔梅茵大人，能讓我看看您信上寫了什麼內容嗎？」

「……沒問題。」

如果會被哈特姆特看見信件內容，必須寫得拘謹又鄭重其事才行呢。像「我在貴族院獲選為最優秀者喔，很厲害吧？唔呵呵～」這種話，無論如何絕不能寫。一旦文官們開始會出入神殿，恐怕連寫封信也要耗上不少心力。我有些鬱悶地想著這件事情，寫好了要給普朗坦商會的信。

這時，斐迪南寫完了孤兒院要收容康拉德的文件，來到神殿長室。他說至今雖然有貴族的孩子送來神殿成為青衣神官，但從未有過送進孤兒院當見習灰衣神官的前例，所以想寫下來保存紀錄。

斐迪南與我並肩坐在桌旁，菲里妮與康拉德相對而坐。安潔莉卡與哈特姆特站到我的身後，達穆爾用依依不捨的眼光注視著被收走的可麗餅。看來是沒能吃到。

「那麼，康拉德暫時由孤兒院收留。等菲里妮存到了錢，便可以買下孤兒或是灰衣神官，總有一天可以一起生活吧。」

聞言，斐迪南表情嚴肅地看向我。

「且慢。那他們打算在哪裡生活？菲里妮是妳在城堡賜予了她一間房間，她不可能與弟弟一起生活。這代表她必須先自己存到一筆能買房子的錢。這種事可不容易……此外，不管再怎麼努力，這孩子也已經無法成為貴族。」

「為什麼？都已經拿回魔導具了，只要在洗禮儀式之前存到錢……」

現在已經拿回了菲里妮母親的遺物，而且這也是給小孩子用的魔導具。只要裝上新的魔石，繼續儲存魔力，康拉德再等著菲里妮來接他就好了。我本來是這麼認為，但要以貴族的身分活下去似乎沒有這麼簡單。菲里妮把也是母親遺物的魔導具放在大腿上，難過地垂下眼簾，撫摸著魔導具輕聲說道。

「羅潔梅茵大人，錢雖然可以存下來，也借得到，魔力卻無法累積。」

明明只是往魔石儲存魔力而已，我不明白這是什麼意思。見我無法理解，斐迪南嘆著氣為我說明。

「他是連繼承人也當不上的下級貴族的孩子，妳卻能夠成為領主的養女，兩者不能相提並論。和受洗前就一直自行壓縮魔力的妳不同，並非所有人都能像妳一樣，一下子便讓好幾顆魔石染上自己的魔力。下級貴族為了不混雜到他人的魔力，都要使用那個魔導具，花上數年的時間準備好幾顆上課用的魔石。」

「正如斐迪南大人所言。康拉德不久就要五歲，至今儲好魔力的魔石都沒有了。就算有魔導具與魔石，從現在開始儲存也來不及了。」

「怎麼這樣……」

我還以為只要讓他們離開會施虐的繼母身邊，再提供援助，兩人就能以姊弟的身分繼續和樂融融地生活在一起。但是以貴族的常識來看，這似乎是不可能的事。發現我原本打算讓康拉德回到貴族社會，斐迪南按著太陽穴，看著我說了：

「羅潔梅茵，妳身為神殿長兼孤兒院長能做的，就只是在孩子遭到父母捨棄時拯救他們的性命，而不是確保他們能以貴族身分生活。別搞錯自己的本分。還有，過於偏袒自己的一名近侍，也會造成問題。妳務必注意自己的言行。妳既是領主的養女，又身兼神殿長一職，一定要守住該有的分寸。」

被這麼指摘後，我咬緊牙關。他說得沒錯。要是也有貴族的孩子一樣被帶來，我無法為所有人提供相同的待遇。若依自己的心情決定待遇好壞，就和前任神殿長一樣了。

「羅潔梅茵大人，請您別露出這麼消沉的表情。」

菲里妮看向康拉德，微微一笑。

「光是有個地方能讓康拉德平平安安地活著，我就放心了。因為我最擔心的，就是康拉德有可能登上通往遙遠高處的階梯。而且，羅潔梅茵大人也幫我們拿回了母親大人的遺物。我對您由衷無比的感激。」

我會全心全意侍奉您，盡快還您這筆錢──菲里妮說道。

「如果可以的話，我也想存錢把康拉德買回來，即便不再是貴族，我也想與他一起生活。因為他是我唯一的弟弟。」

看著菲里妮的笑臉，再看向與她一起笑著的康拉德，我再次忍不住心想。真希望別再有孩子被比較魔力的高低後，還被搶走魔導具，就這麼默默死去。

「……斐迪南大人，像康拉德這樣的孩子很常見嗎？」

「因為魔導具價格昂貴。恐怕其他下級貴族家裡，也有相同的情形吧。」

「不能想想辦法，拯救那些處境同樣淒慘的貴族孩子嗎？」

最好把平民身蝕也包括在內──聽我這麼說完，不只斐迪南，連哈特姆特與菲里妮都露出了驚愕的表情。

「除了印刷業，妳連這種事也想干涉嗎？妳是笨蛋吧。」

「可是，很難讓人不在意嘛。況且現在魔力普遍不足，孤兒院若能收容這樣的孩子，情況也許能有些許改善……」

艾倫菲斯特魔力不足的情況非常嚴重，如今是能蒐集到多一點的魔力也好。

「但也只限魔力不足的現在，貴族人數若是飽和了呢？屆時將從不必要的地方開始削減人手。妳別感情用事，也要考慮到未來。基本上妳都只顧及眼前的情況吧。」

我「唔」地屏住呼吸。斐迪南說得非常正確。可是，既然擁有魔力，我認為能做的工作也會增加。讓土地盈滿魔力後，只要再找到下一份工作就好了。大可以另外開闢一條道路，讓無法以貴族身分運用魔力的灰衣孤兒們，為這社會做出貢獻，也讓他們能賺錢養活自己。就算無法以貴族的身分生活，也有其他種生存方式。總比死了要好。

……我能幫忙做些什麼呢？

「停，別再想了。」

「咦？」

「妳一旦開始動腦思考，大多時候事情都會往無法預測的方向發展。再說了，這麼重要的事情也需要奧伯的判斷。妳現在別再胡思亂想，先處理好自己的工作。」

「是。」

……就算對我這麼說，我還是會想啦！

我在桌子底下用力握拳。瞬間，一旁的斐迪南深深嘆氣。

「全寫在妳臉上了。」

我連忙用手捂住臉頰，斐迪南沒好氣地瞪著我。

「在妳多管閒事、干涉每個家庭的家務事，把貴族社會攪得天翻地覆之前，優先處理印刷業的業務吧。見習文官若不累積實務經驗，便無法成為文官。妳的心願是成為圖書館員吧？」

斐迪南再一次告誡我，先做好自己的工作。

「就從即將到來的城堡販售會開始吧。已經通知普朗坦商會了嗎？」

「請放心吧。法藍也向我報告過，工坊已經作好準備了。」

聽說在我沉睡期間，夏綠蒂他們也找了斐迪南商量，如今普朗坦商會每年都會在城堡販售書籍，已經成為例行性活動了。真是期待今年的販售會呢。

販售會與檢討會

今年的販售會也有不少客人光臨，購買了書籍。當中讓所有人最印象深刻的，想必就是站在購買隊伍最前方的外曾祖父。前陣子他在我給予祝福的同時忽然暈倒，現在已經復活了。他還帶著照顧自己的人，拄著拐杖，顫顫巍巍地走到普朗坦商會一行人面前說：「全部各給我來一本。」購買了現有的每一種商品。

販售會才剛開始，成交金額便這麼龐大，看得出來班諾他們都倒抽了口氣。如果是商品種類還不多的頭一年也就罷了，但現在品項已增加不少，沒有客人會一鼓作氣買齊。

「黎希達，外曾祖父大人很有錢嗎？」

「因為印製這些書籍的人是大小姐與艾薇拉大人，聽說他堅持要親自購買外曾孫們做的書。身子好不容易才恢復了，萊瑟岡古伯爵擔心得要命呢。」

……等一下，外曾祖父大人，你太拚命了啦！不怕又暈倒嗎?!

我冷汗涔涔地目送著外曾祖父一路走出房間後，不得不深刻明白到了身邊人們在保護我時都是怎樣的心情。

……嗚嗚，這對心臟真不好。難怪大家總是對我怒吼，要我乖乖別動，別再做任何事情了。看來該把丟掉的自制找回來才行。

度過了這段令人心驚膽跳的時間後，剛受洗完的孩子們都想購買歌牌與撲克牌，也有大人前來買書。女性客人還不少，最受歡迎的故事書是艾薇拉寫的戀愛類騎士故事。今年貴族院的戀愛故事也相當受到歡迎。艾薇拉在創作這本書時，參考了茶會上向各世代女性打聽來的消息，所以不論哪個世代的女性都緬懷起了過往，針對某篇故事熱烈地討論起來。「這篇故事是不是指那個人與那個人呢？」「這篇故事我有聽說過呢。」

此外，今年的主打商品是「羅潔梅茵特選食譜集」，在所有商品中賣得最好。這本食譜書是由艾拉與雨果挑選了作法較為簡單的基本菜色，再由妮可拉絞盡腦汁寫成食譜，葳瑪負責畫插圖，然後利用海蒂研究出來的墨水，所印製而成的第一本全彩書籍。順便還在最後一頁宣傳了義大利餐廳。

首次的全彩書籍，我們採用了謄寫版印刷。相較於黑白兩色的印刷，非常耗費時間也耗費成本。聽說為了在色彩相疊時準確對齊，需要非常強大的專注力。吉魯曾在報告時說過，工坊裡負責印刷的人都累壞了。

雖然食譜集薄薄一本，總共也只收錄了十種餐點，售價卻是目前為止的書籍中最高的。但是，由於書中收錄了法式清湯與義大利麵等料理，冬季社交界時，曾經吃過城堡專屬廚師們所做餐點的貴族們都一窩蜂想要購買。書上的調理方式與過往大不相同，就算把食譜集買回去，廚師也未必能照著書上的步驟完美重現。艾拉他們說過，火候與時間控管都只能慢慢熟能生巧。還有，書上並未收錄天然酵母的做法，所以暫時還只有在城堡才能吃到鬆軟麵包。

「那麼明天吃完早餐，要回神殿一趟。由於只有與普朗坦商會會面這個行程，作準備時記得晚餐之前便會回來。」

「遵命。」

明天要在神殿的孤兒院長室與普朗坦商會一起開檢討會，也要討論接下來預計印製的書籍，以及前往哈爾登查爾一事。趁著販售會時我已經向孤兒院招募了人手，也先給了班諾他們一份整理好的資料，列出到時想討論的事情，順便夾帶了要給家人的信。隔了許久又能見到路茲與班諾，我早已作好萬全準備。

「羅潔梅茵大人，我也想參加在神殿的會談。」

哈特姆特如此向我提出要求。剎那間掠過腦海裡的想法，就是我不要。到時候又會和上次在神殿寫信時一樣，在哈特姆特目不轉睛的注視下，只能表現得非常拘謹。從今以後都要這樣子假裝嗎？

……好不容易能見到路茲他們了。

但是，上次已經帶了哈特姆特前往神殿，這次我找不到理由能拒絕他。不得已下，我正要允許哈特姆特同行時，斐迪南面色凝重地否決。

「不行，後天要與各地基貝推薦的文官們開會。在那之後，也會正式開始處理與印刷業有關的業務吧。況且奧伯尚未下達許可，哈特姆特與菲里妮不能一同前往神殿。你們先準備好資料，把成立製紙工坊與印刷工坊所需的物品與手續寫下來，之後要發給文官他們。」

「遵命。」

斐迪南立即指派了工作，讓兩人沒有反駁的餘地。雖然對哈特姆特很過意不去，但兩人可以不必與我同行，我真的如釋重負。我甚至想向斐迪南，還有尚未下達許可、工作速度有點慢的齊爾維斯特獻上祈禱。

……放心，我當然沒有真的祈禱。不過，臉上可能有些不由自主咧開了笑容吧。

隔天我吃完早餐，要與斐迪南一同前往神殿。護衛騎士是達穆爾與安潔莉卡，未成年的護衛騎士們照例又是在城堡留守。這段時間，據說有波尼法狄斯專為見習騎士安排的特別訓練。

「羅潔梅茵大人，為了見習騎士們，請您盡早回來。祖父大人實在太幹勁十足了，讓人非常不安。」

身為領主一族的護衛騎士，柯尼留斯曾經接受過波尼法狄斯的訓練，他在送行的時候咕噥說著：「見習騎士們搞不好會沒命。」講話真是太不吉利了。

……而且就算有我在，我也不覺得祖父大人會手下留情呢。

抵達神殿後，斐迪南立即來到神殿長室，針對我將在第四鐘與普朗坦商會一起召開的檢討會，預先討論一些事情。

「要問普朗坦商會的問題，以及要告知他們的事項大概就這些了吧……」

我把斐迪南列出的事情寫在寫字板上，一邊回道：

「是啊。像是平民區的整頓與挑選出來的文官等等，除了他們那邊已經決定好的事情，可能還會有些問題與要求。所以等報告會結束以後，可能也需要與奧伯會面。」

「我現在便去預約會面時間。」

聽到我說的話，尤修塔斯立刻展開行動。

與斐迪南大致討論完後，法藍端來了茶水與點心。由於達穆爾十分惋惜他上次沒吃到，所以今天也是可麗餅。而且，今天還是在製作麵糊時添加了帕露果汁的高級版可麗餅。不喜歡太甜的斐迪南那一份奶油偏少，酒漬水果較多；我的這份可麗餅，則是添加了帕露果肉丁的奶油加得比較多。每當咬下帕露的果肉，果汁便會在口中蔓延開來，讓人感到非常幸福。帕露雖是冬天的美味，但可以結出果實的季節也快要結束了，這將是今年最後一次吃到帕露。

「……妳又想出新的點心了嗎？」

「只是添加的材料不太一樣，可麗餅很早前就有了喔。」

吃完點心，斐迪南朝我遞來防止竊聽用的魔導具。我握住後，斐迪南露出了有些苦澀的表情，看著我的眼神中有絲憐憫。

「今後妳來神殿都將有文官同行。所以今天將是最後一次，妳還能使用孤兒院長室裡的秘密房間。」

今後我再也不能摒除他人，只帶著特定幾名商人進入秘密房間。斐迪南這些話，重重地壓在了我的心頭上。聽到哈特姆特說他想同行的時候，一瞬間我也閃過了一樣的想法。那就是，再也不能像現在這樣了吧。

「……今天神官長會阻止哈特姆特跟來，是因為想給我時間，與路茲他們道別嗎？」

「與其突然就此禁止，我想讓妳自己做個了斷比較好。」

斐迪南低垂下眼，緩緩吐氣。

「本來妳在進入貴族院之前，都能與家人一起生活，後來卻拆散了你們，所以我心想著若能撫平妳內心的不安，至今始終睜一隻眼閉一隻眼。但是，如今妳已經進入貴族院就讀了。今後無論是什麼會面，文官都將與妳同行，很難繼續默許。」

「……我想也是呢。」

斐迪南可以說是拖到最後一刻，真的是拖到了最後一刻才開口吧。很清楚這一點的我，一句話也說不出來。

「最重要的是，慶春宴已近在眼前，屆時也將宣布妳與韋菲利特的婚約。已有未婚夫的女性若還邀請平民男性進入秘密房間，傳出去可說是傷風敗俗的醜聞。也會打擊到普朗坦商會的名聲。這不是妳樂意見到的吧？」

為了回應貴族們的無理要求，班諾與路茲都拚了命擴大店家的規模，在艾倫菲斯特內來回奔波，還有古騰堡夥伴們也是。不能夠因為我，讓他們至今的努力付諸流水。我點了點頭。

「今天妳要讓尤修塔斯一同進入秘密房間。他既知道妳的秘密，也已經與普朗坦商會建立起了交情。與其由我在場，妳要撒嬌起來也比較自在吧？」

他說今天的檢討會，也會討論到文官們下次開會時必須提出的議題，所以不能不帶半名文官前往。但是，確認我能否真的與路茲他們道別，恐怕也是尤修塔斯的工作之一吧。否則的話，沒有必要命令他也進入我能向一行人盡情撒嬌的秘密房間。

「……我明白了。我會帶尤修塔斯一起過去。」

第四鐘響前，我帶著尤修塔斯與自己的侍從們前往孤兒院長室。今天預計一邊吃午餐，一邊慢慢討論。

「指定了今天會面時間的人是神官長吧？真難得會訂在第四鐘。」

「這是斐迪南大人的用心，想讓您與他們相處多一點的時間。」

「神官長的溫柔真是迂迴又難懂呢。」

「這也不是從現在才開始的。那位大人基本上就是迂迴又難懂。」

尤修塔斯輕笑著表示同意。斐迪南受洗完後，被派往他身邊的侍從全是聽令於薇羅妮卡的人。能讓他高興的東西馬上就被收走，然後強迫他做自己不喜歡的事情。聽說孩提時期在這樣的生長環境逼迫下，斐迪南養成了總是面無表情的習慣，不讓他人看出自己的情緒，藉此保護自己。

「在斐迪南大人看來，大小姐總是直接把情感表露在外，絕不會表裡不一，非常單純——不，該說非常好懂吧。再加上，若用貴族特有的委婉方式與您對話，您還會理解成不一樣的意思，所以面對大小姐時，斐迪南大人已經盡量表現得讓您容易理解了。」

……這樣還算容易理解的話，那我到底有多好懂呢？

我噘起嘴唇時，普朗坦商會一行人到了。法藍領著他們走上二樓，妮可拉趁著我們互道寒暄的時候端來餐點。

「今天馬克與路茲也一起吃飯吧，我的侍從會服侍兩位用餐。」

路茲不知所措地看了看我與一同出席的尤修塔斯，吉魯上前服侍他用餐。

「這是羅潔梅茵大人的招待，請坐。」

聽見吉魯這麼說，路茲才反應過來地點點頭，恭謹坐下。曾經聽說路茲在我沉睡的兩年期間在神殿學習了禮儀，現在看來他真的都學會了。從前班諾首次邀請我們吃午餐時，曾經狼吞虎嚥地吃著飯菜的那個路茲，此刻已經完全不見蹤影。

而如今幾乎算是個大人的吉魯，也已經成了應對完美得體的侍從，難以想像從前是孤兒院裡最調皮搗蛋的孩子，還是反省室的常客。現在的他工作勤奮認真，絲毫看不出來以前老是撇下交給他的工作不做，三天兩頭要進反省室。

醒來以後，我一直忙得暈頭轉向，始終沒有時間從正面好好觀察他們。仔細觀察過後，可以發現兩人都有了顯著的成長，突然覺得一心只想著不想分開的自己好孩子氣。和想抓著他們哇哇大哭的我不同，只要告訴兩人不得不分開的理由，他們一定馬上就能接受吧。

「今年的銷售情況還不錯。」

大家一邊吃著午餐的前菜，一邊開始檢討在城堡的販售會。由於書籍的販售基本上都在城堡進行，印刷協會長又是班諾，所以目前都由普朗坦商會全權負責。

「食譜集似乎賣得很不錯，下次要不要請雨果、艾拉與尹勒絲，共同推出新的食譜集呢？只要拿售價的一成當作是提供食譜的報酬，說不定各式各樣的食譜會越來越多。」

「但是，目前艾倫菲斯特整體的銷量開始漸趨緩和。主要也是因為商品已大致在貴族間普及開來……」

能夠買書的人並不多。站在普朗坦商會的立場，他們似乎已經開始想要開拓新的客源。但是，這點需要領主的許可。我喝著法式清湯，在腦海中將書分類，一邊是能賣給他領的書，一邊是還不想賣的書。

「我暫時還想維持艾倫菲斯特在貴族院的好成績，所以聖典繪本與接下來要做的參考書還不能賣。至於除此之外的書籍像是騎士故事與樂譜，我也考慮過開始販售。只不過，想到進行貿易的領地增加時的混亂狀態，可能要等到明年以後了吧。再不增加印刷工坊的數量，我們恐怕應付不來。今年請先專心在增加工坊的數量上吧。還有就是印製參考書。」

聽到我說混亂狀態，班諾面色凝重，用力點一點頭。平民區那邊的混亂狀態似乎更加嚴重。

「此外，我發現有關禮儀的書幾乎無人購買……」

難得是多莉的提議，有關禮儀的書籍卻幾乎沒有人買。一直偷偷觀察著銷售情況的我，對此有些失落。然而，路茲邊拿起鬆軟麵包邊向我說明。

「嗯，那是因為客群不一樣。請不到好老師的下級貴族，還有會與貴族往來的富豪、直轄地的鎮長與村長，都會購買喔。銷量其實不差。」

只是因為在城堡的人都懂得禮儀，才沒有需求，聽說在其他地方賣得不錯。

「前往哈爾登查爾時，一路上經過直轄地的村子或城鎮，我們都會以哈塞發生過的事情為例子，告訴大家不懂貴族禮儀的話很可能鑄下大錯，沿路推銷禮儀書。」

路茲勾起嘴角，得意洋洋地笑說：「銷量非常好呢。」我忍不住跟著笑了出來。聽完以後怎麼可能不買嘛。因為習慣了前任神殿長作風的，不只是哈塞而已，所以大家都無法置身事外吧。
「觀察了在城堡的銷售情況以後，哈爾登查爾似乎十分擅長寫出貴族們能夠接受的故事。羅潔梅茵大人的母親所寫的故事賣得最好。」
馬克邊瞇起眼睛品嘗酒燉腿肉，邊向我報告。目前艾薇拉所寫的戀愛故事深深擄獲了貴族女性的心。雖然也有可能是因為派系的關係，但我認為艾薇拉畢竟是貴族，才寫得出能被貴族們接受的故事吧。
「論銷售額我們輸給了哈爾登查爾，真希望也能有艾倫菲斯特自己的熱銷商品。」
不論是兒童版聖典、歌牌還是撲克牌等玩具，已經幾乎所有孩子都買了，銷量在未來很難有成長吧。考慮到往後數年，雖然接下來也會印製參考書，但還是想要能馬上獲利的商品。聽見班諾這麼說，我切著肉思索了一會兒。
「那要不要試著充實文具的商品種類呢？」
「您說的與書本和紙張有關的文具，究竟是指什麼樣的商品？」
「就是可以用來收納紙張，叫作『資料夾』與『檔案夾』的東西。再不然也可以製作專門提供給商人、已經先印好格式的訂單，各位覺得如何呢？因為今後將有許多他領的商人來到艾倫菲斯特。預先印好格式，也比較方便吧？」
畢竟每個人填寫資料的方式不同，辦理時很辛苦吧。聽完我的說明，馬克感慨甚深地連連點頭。聽說他每次都要耗費一番工夫，請對方以他方便辦理的格式填寫文件。
「對了，公會長也提出了問題。聽說將進行交易的領地有限，但是到時候，究竟該如何分辨前來的商人是否得到了許可？」

布丁當作點心端上桌後，班諾用湯匙戳戳布丁，看著我問道。至今他們只要與來到城市的商人做生意就好，但今後必須進行篩選。畢竟就是因為數量沒有多到可以賣給所有人，我們才要篩選領地。

「……這件事得稍微想想才行呢。已經詢問過歐托的意見了嗎？」

「他說他只能回答每個領地的情形都不一樣。因為他原先是旅行商人，對於會奉領主之命做生意的商人並不了解。」

就連歐托與谷斯塔夫也不清楚商人間是什麼情況，我更是無從得知。

「或許該調查一下，其他領地都是怎麼處理這方面的事情呢。還是說該創造出艾倫菲斯特獨有的方式，讓他領無法模仿，這樣比較確實嗎……」

我腦海中最先想到的，就是從前要拿到許可證才能從事海外貿易的朱印船貿易。若能訂立類似的制度，只有領主頒發了朱印狀的商人才能進行交易，也許就能當作是辨別的手段。只不過，數量究竟該頒發多少？這個方式是否真的有效？光憑我的常識來判斷太危險了。

「我會先問問養父大人，也許領主之間有他們自己的規定。」

「麻煩羅潔梅茵大人了。」

……果然和別人一起吃飯，吃起來格外美味呢。

懷抱著這樣的感想，我吃完了最後一頓有路茲他們陪伴的午餐。班諾是普朗坦商會的店主，我還有機會能在聚會時與他一同用餐，但不可能與身為都帕里學徒的路茲一起吃飯了吧。也許十年後有可能，但對現在的我來說，感覺實在太過遙遠。

「羅潔梅茵大人，這邊是這次銷量的資料，這些是針對下級文官提出的意見，這邊是關於整頓街道一事所整理好的資料。」

「謝謝你，我會交給奧伯。這裡是奧伯的通知事項。」

聽見班諾說的話，路茲朝我遞來資料。確認了資料中偷偷夾有信件後，我迅速地把整疊資料放進書信匣裡，蓋上蓋子。與此同時，路茲發現我給他的資料中夾有信封後，很快地瞥了一眼尤修塔斯。

……說不定像這樣交換信件，也是最後一次了呢？

就算已經作好心理準備，心還是好痛。我強忍下想哭的心情，命令法藍打開秘密房間的房門。

「班諾、馬克、路茲，我有重要的事情要告訴你們。同行的護衛騎士是達穆爾，侍從是吉魯和法藍……最後，是文官尤修塔斯。」

指定進入秘密房間的成員時，聽見我在最後說出了尤修塔斯的名字，路茲瞬間不敢置信地瞪大了眼。馬克輕輕垂下目光，班諾用力閉起雙眼，彷彿在說：「這一天終於來了嗎？」我先是看向法藍打開的房門，再對著路茲極力擠出笑容。

「是非常、重要的事情。」

約定

我走進秘密房間後，大家也跟著走進來。我往吉魯幫忙拉開的椅子坐下，確認法藍小心地關上房門後，慢慢環顧眾人。

負責護衛的達穆爾老樣子站在我身後，法藍站在門前，吉魯身為侍從也站在右手邊的固定位置上。只有普朗坦商會的三個人像是不知道該站哪裡，一臉躊躇地來回看著我與尤修塔斯。

「路茲、班諾先生、馬克先生，今天雖然尤修塔斯也在，但請你們和往常一樣坐下吧。尤修塔斯知道所有的內情，所以你們不用擔心。」

「咦？」

路茲發出訝叫聲，仰望向尤修塔斯。尤修塔斯戲謔地輕挑起眉，低頭看著他。

「從前奉斐迪南大人之命，我曾在平民區調查過梅茵。所以，這兩年來他才指派了我負責與普朗坦商會還有工坊溝通。本日我會在場，也是斐迪南大人的命令。」

尤修塔斯說完，路茲露出像是聽到了不快事情的表情，在我正前方坐下，同時朝我投來擔心的眼神。

「羅潔梅茵大人，神官長對您說了什麼嗎？」

「路茲，拜託你。像平常那樣說話。」

「像平常那樣……」
路茲看了一圈房裡的所有人後，慢慢吐出大氣，不知如何是好似地用力閉上眼睛。然後，他的綠色眼眸筆直地凝視我。
「知道了。到底發生什麼事了？」
聽見熟悉的話聲與語調，我鬆了口氣的同時，難以抑制的落寞也湧上心頭。眼眶深處不由自主跟著發熱。模糊開來的視野中，只見路茲與班諾想朝我伸出手來。我緊緊握起大腿上的雙手。
「神官長說了，像這樣使用秘密房間，今天是最後一次了……所以，要我好好向你們道別……」
在眼眶中打轉著的淚水，隨著不知是誰發出的深深嘆息，終究滾落下來。我注視著滴落在拳頭上的眼淚，聽見班諾幾近沉吟地開口。
「果然嗎。姑且不說妳的外表與自覺，看在旁人眼裡，妳也已經十歲了。可以想見貴族的女性一旦年滿十歲，就無法再使用秘密房間。」
班諾表情苦悶地這麼說道。路茲聽了，震驚得瞠大雙眼。似乎只有路茲沒料到終有一天要分開，班諾與馬克早就預想到了。
「不只從年紀方面來看，也是因為羅潔梅茵大人個人這般厚愛、時時保有往來的商人確實不多。」
馬克沉穩說道，露出有些傷腦筋的笑容。
「早在商人之間，就已經有人表示過，羅潔梅茵大人太過偏愛普朗坦商會與奇爾博塔商會了。這種時候，若再傳出您會帶著平民男性進入神殿秘密房間裡的傳聞，不光是羅潔梅茵大人，也會對我們造成重大打擊。」

萬一被人認為普朗坦商會的業績能蒸蒸日上，都是因為有我的寵愛，將對日後造成長遠的影響。尤其會嚴重打擊到員工的士氣，班諾說。我不希望因為我的關係，為普朗坦商會帶來不好的名聲。

「啊……的確，聖女要是傳出這種負面傳聞不太好吧？」

「不光是這樣，也是因為就要公布婚約了。」

路茲一臉茫然，眨了好幾次眼睛。然後，他無法理解似地眉頭皺成一團。

「……誰的？」

「我的。之後將發表我與領主之子韋菲利特哥哥大人的婚約。」

班諾與馬克瞪圓雙眼，顯然也對這個消息感到吃驚。路茲似乎完全沒辦法在腦海中把我與婚約這兩個字連結在一起，滿臉問號地歪過腦袋。

「……啊？呃……婚約？不、不會太早了嗎？」

「嗯。因為在貴族院也發生了不少事情。為了避免麻煩，事情就變成這樣了。」

「妳真的不管去到哪裡，都在惹麻煩耶。」

路茲一臉傻眼地說完，隨即露出了非常為難、帶有落寞的笑容說：「這已經不是我能幫上忙的問題了呢。」看著他五味雜陳的笑容，我覺得胸口快喘不過氣來。

明明想像以前一樣撲上去抱緊路茲，我卻無法伸出手，只能在大腿上張握著拳頭，默默看著自己的裙子被我捏出了縐摺。儘管想撲上去，卻好像有一道過不去的牆壁；或者該說到了這時候我終於意識到，我們之間早已存在著讓我無法不顧一切撲過去的距離；然後一直以來視而不見的事情，終於到了非正視不可的時候……現在的心情很難以言語來形容。

「……神官長也說了，已經訂下婚約的貴族女性，如果還把平民男性帶進秘密房間，傳出去是傷風敗俗的醜聞。」

「不對，就算不是貴族，已經訂了婚的女人要是還把男人帶進自己房間，傳出去都很難聽。」

妳還是一樣缺乏常識耶。路茲立刻糾正我的想法。我沒好氣地嘟起嘴唇後，路茲大力搔了搔頭，簡直像被班諾的習慣動作傳染了。

「啊～總之，我知道再也不能在這裡見面了……可是，妳這樣真的沒關係嗎？」

「……怎麼可能沒關係。」

說出真心話的同時，眼淚也掉了下來。從以前到現在，我始終都無法接受。

「一直以來都是因為有路茲認同我的存在，一邊管理我的身體狀況，一邊和我一起做紙還有髮飾；每次煩惱遇到瓶頸的時候，也是你和我一起想辦法解決，寂寞又不安得要命時，你也會陪在我身邊，幫我帶來不得不分開的家人寫的信……所以，我才能勉強撐到現在。」

要是只有我一個人，我一定撐不下去。

「欸，如果妳真的沒辦法……」

路茲說到一半，我自己抬起了手制止他。

「就算沒辦法接受，也已經不能再這樣下去了。本來只能持續到就讀貴族院之前，是神官長睜一隻眼閉一隻眼。因為我睡了兩年，情緒太不穩定了，不得已之下他才允許我拖到現在……其實早在更早之前，就不能再像這樣見面了。」

路茲痛苦得臉龐扭曲了起來。班諾與馬克垂下眼，默默別開目光。

「雖然我也很清楚為什麼不能在一起，可是，我還是不明白。為什麼我會沉睡了兩年呢？為什麼都已經沉睡兩年了，身體卻沒有完全變好？為什麼這麼突然就要道別了呢？就算大家都說我已經十歲了，我自己一點也不這麼覺得啊。」

路茲伸來了手，想要安慰我。但他的手在中途停下，用力握成了拳頭。

「……別哭了。」

路茲口中發出了低低的、像在呻吟的話聲。我抬起頭，發現路茲站了起來，緊咬著牙，一臉不甘地低頭看我。

「梅茵，妳別再哭了！」

路茲的斥責與「梅茵」這兩個字讓我嚇了一跳，眼淚瞬間止住。

「以後不管妳再怎麼哭，我都沒有辦法安慰妳……所以，妳別再哭了。」

路茲的表情彷彿正強忍著劇痛，語氣中有著對自己無能為力的懊悔，說完後再度坐下來。

在一片靜謐無聲的沉默中，我發現尤修塔斯正靜靜注視著我。那是斐迪南也會露出來的，像在評判對方的眼光。內心軟弱的我不由得別開視線，就要低下頭時，路茲開口喚道：「欸，梅茵。」這聲叫喚讓我沒有低下頭，轉動目光看向路茲。

「以前有一次我們去森林時，曾經聊過對未來的夢想，妳還記得嗎？」

這句問話，讓我想起了從前背著小小的木架，上氣不接下氣地走到森林，努力撿拾柴薪與森林恩惠的自己。路茲擔任我的領跑員，多莉負責帶領孩子們，還有拉爾法，弗伊也在。一群孩子要去森林時，因為我走路速度太慢，總是第一個出發，卻最後一個到。

記得是我卯足了勁做黏土板的時候，聊到了對未來的夢想。那時候的我無論是市民權、旅行商人的生活，還是身邊人們對這種職業有什麼看法，什麼都不知道，但相對地，也自由而天不怕地不怕。

「我記得路茲那時候說，自己想成為旅行商人吧？」

感到懷念的我不禁微笑。與沉浸在過往回憶裡的我不同，路茲神色認真地點頭。

「沒錯，我一直很想去其他城市看看。希望成為旅行商人以後，能夠離開這座城市……現在多虧妳的關係，我的夢想實現了。以古騰堡的身分，我離開了這座城市。去了哈塞、去了伊庫那，也去了哈爾登查爾。而且就算坐馬車去哈爾登查爾還是很遠，所以一路上我們也會在各地的小鎮與村莊停留。我已經去過了許許多多的地方，今後也會繼續踏上旅程。因為要成立印刷工坊啊。」

路茲扳著手指列出自己去過的城鎮與村莊名字，翡翠般的綠眼直直望著我。

「……妳還記得自己那時候的夢想是什麼嗎？」

被路茲一問，我眨了眨眼睛，開始回想。那個時候的我沒有紙也沒有墨水，明明很想留下文字，卻沒體力也沒力氣，身高又矮，還沒有錢，在一無所有的情況下，我無所不用其極地想要做出紀錄媒介。心裡就只有一個念頭，好想看書，想看得不得了。

「……就是在書本的包圍下生活。最好每個月都有好幾本新書上市，然後我要全部買下來，沉浸在閱讀的世界裡……」

……啊，對喔。和那時候比起來，現在的我何其幸運。

如今紙做好了。墨水做好了。印刷機做好了。還在領主的主導下，打下了能夠推廣書籍的基礎。也得到了把製書當作是工作、為我提供協助的人。在貴族院，還交到了喜歡書的朋友。不管神殿還是城堡都有圖書室，現在的身分也讓我能夠自由進出、閱覽書籍。我這才驚覺，自己曾經渴望的東西，現在都已經得到了。我看向自己的手，再重新看向路茲。路茲點一點頭。

「雖然現在艾倫菲斯特一年還只能印幾本書，但印刷工坊繼續增加的話，書的數量也會增加，不久後就變成一個月一本，甚至是一個月好幾本。」

不只艾倫菲斯特，現在哈爾登查爾也有印刷工坊了。也有其他基貝想加入印刷業。只要古騰堡夥伴們前往當地傳授技術，印刷工坊將一鼓作氣增加吧。這相當於我無比渴望的書籍也會增加。

「我會幫妳增加書的數量。為了妳，我們會印越來越多的書。」

「……為什麼路茲願意做到這種地步呢？」

以前我也問過一樣的問題呢。我這麼心想時，路茲彷彿在說著「這還用問嘛」，扯開嘴角笑了笑。

「因為妳實現了我的夢想啊。所以，妳的夢想由我來實現。我會為了妳做很多書，然後送去給妳，所以別哭了。妳只要帶著笑容，等著收到書就好了。」

聽見路茲這麼說，比起高興，我更覺得好像有哪裡不太對。一起努力到現在的路茲說了：「妳只要等就好了。」如果只要等待，書就會送到自己面前來，那當然讓人非常高興，但這麼說的人是路茲，不知為何總讓我難以釋懷。為什麼會覺得有哪裡不太對勁呢？我皺著眉思考後，恍然大悟。

「……我這樣不行呢。」

「嗯？」

會覺得無法接受，也是理所當然。因為一直以來，我們始終是並肩作戰。不論是造紙還是製作髮飾，還是在神殿拯救孤兒，還是在城堡販售書籍，就算地點不同，負責的工作不一樣，我從來就不是只會待在原地，一味痴痴地等待。

「我想的東西，由路茲來做。既然路茲要做書送來給我，我也不能只是張著嘴巴，傻傻地待在原地等候，必須去做我能做到的事情。什麼也不做只會等待的我，才沒有資格閱讀路茲為我做好的書。」

聞言，路茲咧嘴一笑。班諾的赤褐雙眸也亮起精光，說：「沒錯。有時間哭不如快去工作，賺到更多的錢，獲取利益。」

「為了讓古騰堡們可以開開心心地工作，做出更多的書，我會努力提供協助與支援……就如同和爸爸約定過的一樣，我會連同城市保護大家。」

「是啊。從今往後，普朗坦商會與古騰堡們的工作都將一直與貴族密切相關。身為平民的我們立場薄弱，能夠保護我們的，只有成為領主養女的妳而已。」

馬克也開口鼓勵道，我點了點頭。緊接著路茲站起來，走到我面前站定，倏地往我

伸出手。

「那我們說好了。就算無法再像這樣見面，我也會為了妳做書。這個約定永遠有效。」

我也站起來，握住路茲的手。然後在交握的手與腹部上使力，開口宣告。

「就算無法再像這樣見面，我也會努力思考自己能為路茲你們做到什麼。說好了喔。」

我們握著手，對彼此咧嘴微笑。這是約定。就算分開了，我們也會朝著「做書」這個共同的目標，繼續向前。

「再會啦。妳要遵守約定喔。」

「嗯，路茲也是。」

許下約定以後，路茲三人走出秘密房間。負責送他們走到神殿大門的是吉魯。雙眼早已紅腫的我，則在秘密房間裡目送大家。

「尤修塔斯。」

「什麼事，大小姐？」

「我現在，有成功擠出笑容嗎？路茲走的時候不會再為我擔心了吧？」

尤修塔斯靜靜點一點頭。

「您臉上確實帶著笑容喔……不過，是啊。離回城堡還有一點時間，您要不要在秘密房間裡待一會兒呢？不得表露自己情感的高貴貴族女性，都是獨自進入秘密房間，在裡頭整理好自己的心情。」

若使用孤兒院長室的秘密房間，侍從們會無法做事，所以尤修塔斯建議我回去使用神殿長室的秘密房間。

「至今大小姐的秘密房間就是您的家人，也是您與平民商人間的關係吧。」

尤修塔斯的比喻自然地在心底扎了根。對我來說，平民區的家人就像是可以表現出真實自我的秘密房間。

「是啊。家人是如今再也無法打開門扉的秘密房間，路茲他們則像是只要拉上布幔，就能稍微自在呼吸的床舖；也像是睡覺時只要把自己包起來，就能讓我產生動力明天繼續加油的棉被……現在沒有了秘密房間與床舖，真不知道我該在哪裡休息才好呢。」

難道這代表著我必須自立自強，就如同能在外野營的騎士一樣嗎？想到這裡，我不禁苦笑。

走出秘密房間後，法藍微皺著眉拿來面紗，輕輕地蓋在我頭上。這樣一來，他人便看不見我哭過後通紅的臉頰。我才為此鬆了口氣，法藍說聲「失禮了」後，把我抱起來。

「莫妮卡、妮可拉，這邊交由妳們兩人整理了。我先帶著看來十分疲倦的羅潔梅茵大人返回神殿長室。」

法藍向莫妮卡與妮可拉下達完指示，開始大步移動。我本來想說「我可以自己走」，但隨即閉上嘴巴，輕輕靠在法藍身上。因為我發現到，這是絕不跨越主從那道界線的法藍退讓到極限後，盡力提供的縱容與肢體接觸。

……法藍還是和神官長一樣這麼難懂呢。

達穆爾與安潔莉卡以護衛騎士的身分跟上，尤修塔斯走在我們旁邊。到了神殿長室後，法藍在秘密房間門前把我放下來。

「大小姐，等返回城堡的時間一到，我再叫您。在那之前，請您待在秘密房間裡歇息。這個書信匣裡放有重要的東西吧？」

尤修塔斯用明知資料中夾有家人信件的口吻說道，遞來他幫我拿過來的書信匣。

「尤修塔斯，謝謝你。」

走進神殿長室的秘密房間後，我從書信匣裡拿出信攤開來。是趁著在城堡舉辦販售會時，我請普朗坦商會轉交的信的回覆。我在信中告訴家人，多莉的髮飾得到了王子的讚賞，也說了我在貴族院獲選為最優秀的一年級生。家人顯然都看過了，在回信中大力稱讚我。

「梅茵真是努力呢。一定很辛苦吧？要小心別累壞身子了。妳就只有這件事讓我擔心。」

「多莉得到了王子殿下的稱讚，梅茵也在貴族當中得到了最優秀的成績，我的兩個女兒真了不起。妳們是爸爸的驕傲。」

「現在會做髮飾的工藝師增加了，但為了能繼續做梅茵的髮飾，我會加油的。不可以委託給其他人喔！」

只是把信攤開，我就感到想哭。看完以後，淚水更是再也停不下來。如果今後必須隨時帶著文官跟在自己身邊，就連這樣微小的互動我也無法擁有。

「爸爸、媽媽、多莉……」

與齊爾維斯特簽訂的魔法契約形成了一道門，讓我再也無法踏進我的秘密房間。

「班諾先生、馬克先生、路茲……」

從今以後，我也不再有能夠撲上去盡情撒嬌的被窩。

「雖然我會遵守約定……但好像沒辦法不哭呢，路茲。」

我與神官長

在意識深深潛入底層的感覺中，我隱約聽見了有人在呼喚我。我還不想醒來，想繼續沉浸在深眠的海底。但儘管我這麼心想，呼喚我的聲音仍在持續。

「羅潔梅茵，快起來。」

「唔唔……」

身體遭到搖晃，我只好不情不願地慢慢睜開眼睛。眼皮感覺又腫又沉重。大概是哭得太慘，太陽穴一帶還隱隱作痛，感覺熱熱的。

「神官長、尤修塔斯、艾克哈特哥哥大人……？」

不明白出現在視野中的三個人為什麼在自己身邊，我環顧四周，這才想起了自己是在秘密房間裡。看來我看完信後，哭著睡著了。我看著斐迪南與在他身後待命的兩個人，緩慢地撐起趴在桌上的身體。大概是在不良的姿勢下睡著，身體痛得好像到處都發出了嘎吱聲。

「好痛痛……」

「真是的，妳的臉也太難看了。」

我一坐起身，斐迪南就緊皺著眉說出這句評語。「簡直教人看不下去。」甚至還窮追猛打，我不高興地噘起嘴。

「對女孩子這麼說太過分了吧。」

「這是事實。」

……更過分了！

「妳不只哭得雙眼紅腫，還趴在信上睡著，臉頰都印上墨水了。現在可是嚴重到都能看清妳臉上的字。」

被斐迪南這麼一說，我輕輕摸向臉頰，再低頭看向自己趴睡過的桌子，「噫──！」地狠狠倒抽一口氣。

「不要啊啊啊啊！信上的字都糊掉了！」

「比起已經看完的信，先解決妳那張慘不忍睹的臉。」

「這封信比我的臉更重要！」

墨水寫成的字被淚水暈開，而且浸溼後如今已經變乾，所以整張信變得乾癟癟又縐巴巴。我拿著信抱頭哀嚎。

「神官長，有沒有什麼神奇的魔法能把這封信變回原狀?!」

「我倒是知道有種魔導具能把墨水徹底去除。」

「那字不就統統不見了嗎！」

「沒錯。」斐迪南面無表情地點頭，只見尤修塔斯把手抵在嘴邊忍笑。斐迪南依然低頭看著我，一臉厭煩地嘆氣。

「……比我想的還有精神嘛。」

聽說因為已經到了準備返回城堡的時間，但法藍即使按了會發亮的聯絡用魔導具叫我，陷入熟睡的我也完全看不見。擔心我可能在秘密房間裡暈倒，法藍立即通知了斐迪南，他才趕過來察看。

「進入秘密房間以後，看見大小姐趴在桌上失去了意識，真教人嚇一大跳呢。後來發現您只是睡著了，總算才鬆了一大口氣。」尤修塔斯頓了一拍，補充又說：「我是指斐迪南大人。」

「你別多嘴。」斐迪南兇狠地瞪向尤修塔斯後，轉過頭來看我。「我只是想起了從前反省室那件事而已。沒有別的含意。」

「斐迪南大人，反省室那件事是指什麼？發生過什麼事情嗎？」

尤修塔斯雙眼發亮，訴說著「我好想知道」。但斐迪南輕抬起手制止他後，摸了摸我的額頭，再摸向脖子。

「沒有發燒，脈搏也很正常。魔力看來也很穩定。」

「先不說身體狀況，我現在一點活力也沒有喔。意志非常消沉呢。不過，因為已經訂下目標了，所以我沒事的。會朝著目標好好努力。」

為了設立圖書館、充實藏書量，我會全力以赴——我這麼宣告後，斐迪南老大不高興地皺起臉龐。

「妳看起來可一點也不像沒有活力，但算了。先處理妳那張不忍卒睹的臉吧。」

「神官長才該改改自己過分的說話方式吧！用來損人的詞彙未免太豐富了。」

我一邊抱怨，一邊重新轉向斐迪南。斐迪南變出思達普後，無預警說道：「閉氣。」不明白這是什麼意思，我「咦？」地歪頭納悶時，突然出現了不知道從哪裡來的水球，朝著我的臉部飛來。

「嘎啵噗?!」

在我意識到這就是先前在哈塞的小神殿、用來洗淨父親披風的魔法時，我已經快要溺斃——下一秒，水球消失了。雖然不小心喝了口朝我臉部飛來的水，但吞下的水早已經消失無蹤，只留下了鼻子進水過的不快感。

「咳咳！唔咳！鼻子好痛。」

「笨蛋，妳為何沒憋氣?!」

斐迪南吃驚喊道，但如果他不只說「閉氣」，還順便說明理由像是「我要施展洗淨魔法」，我自然就會乖乖憋氣了。尤修塔斯幫忙拍著我的背，我憤憤地瞪向斐迪南。

「要怪神官長都不好好說明。」

我表示抗議後，斐迪南哼了聲，這次連同理由對我說：「我要施展治癒，閉上眼睛。」我聽話地閉起眼睛，斐迪南的大掌隨即覆在我眼睛上。「洛古蘇梅爾的治癒。」聽見這聲低語的同時，我也感受到一陣柔和的綠光，眼皮腫腫的感覺瞬間消失。

「謝謝神官長。」

「這下子總算稍微能見人了，妳真會給人添麻煩。」

斐迪南不耐煩地說完，視線停留在我手中的信紙上。只見他緩緩瞇起眼睛，緊盯著信瞧。怎麼了嗎？正這麼納悶時，斐迪南突然張開手指，朝我伸出手來。

……要被沒收了?!

我急忙把信藏到自己身後。但緊接著，斐迪南把手放在我的頭頂上，然後開始來回轉動我的腦袋瓜。「非常好。」他一邊這樣說著，一邊左右搖晃我的頭部，害我頭昏眼花。看著眼前搖搖晃晃的視野，我驚慌失色地連忙制止。

「請停下來，你到底在做什麼?!」

「……我只是想到，我沒有稱讚過妳。」

原來把人的腦袋轉來轉去，就是斐迪南想到的稱讚方式嗎？我突然間覺得，斐迪南以後不稱讚我也沒關係。

「我做了什麼值得稱讚的事情嗎？」

「妳獲選為最優秀者吧？看到妳的信我才想起，身為妳的監護人，我還沒有稱讚過妳。」

「難不成神官長得到最優秀表彰的時候，也有人稱讚你了嗎？」

我丟出這個問題後，斐迪南忽然柔和地瞇起眼睛，表情像在細細品味著重要的回憶，臉上還流露出了從前未曾見過的思慕之情。第一次看到斐迪南這種表情，我感到非常不可思議。這麼說來，對於沒能讓我參加表揚儀式，他還道了歉。也許獲得最優秀表彰對斐迪南來說，是非常開心而且重要的回憶。

「……以前是誰稱讚了神官長呢？」

「是父親大人。」

因為要舉行洗禮儀式而被帶來城堡的斐迪南，從一開始分配到的房間就在北邊別館。由於住處不同，他只有晚餐時間能與父親，也就是前任領主說到話。但當時薇羅妮卡也在場，為了避免與父親有所接觸，斐迪南除非回答問題，否則都是默不吭聲地吃飯。據

說這樣的生活一直持續到了他進入貴族院為止。

貴族院一年級時，斐迪南獲選為最優秀者的當晚，聽說他首次被叫到了父親的房間。貴族院的宿舍因為是二樓與三樓男女分開，就連領主夫婦入住的房間也不一樣，所以薇羅妮卡不會進來。自從進入城堡以後，那是他第一次有父子共處的時光。

房內齊爾維斯特也在，對於斐迪南得到了最優秀的表彰，兩人都誇獎了他一番。齊爾維斯特總是興沖沖地向父親報告在貴族院發生的事情，父親會瞇著眼睛，表情沉穩地聆聽。平常絕不與斐迪南對視的父親，在那時也會看著他，傾聽他說話。他說那是一段完全不受打擾，只有三個男人一起暢談的寶貴時光。自那之後，每當領主夫婦來到貴族院，聽說他父親都會在夜裡安排短暫的談話時間。為了在罕有的相處時光中得到父親的誇獎，斐迪南才凡事全力以赴，結果促使了斐迪南傳說的誕生。

「那時候神官長的父親，也是像這樣稱讚你的嗎？」

前任領主，請想出好一點的稱讚方式好嗎！我忍不住在心裡頭吐槽，然而斐迪南卻立即搖頭說：「不，他並不是這麼做。」看來這種會讓人頭昏眼花的讚許方式，是斐迪南自己想出來的。怪不得，這種讚美方式連一丁點溫柔的成分也沒有。

「那請神官長用父親稱讚你的方式稱讚我吧。」

「用父親大人稱讚我的方式嗎？」

對，快來稱讚我吧！我張開雙手。於是，斐迪南往我坐過的椅子坐下，然後把我往他拉過去，輕輕抱住我。沒想到貴族親子間會有這樣的互動，我大受衝擊，張大了眼睛，「哇?!」地驚叫出聲。但斐迪南不以為意，用我至今從未聽過的溫柔嗓音開口。

「斐迪南，你做得很好。做為艾倫菲斯特的領主候補生，你竭盡了全力。你是我的驕傲。」

「……我知道神官長的父親是很溫柔的人了，但請把名字改成羅潔梅茵。」

根本沒在稱讚我嘛。我鼓起了腮幫子，要求重來。

「羅潔梅茵，妳做得很好。做為艾倫菲斯特的領主候補生，妳竭盡了全力。妳是我的驕傲。」

雖然這次確實是在誇我，但可能是斐迪南心中的回憶加乘效果減弱了，稱讚時非常沒有情緒起伏。他真的覺得這樣算在稱讚我嗎？

「那個，如果能再放點感情我會更高興……」

我再一次抗議，但這次斐迪南只是哼了聲說：「我看已經夠了吧。」然後冷淡地把我推開。真是太不講理了！斐迪南的父親一定沒有這樣對他過。明明是監護人，又相當於父母的角色，這樣對我有些太無情了吧。

……不過，神官長真的很不習慣稱讚別人呢。

憤慨過後，我暗暗嘆氣。原本我就覺得斐迪南與家人還有其他人的關係十分淡薄，也不太懂得如何與人往來。但是，一年當中居然只有幾天能與父親有這樣的互動，比我想像的還要嚴重。麗乃那時候，其實我也很少誇獎別人，但在平民區生活過以後，我變得能很自然地讚美他人，說出他人的優點。看來斐迪南也需要在這方面多加學習吧？主要是為了讓我能得到稱讚。

「……神官長，我也會好好努力，一年當中請像這樣誇獎我幾次吧。」

「等妳獲選為最優秀者再說。」

……等、等一下，難度一下子訂得太高了吧！

想到離目標還有多麼遙遠，我不禁感到一陣暈眩。搞不好還是放棄讓斐迪南稱讚我比較好。與平民區斷絕了聯繫的現在，我的未來似乎將是一條毫無人情溫暖的荊棘之路。我有這種預感。

終章

提出了希望能稱讚她的要求，卻得到條件作為回覆的羅潔梅茵淡淡微笑，垂下目光。那是她在貴族院放棄前往圖書館、不得不與平民區的人們分離，必須放棄什麼時曾顯露過的表情。這次她又放棄了什麼呢？意會過來的尤修塔斯擰起眉，向自己的主人進言。

「斐迪南大人，大小姐也需要適時的鼓勵。如同方才向您報告過的，大小姐等同失去了秘密房間與床鋪。既然您至今都交由平民區的人穩定大小姐的情緒，如今失去了他們，您身為監護人應該負起自己的責任。」

羅潔梅茵張圓金色雙眸，仰頭看向尤修塔斯。臉上的死心消失，轉而冒出了興味與好奇。對照下，斐迪南露出了強忍住不反駁，推敲著尤修塔斯真正用意的複雜神情。他敲著太陽穴，注視羅潔梅茵。

「就算說是我的責任，但羅潔梅茵已經有新家人了吧？」

倘若真的相信那些新家人能讓羅潔梅茵獲得內心的平靜，那讓她與平民區的人們分開時，斐迪南不可能這麼費心。您真的認為這樣就沒問題了嗎？尤修塔斯挑起雙眉，釋出這樣的訊息。顯然準確接收到了他的訊息，斐迪南不悅地沉下臉，看向羅潔梅茵。

「……羅潔梅茵，如果對妳來說平民區的家人是秘密房間，普朗坦商會是床鋪，那卡斯泰德與齊爾維斯特又是什麼？」

「父親大人與養父大人……算是門吧。保護我、抵擋外來侵犯的同時，也讓我無法到外面去的門……」

羅潔梅茵「嗯……」地尋思片刻後，給出了回答。「原來如此。」斐迪南喃喃應道。這樣看來，新家人顯然都不是能讓她安心歇息的對象。羅潔梅茵的比喻簡單易懂，馬上能想像出她內心與兩人保持著怎樣的距離。

「您的比喻真有趣。那麼，艾薇拉大人與我的母親大人又是怎樣的存在呢？」

尤修塔斯的一雙褐眼發亮，接著又問。不論是以怎樣的形式，能了解羅潔梅茵對身邊人們有何想法都非常重要。因為她在平民區出生長大，有著與尤修塔斯他們截然迥異的價值觀。羅潔梅茵在斐迪南與艾克哈特的注視下，沉思半晌。

「母親大人與黎希達是暖爐。既明亮又溫暖，是生活中的必需品，但是不能夠靠著，太過接近也會燙傷。」

「哦？真有意思。」

斐迪南有些饒富興味地彎起嘴角，接著又舉出周遭的人物，羅潔梅茵一一回答。

「安潔莉卡與柯尼留斯哥哥大人他們這些護衛騎士，算是書架吧。可以幫忙保護我重要的東西……這樣比喻的話，達穆爾就是上了鎖的書箱呢。因為他知道我的秘密，也願意為我守口如瓶。」

「妳比我預想的還重視達穆爾哪。」

斐迪南說道，尤修塔斯也贊同。雖然早就知道羅潔梅茵相當賞識達穆爾，卻沒想到竟比柯尼留斯還受重視。

「神殿的侍從法藍他們，就像是辦公桌吧。既是工作，也是我展讀書籍的地方。於公於私，在我生活中都不可或缺。」

在尤修塔斯心目中，卻無法把「辦公桌」與「生活中不可或缺」這兩件事兜在一起。這次的比喻，讓人很難理解羅潔梅茵判定重要程度的基準。

「會把辦公桌也歸到私人空間的人，恐怕只有大小姐吧？」

「因為我可以坐在桌子前盡情享受閱讀的樂趣，對我來說是私人空間沒錯喔。」

……若是可以享受閱讀樂趣的空間，代表相當重要吧。

尤修塔斯瞬間如此判斷。他聽黎希達說過：「大小姐總說，只要有書她可以不吃飯。」況且先前在貴族院，他也目睹過好幾次羅潔梅茵對書本的執著。看來神殿的侍從們對她來說非常重要，也是她治癒心靈的所在。觀察羅潔梅茵的回答，可以發現越與平民區有關，越受到她的重視，對貴族卻幾乎沒有留戀。畢竟接觸的時間短暫，或許這也無可厚非，但往後的日子真教人感到不安。

舉出了好幾個人詢問後，斐迪南略略沉思。

「羅潔梅茵，今後妳該依靠的對象，是即將與妳訂下婚約的韋菲利特。那麼對現在的妳而言，韋菲利特是怎樣的存在？」

「韋菲利特哥哥大人嗎？嗯……像是沒有靠背的椅子吧。雖然能坐下來歇口氣，卻沒辦法靠著休息。儘管這兩年來確實成長了不少，考慮到洗禮儀式前還是那個樣子，我想哥哥大人真的非常努力了。可是，還是沒有能讓人靠著休息的安心感呢。」

羅潔梅茵沒有像貴族一樣粉飾迂迴，直言表示韋菲利特不是可以依靠的對象。

……大小姐撇下韋菲利特大人的果決真教人感到暢快呢。先前處置托勞戈特，讓他自己辭去護衛騎士一職時也是，羅潔梅茵認為對自己有必要的人，與沒有必要的人，其實區分得非常明確。雖然在孤兒院，眾人都說她是慈悲為懷的聖女，但她只是極度不願見到有人喪命，並非對所有人都很仁慈。

……但是，若與韋菲利特大人一直保持著現在這樣的距離，恐怕不太妙。尤修塔斯如此沉思時，斐迪南輕挑單眉表示同意。

「他確實還不可靠。看來必須好好教育他，至少要讓他有椅背的牢靠。」

「如果可以，我希望最好再有扶手程度的安心感。」

「嗯，我會考慮。」

……韋菲利特大人承受得住斐迪南大人的教育嗎？

羅潔梅茵儘管嘴上不停嘟囔抱怨，卻總能接連完成斐迪南下達的困難課題。但是，並非所有人都能和她一樣。

……因為擔任教師的，是位不知敷衍為何物的大人啊。

為了不讓薇羅妮卡有任何吹毛求疵的機會，也為了讓前任領主誇獎自己，斐迪南勤勉向學，從來不曾敷衍了事。若想被認可為領主候補生，貴族院的成績至關重要。正因如此，他才如此嚴格地教育領主的養女羅潔梅茵。但是，這樣的成績與上進心也會帶來危險。

「大小姐，您對前任萊瑟岡古伯爵又有什麼看法呢？」

「外曾祖父大人嗎？像是放在暖爐或櫃子上的精緻擺設吧……彷彿用砂子做成的一

樣，感覺輕輕一戳就會整個散掉。就算只是遠遠看著，也讓人冷汗直流。」

「確實我也覺得絕對不能碰到外曾祖父大人。」艾克哈特輕笑一聲說。隨後，他的表情變得有些嚴肅，看著羅潔梅茵說道：「但是，羅潔梅茵，這個看似脆弱的精緻工藝品，也許超乎妳想像的硬朗而且危險。外曾祖父大人已經展開行動，想擁戴妳為下任領主。以萊瑟岡古為中心，他正在集結哈爾登查爾、葛雷修，還有最先引進製紙業的伊庫那。據說他認為，成為領主的養女，魔力量與實績也足以成為下任領主候補人選的妳，是萊瑟岡古的希望之光，也是諸神在人生最後賜予他的禮物。」

「要是聽到我說，我無意成為領主，感覺外曾祖父大人很可能絕望而死呢，他撐得住嗎？我完全不打算成為領主喔。」

羅潔梅茵原是平民，絕不可能成為領主。要為她訂下婚約，讓她留在領地時，齊爾維斯特最先提出的未婚夫人選還是斐迪南，而不是他希望能成為下任領主的親生孩子。由此可知，齊爾維斯特真的從未想過要讓羅潔梅茵成為下任奧伯，更沒考慮過要讓她成為韋菲利特的妻子吧。

「我們也無意讓妳成為領主。藉由讓妳與韋菲利特訂下婚約，應該多少可以讓他們收斂一點，但是前任萊瑟岡古伯爵畢竟活了這麼久的歲數，自然老奸巨猾。像妳這樣單純又善良的孩子，要把妳操控在股掌間可是輕而易舉。今後拓展印刷業時，妳將有不少機會接觸到萊瑟岡古的貴族吧。但是，妳要盡可能都推給艾薇拉，自己不要出面。千萬別靠近他們。還有，一開始只是做做樣子也好，要仰賴韋菲利特的協助。偶爾也該表現出妳支持下任領主的姿態。」

……但是，光是這樣真的夠嗎？

倘若羅潔梅茵今後在貴族院也如此活躍，推廣新流行、取得最優秀的成績，也持續與上位領地有所往來的話，終將演變成艾倫菲斯特再也應付不來的事態吧。事實上今年也是發生了令人措手不及的狀況，還禁止羅潔梅茵出席領地對抗戰與畢業儀式。

……光是讓羅潔梅茵大人增進社交能力、教育韋菲利特大人，恐怕仍不足夠吧？

尤修塔斯雖有這樣的念頭，卻也想不到其他替代方案，可以直言「這樣做就好」。這種時候他只能稍加暗示，除此之外便是靜靜服從主人的指示。

「比起教育韋菲利特大人，我倒認為還有其他優先該做的事情……」

斐迪南雖然想藉著教育韋菲利特來逃避責任，但這是韋菲利特的父母與其近侍的職責所在。沒必要插手管別人的工作。斐迪南該做的，是保護被他拉進了貴族社會的羅潔梅茵。

縱然擁有了貴族的身分，她的內在仍是平民。從今往後也會照著訂下的約定，傾盡全力保護平民區的人吧。這樣一來，很可能演變成與貴族的對立。先前解除了魔法契約以後，從她與文官以及領主的對話來看，羅潔梅茵也有可能與領主發生正面衝突。

為了不使這種情況發生，必須好好教育她，在貴族社會能夠容忍的範圍內實現她的心願，也要讓她懂得妥協。能夠做到這點的，只有知道她曾是平民，也知道她最渴望的便是與平民區保有聯繫的人。

感受到了尤修塔斯的視線與暗示，斐迪南一時閉口不語。他思忖了片刻後，垂下目光，然後看向羅潔梅茵。

「羅潔梅茵，這輩子妳都要抱著秘密生活。而且是幾乎找不到人能與妳商量的秘密。尤修塔斯曾向我提醒過，就是因為這個原因，妳才無法順利融入貴族社會。知道妳秘密的人，原本應該更細心地為妳提供協助。」

羅潔梅茵驚訝地仰望尤修塔斯。尤修塔斯在她的注視下，輕輕點頭。

「要適應自己不了解的常識並不容易。更遑論不只是虛應一段時間，而是一直要在那樣的環境下生活。我只是建議，最好別一味禁止，也應該詳細地向您說明為何要這麼做。因為路茲說過類似的話。」

若想在喬裝時取得情報，也必須了解那個環境的常識才能辦到。尤修塔斯只要偽裝一段時間就夠了。但是，羅潔梅茵必須一直戴著假面具生活。今天進入秘密房間以後，尤修塔斯是首次看見羅潔梅茵一行人完全不加掩飾的互動。他這才知道，即便羅潔梅茵相當親近斐迪南，也會用輕鬆的語氣與他對話，但這時的她也依然有所保留。羅潔梅茵的偽裝，遠比尤修塔斯想的還要高明。

「尤修塔斯，你與路茲談了些什麼呢？」

「只是在工坊工作的時候，大家一起閒聊而已。因為我與工坊裡的人幾乎沒有共通話題，才會常常聊起大小姐。神殿的灰衣神官、普朗坦商會的人，還有古騰堡工匠們對您的形容全混在一起，形成了非常有趣的結果。據他們所言，大小姐是因為容易生病，身體又虛弱到無法外出，還會在夢裡的世界與諸神對話、取得知識，最後成了拯救孤兒們的聖女，所以也才完全不懂這邊的常識。」

想起工坊裡的對話，尤修塔斯笑了起來，羅潔梅茵卻只是微微偏頭。

「哦……這樣子啊。那麼，路茲說了什麼呢？」

「他形容大小姐是一個必須一一告訴您是哪裡不對、怎樣不對，並且要提供給您正確答案的生意對象。」

轉達了路茲說過的話以後，反倒好像是斐迪南有了什麼想法。他尋思一會兒後，神情像是下了某種決心，看著羅潔梅茵說道：

「既然尤修塔斯這麼說了，今後我會仔細觀察妳的行動，並且幫妳提醒指正。因為讓妳融入貴族社會是首要之務，最好別讓任何人發現妳的秘密。」

聽了斐迪南的決心，羅潔梅茵露出了既感激但也感到困擾的表情。的確，聽到凡事要求完美的斐迪南將更嚴格地教育與監視自己，沒人會歡天喜地吧。

……不過，這位大小姐多半仍會接受，認為這也是為了在貴族社會裡生存吧。

「羅潔梅茵，要抱著秘密活著並不輕鬆。但是，只要想想秘密被人發現時會造成多大的影響，就知道無論如何都要守住。這點妳也能明白吧？」

「神官長也抱有什麼秘密嗎？」

羅潔梅茵沒有答腔，反而丟出問題，被斐迪南瞪了一眼。

「因為無論如何都要守住，所以才是秘密。別問這種明知對方無法回答的問題，妳這笨蛋。」

「對不起。」

羅潔梅茵老老實實地點頭道歉，咕噥說著：「原來神官長也有秘密啊。」

……嗯，應該挺多的吧。

多半還有連尤修塔斯也無從知曉的秘密。斐迪南獨自一人偷偷行動的次數還不少。身為在貴族院勞碌過的侍從，他覺得斐迪南在沒必要的地方上像極了齊爾維斯特。

「聽好了。一旦宣布妳與韋菲利特的婚約，領地內又將有一番變化。我們打算盡可能把貴族凝聚起來。妳也要格外小心自己的言行，做任何事之前都要與我商量。尤其是春天將前往哈爾登查爾。那裡是艾薇拉的出生地，也是想讓妳以萊瑟岡古貴族的身分成為下任奧伯的土地。雖然預計讓卡斯泰德與艾薇拉同行，但妳仍要謹言慎行。」

「是。」

大小姐一臉認真地點頭，但她本人並不曉得哪種程度才叫謹言慎行，所以恐怕很難完全避免吧。艾薇拉再怎麼優秀，要從旁提供協助，甚至是掩蓋羅潔梅茵那常人難以理解的言行，多半也不容易。卡斯泰德則有些不太懂得察覺他人真正的心思。尤修塔斯有種強烈的預感，在哈爾登查爾只怕會出什麼事。

儘管尤修塔斯內心十分不安，但談話似乎就此結束。斐迪南站起身。本來只是進來叫羅潔梅茵，結果不小心聊得太久了。「現在都過了前往城堡的時間了。」斐迪南一邊發著牢騷，一邊走向房門。看著跟在他身後的羅潔梅茵，尤修塔斯忽然想起。對了，剛才沒有問到大小姐對斐迪南大人的看法。

「大小姐，回到剛才的比喻，斐迪南大人對您來說是怎樣的存在呢？」

羅潔梅茵仰起小臉，看著斐迪南思索。

「……像是長椅吧。既可以看書，也能放鬆歇息，但要是躺在上頭睡著，只會害自己感冒，也會導致全身上下到處痠痛，讓自己嘗到苦頭。」

「哦……長椅嗎？」

尤修塔斯重複著回答，摩挲下巴。既能看書又能放鬆歇息的話，代表不只在貴族間，即便連神殿的侍從也算在內，斐迪南仍得到了極大的信賴。就算對象是小孩子，斐迪南也非常嚴厲，所以尤修塔斯沒想到她竟然這般親近他。

對於羅潔梅茵竟能理解主人那難懂的溫柔，尤修塔斯很想摸摸她的頭表示嘉許，但被形容為長椅的主人顯然有不同的感想。

「哦……羅潔梅茵，妳的回答還真有意思。」

大概是對這樣的比喻感到不滿，斐迪南的嗓音比平時還要低沉。然而，臉上卻帶著和藹可親的假笑。似乎是對斐迪南已經相當了解，羅潔梅茵沒有被他的假笑騙倒，慘白著小臉向後退。

「咦？……啊、嗚……」

她焦急地張合著嘴巴，看得出來正在拚命思考要如何辯解。斐迪南臉上的笑意加深，繼續往她大步逼近。

……啊，戲弄的成分超過不滿了。

斐迪南的神情與口吻有了些許變化。平常極少看見主人與他人有這樣的互動，所以他完全無意打擾，只希望主人能心滿意足。尤修塔斯與艾克哈特都是斐迪南的近侍。只要主人高興，這就夠了。

後來羅潔梅茵有什麼下場，自是可想而知。

時光流轉與新的約定

人影稀疏的神殿內部悄然無聲。我們離開了孤兒院長室後，跟在領路的吉魯後頭安靜前進。神殿貴族區域的正門玄關已經備好馬車。老爺第一個坐進去，接著是馬克先生。我也和兩人一樣要坐上馬車時，倏地停下來，一骨碌轉身。吉魯就和往常一樣，在原地為我們送行。

「吉魯……」

如果是得到了允許能一起進入秘密房間的吉魯，應該很清楚羅潔梅茵現在的情形。我用力注視著吉魯接近黑色的紫色雙眼。這個瞬間，我也知道身為領主一族的專屬商人，臉上該有的笑容有些扭曲了。

「你要在旁邊好好照顧羅潔梅茵大人喔。」

「用不著你說，因為我是羅潔梅茵大人的侍從啊。」

對於我講話不再拘謹，吉魯什麼也沒說，一樣變回有些輕鬆的語氣，理所當然般地一口答應。吉魯都這麼說了，應該不用擔心吧。我總算安下心來，但與此同時，也覺得好像不得不再次認清，能在羅潔梅茵身邊支持她的人已經不是自己了。胸口有種難以形容的疼痛，我緊咬著牙，坐進馬車。

馬車隨即一陣大力搖晃，開始移動。駛過神殿內乾淨平整的石板路後，穿過馬車用的正門。這個時候，我再也沒辦法維持住商人該有的樣子。拚命貼在臉上的笑容頃刻間垮了下來。

……可惡！

我低下頭，瞪著自己完全無能為力的雙手。剛才羅潔梅茵吶喊過的：「為什麼我會沉睡了兩年呢？」那悲痛的聲音還在我耳裡縈繞不去。這句話無庸置疑發自羅潔梅茵的真心。明明她哭得那麼淒慘，我卻已經沒辦法再像從前那樣抱抱她，安撫她的情緒，讓她感到安心。我們的身分與所處情況已經和以前截然不同，就連「我們還會和以前一樣」、「什麼也不會變」這種聊表安慰的話語，我也說不出口。就算閉上眼睛，那張哭得無法自制的臉蛋還是沒有消失。

雖然老爺說了，就算她情緒變得不穩定，只要我意志堅定就沒問題……

解除魔法契約之前，老爺已經向我說明過了普朗坦商會的處境。也因為這樣，我才有時間重新整理自己的心情，也有辦法安撫情緒不穩的羅潔梅茵。但是，今天的道別，也就是「再也不能使用秘密房間」的宣告，對我來說還是太突然了。

……可是，老爺早就知道了吧？

明明我聽了青天霹靂，老爺與馬克先生當時的語氣卻像是早就料到了。我不自覺心生不滿，緩緩抬起頭，正好與靜靜注視著我的老爺四目相接。

「……您為什麼沒有告訴我？」

脫口而出的話語中，帶有著比我預期還要明顯的譴責，我心頭一驚，反射性摀住嘴巴。「你指哪一件事？」但老爺沒有怪罪，只是揚起了眉，催促我往下說。我瞥向馬克先生，觀察他的反應，但他的眼神中也沒有責怪的意味在。我有些鬆了口氣，開口說了。

「……老爺和馬克先生，早就知道以後不能再使用秘密房間了吧？」

「啊，這件事嗎……我們並沒有想瞞著你。弗利茲告訴我們這件事時，你剛好人在伊庫那，所以才沒跟你說。」

老爺交抱手臂皺起眉，告訴了我羅潔梅茵還沒陷入沉睡的兩年前，弗利茲說過的話。聽說弗利茲曾說，羅潔梅茵進入貴族院以後，多半就無法再使用秘密房間了。即便不是如此，也預計成年以後會離開神殿與人結婚。

「聽到這件事時，我只是在想有必要預先作好準備，這樣就算不能使用秘密房間了，也能順利談論生意。但是，後來那丫頭突然間就睡了兩年吧？我們光要回應貴族的無理要求就疲於奔命，根本沒空想以後的事。」

老爺說得沒錯。這兩年來，我們要完成艾薇拉大人強人所難的要求、幫忙作好準備讓灰衣巫女能前往哈塞待產，也要前往哈爾登查爾，過得非常忙碌。沒有了羅潔梅茵在我們與貴族之間幫忙協商，消耗腦力的工作急劇增加。除了一個接著一個地解決堆積如山的工作外，根本沒有時間想其他事情。

……就算我知道了秘密房間以後不能使用，大概也會和老爺一樣，在羅潔梅茵沉睡的這段期間，只會心想以後再考慮對策吧。

想起了先前是真的完全沒有多餘心力，內心的不滿融解消失。但不安消失後，緊接著冒出頭來的，是名為不安的嫩芽。

「老爺，那我的任務順利完成了嗎？從今以後，她可以靠著自己振作起來嗎？」

我這樣詢問後，老爺先是定睛注視我，然後露出了複雜的笑容。看起來像要硬把苦澀的情感壓回心底，也像是看見了耀眼事物般地想要瞇起眼睛。

「嗯，你做得很好。你說的那些話，成功地讓羅潔梅茵振作起來，也抬起了頭。那丫頭靠著自己停止了哭泣，也能夠往前看。」

我說完「這是約定」以後，羅潔梅茵確實往前看了。我想相信老爺說的都是真的。但是在我心裡，仍然有著無法輕易撇開的情感。明知道必須接受這個事實，內心的失落感卻太過巨大。

「路茲，你在這裡下車吧。」

馬克先生說著，用手上的木板敲了敲車廂內壁。馬車立即在路邊停下。看向窗外，這裡是從大道要彎向普朗坦商會的轉角。老爺揮揮手指，示意我下車。

「去叫多莉過來吧。今天發生的事情，也必須通知那丫頭的家人。畢竟一旦貴族文官進入神殿，擔任溝通的橋梁，以後恐怕也很難再通信了。」

老爺用安慰的語氣說完，輕拍了拍我的頭。每當要誇獎或是安慰學徒，老爺總會像這樣輕拍我們的頭。感覺老爺就像在說，我會一直看著你們，所以總讓人感到安心，心裡也很高興，但是唯獨今天，我的心情一點也好不起來。不過，我還是點點頭，接過馬克先生遞來的木板下了馬車。

「好冷喔……」

最近降雪的日子變少了，陽光也越來越溫暖。感覺得出冬天的腳步要進入尾聲了，但風還是很冷。目送馬車離開後，我立起大衣衣領，在還有積雪的道路上邁步。

……得告訴多莉這件事才行嗎？

多莉知道了一定會非常沮喪吧。要是聽到以後甚至很難通信，搞不好昆特叔叔與伊娃阿姨還會哭出來。可是，想像了那幅畫面後，我的心情卻輕鬆了一些。

……老爺與馬克先生是不會懂的。

雖然老爺與馬克先生也一樣被禁止使用秘密房間，但他們只會從做生意的角度來討論這件事，不像我這樣有強烈的失落感。梅茵舉辦了喪禮以後也是。「哪有時間傷心哭泣，不如快點工作！」當時老爺只是這麼斥責我，無法理解我的失落。我能夠在吐露自己的心情後，重新振作起來，都是因為與同樣感到失落的梅茵一家人互相安慰，然後訂下了自己今後的目標。

……這時間多莉還在工坊吧。

這麼判斷後，我直接越過奇爾博塔商會，走向珂琳娜夫人的工坊。從我還是奇爾博塔商會的商人學徒開始，就經常被派來這裡辦事情，所以很多人都是熟面孔了。一走進去，面熟的裁縫師朝我走來。

「哎呀，這不是路茲嗎？今天怎麼來了？你身高好像又長高了呢？是不是該訂做新的學徒制服啦？」

「不，我今天是來替普朗坦商會的老爺傳話，請幫我叫多莉過來。如同木板上寫的，是有些複雜的事情，所以想請她去普朗坦商會一趟，請問能允許多莉外出嗎？」

我擠出禮貌性的微笑，直接忽略對方接二連三丟來的問題，一邊遞出馬克先生給我的木板一邊拜託道。要是老老實實回答，不管過了多久都無法進入正題，這我已經在幾年前就有過切身經驗。

「要答應多莉外出當然是沒問題……但你們要直接前往普朗坦商會，不可以兩個人在半路上彎進岔路喔。」

「……啊？不、不是。我和多莉才不是妳想的那種關係！」

不管我怎麼否認，對方也只是意味深長地帶著賊兮兮的笑容，走到後頭去說：「我去叫多莉了。」

呃啊，可惡……不過，我們也到了別人會用這種眼光看待的年紀了。

如今我們的年紀都不小了，別人不會再因為只有我們兩人來自貧民區，就只是用溫暖的眼光看著我們。早在不久之前，我就注意到有這種情形了。像是喜歡多莉的拉爾法、首次結交到戀人興高采烈的弗伊，身邊有越來越多的人都開始談戀愛。甚至我只是照著上司的指令來傳話，也會被人懷疑、調侃我與多莉的關係。為了多莉著想，要盡量避免引來旁人的誤解也變得很重要。

……只是因為外表還和以前一樣，才讓我覺得奇怪，但其實她的年紀也變大了。那傢伙會有未婚夫也不奇怪嗎？

我雖然不清楚貴族大人那邊的情況，但覺得「這未免太快了」的心情還是無法消除。為了多少把煩悶的心情吐出來，我呼了一口氣。這時，披著大衣的多莉與前去傳話的裁縫師一起走出來。

「對不起讓您久等了！……咦？」

多莉似乎相當慌張，她有些氣喘吁吁，臉頰也紅通通的。她有些緊張地左右看了一圈後，歪過臉龐。

「妳不是說普朗坦商會的老爺來找我嗎？」

「反正妳接下來要去商會，那還不是一樣嘛。能在毫無心理準備的情況下見到戀人，更讓人臉紅心跳對吧？」

「我和路茲才不是那種關係呢。」

多莉一臉困擾地說。我也有同感。雖然我也覺得身邊的人未免起鬨得太誇張了，但難不成發生了什麼會引來誤解的事情嗎？

「別害羞、別害羞。要不是有這種機會，妳也見不到路茲嘛。太好了呢。」

多莉被完全沒在聽她說話的同事推著走到屋外後，疲憊無力地轉頭看我。我因為平常都在普朗坦商會生活，所以是無所謂，但多莉往後肯定會一直被揶揄吧。想到這裡，我不禁覺得好像是我的錯。

「……抱歉，我沒想到會引起這樣的騷動。讓妳很尷尬吧？」

「這不是路茲的錯啦。反而是我牽連到你才對，對不起喔。她們就是喜歡聊這些八卦。珂琳娜夫人在的時候，她們還不會這麼誇張，但自從生下克努特少爺以後，珂琳娜夫人就很少來工坊……」

雖然多莉嘴上說著這也沒有辦法，表情卻十分憂鬱。最好的做法或許是減少與多莉接觸的機會，但與梅茵有關的報告，也無法隨便交給其他人。

「如果不想被人調侃，最好是改派我以外的人來傳話……但這畢竟不可能。」

「是啊……你都特地來叫我了，一定是很重要的事情吧？快走吧。」

多莉似乎馬上察覺到了是什麼事，儘管路面還有積雪，前進的速度卻很快。對照之下，一想到接下來非說不可的事情，我的腳步變得無比沉重。

帶著多莉回到普朗坦商會的二樓後，老爺指示我們去會客室。老爺正從面見貴族時穿的盛裝，換回平常的衣服。馬克先生似乎不在店裡，老爺要我以都帕里學徒的身分，站在他身後待命。

「多莉，不好意思要妳專程跑一趟。雖然會叫妳過來的原因也只有一個……」

「是與羅潔梅茵大人有關，發生了什麼大事吧？」

多莉坐在客人用的椅子上，抬起頭來注視老爺，藍綠色的麻花辮跟著搖晃。已經作好覺悟的藍色雙眼看著老爺，催促他往下說。目光之堅定，與接受了要分開的事實後、決定向前看的梅茵非常相像。

老爺依序說明了在神殿發生的事情：現在因為羅潔梅茵年紀漸長，已經不能再使用神殿孤兒院長室裡的秘密房間；不只是知道真相的達穆爾大人，其他貴族也將以近侍的身分跟在羅潔梅茵身邊，與她一同行動；今後書信上的往來，也必須透過她身邊擔任近侍的文官，所以很難再偷偷夾藏信件……多莉沒有像梅茵那樣情緒失控地大哭，只是靜靜聽著老爺平淡的敘述。

「以上就是要告訴你們的事情……關於今後有什麼打算，多半有不少想法吧。你們兩人可以一起討論。我會在辦公室，談完了再叫我。」

老爺以公事化的口吻說明完後，瞥了我一眼，走出會客室。多莉定睛目送著老爺走出去，等到房門完全關上後才回過頭來。那雙藍眼盯著我瞧，隨後擔心地瞇起。

「路茲，你要坐下來嗎？你臉色好難看。」

一直站在老爺位置後頭的我，這才拖著雙腳走向客人用的椅子，「咚」一聲大力坐下。不用再表現出工作時該有的樣子後，我的頭與身體都突然變得非常沉重，感覺連自己也支撐不住自己。

「……原本就只有在神殿的秘密房間裡，我才能不把她當成羅潔梅茵大人，而是當作梅茵與她說話。可是，現在再也沒有能把她當成梅茵的地方了。就算那傢伙在我面前，我也不能安慰她，也沒辦法直來直往地討論公事。明明和多莉你們約好了，以後卻再也沒辦法送信……這次是真的要和梅茵道別了。」

今後能夠見到的，將只有羅潔梅茵大人，不再是我們認識的梅茵。光是想到這裡，眼淚就不由自主奪眶而出。我低下頭，不想讓多莉看見自己哭的樣子。多莉輕輕地把手放在我的頭上。

「這樣呀……可是，像年紀與情況的變化，這些與貴族大人有關的事情，路茲與班諾先生本來就無能為力。路茲不需要自責喔。」

慢慢摸著頭的那隻手非常溫柔。多莉的聲音沉穩，聽得出來已經接受了大家都無力改變的事實。但是，我反而再也無法保持冷靜。

「不對！我才不想要這樣。以後居然就只能裝出正經八百的樣子，不讓對方看出自己的情緒，講話還要裝模作樣，說些根本不知道對方能不能聽懂的話耶！多莉應該也這麼覺得吧?!」

……別這麼輕易就接受分開的事實！快跟我一起生氣，覺得這真是太離譜了！

我抬起頭來，想得到多莉的贊同。但她思考了一會兒後，慢慢搖頭。

「我啊，和路茲不一樣，並不怎麼傷心難過喔。雖然不能再通信是很可惜，但我不會無法接受，反而覺得這真的是沒辦法的事。」

我遭受到的衝擊就彷彿頭部被人打了一拳。像老爺他們只擔心往後談生意時能否順利溝通，我還以為多莉和他們不一樣，一定能明白這種失落感，結果卻不是。

「為、為什麼，妳會這麼……？」

「嗯～？因為像我們一家人，一直以來都只能從神殿的入口偷看梅茵一眼，除了工作以外，也根本見不到面啊。就連少少的幾次互動，也必須擺出路茲說你不喜歡的那種正經八百的樣子。所以就算聽到不能使用秘密房間了，我也沒什麼感覺。」

胸口一陣刺痛，好像被什麼貫穿。明明應該要知道，我卻始終沒明白。在秘密房間裡，能和往常一樣與梅茵互動的人，只有我和老爺而已。多莉他們被禁止以家人的身分與羅潔梅茵接觸，所以無法進入她能表現出真實自我的秘密房間。頂多只有在言行還沒得體到能面見貴族的初期那時候，曾經進過秘密房間而已。

「呃……對不起，我好像都只想到自己……」

至今只有我不必裝模作樣就能與梅茵接觸，現在卻還對多莉大發牢騷，內心一時升起了罪惡感。但多莉很快笑了起來，讓我的罪惡感煙消雲散。

「我都說了，你不必感到自責嘛。對於不能再通信，我當然也覺得很寂寞喔。可是，因為現在很難藏起來不被加米爾發現，所以說不定也是個好機會呢。喏，你還記得你帶來的歌牌吧？他看著歌牌開始學習文字了，所以現在對文字興致勃勃呢。」

路茲與多莉的老家空間狹窄，都沒有地方能夠藏匿接連收到的信，而且要趁著加米爾不在時偷偷寫信也不容易。

「現在為了不被加米爾發現，信都放在我在奇爾博塔商會的房間裡保管，但還是很擔心被人看到，連拿著鑰匙要打開盒子都讓我很害怕呢。因為常常有人會探頭進自己房間，說是有急事或者來叫自己吃飯吧？我和爸爸他們，最近都不太敢一再重看梅茵寫的信了。」

很多事情都在每個地方有了改變。我也曾經聽說，多莉他們決定對加米爾隱瞞梅茵的事情。負責把歌牌與繪本交給加米爾的人也是我。然而，我卻沒能理解梅茵一家人的變化。

「……我已經完全幫不上忙，能讓梅茵與多莉你們保有聯繫了。」

「你別想得這麼嚴重嘛。我現在雖然不像路茲這樣，會難過到想哭，但這都是因為路茲至今很努力在幫忙啊。」

多莉說完，露出鼓勵我的微笑，拿出手帕幫我擦掉眼淚。

「如今我們一家人因為工作的關係，也能直接見到梅茵了喔。只要想想梅茵的個性，以後一定還會接到王族的委託這種麻煩的工作吧。到時候就算被貴族包圍，提交物品時還是能見到她啊。爸爸也因為跟神殿長有交情，一定會加入前往哈塞的護送隊伍，護送這份工作也不會消失吧？當然啦，跟路茲比起來，見面的次數是不多……可是，還是有辦法見到面。」

的確，當初為了讓梅茵有更多的機會能見到家人，我到處幫忙想了辦法。縱然無法使用秘密房間，梅茵與家人間的微弱聯繫依然存在。

「現在我們所在的位置，已經不會再讓人輕易拆散了。所以，沒事的。路茲也是，你能以古騰堡的身分見到梅茵吧？你不是說到了春天，還要去某個地方嗎？」

「嗯，我們要去哈爾登查爾。要坐那傢伙雖然方便，但長得很奇怪的騎獸……」

聽了多莉說的往後這些事情，我的心情變得輕鬆一些。開始能夠覺得，就算沒有了秘密房間，我們該做的事情還是一樣。

「所以現在沒有了秘密房間，反而該擔心那個傢伙吧……」

聽見我說梅茵曾哭個不停，多莉先是露出有些擔心的表情，緊接著微笑說道：

「……我想梅茵也一定沒問題的。」

「為什麼妳會這麼覺得？」

「因為我會製作髮飾，就是為了替梅茵加油啊。為了即使在貴族社會，也能和梅茵在一起……路茲要為了梅茵做書吧？她一定能感受到我們的心意。我相信梅茵。」

我突然覺得自己輸給了多莉。搞不好其實是我不相信梅茵。梅茵曾說過：「不管多辛苦，只要有書我就覺得幸福，也願意為了書努力！」那麼，為了讓那傢伙即便在貴族社會裡遇到了痛苦的事情仍能感受到幸福，為了讓她獨自一人也能努力，我只要做書就好了。只要照著與梅茵的約定，繼續向前就好。

「我好像豁然開朗了呢……不過，我真的老被多莉看見奇怪的另一面耶。」

「沒關係啦。跟梅茵的奇怪比起來，路茲一點也不奇怪，而且我是梅茵的姊姊呀。替妹妹收拾善後可是我的責任。」

聽到多莉說我表現出奇怪的一面也沒關係，我鬆了口氣。與梅茵有關的事情，連對家人也不能說。有個可以說喪氣話的對象，真是太好了。

心情稍微平靜下來後，隔天我去了一趟工坊。因為我想確認梅茵是否沒事。目光與吉魯對上後，他立刻用手指一比，示意我到外面去。

「弗利茲，我和路茲去檢查工具。而且我也想順便問他森林的情形……」

吉魯向弗利茲這麼表示後，聽到「森林」這兩個字，孩子們立刻停下手邊的工作，往我們衝過來。由於已經在孤兒院裡工作了很長一段時間，看得出來大家都很想出去。

「吉魯、路茲，我也一起幫忙。現在已經能去森林了嗎？」

「在古騰堡們被派往外地之前，你們還有工作得學。吉魯，那就麻煩你們了。」

弗利茲一臉了然於心，指示圍過來的孩子們繼續做事，同意了我們到外面去。我和吉魯把去森林時該帶的籃子與木架等工具搬出工坊，開始在寒冷的天氣裡，檢查小刀與劈刀的刀刃有沒有缺角，籃子的網眼是否鬆了。

「吉魯，羅潔梅茵大人的情況還好嗎？」

吉魯從梅茵還是青衣見習巫女就開始服侍她，也是可以一起進入秘密房間的侍從。所以，他知道梅茵在秘密房間裡，與在秘密房間外的舉動有多麼不同。

「後來羅潔梅茵大人在神殿長室的秘密房間裡待了好一陣子，但出來的時候已經面帶笑容，所以我想應該不要緊了。但她現在已經去城堡，不在神殿了。」

「是喔……」

看來果然大哭過了一場，但是前往城堡時，已經能變回貴族該有的樣子了。本來我還擔心梅茵可能會徹底失控，但看樣子已經振作起來。

「聽說等領主大人下達許可，貴族近侍們也會開始出入神殿。到時候，很多事情會和以前不一樣。文書也全部要透過文官轉交……」

「老爺已經告訴我會有怎樣的變化了。他也說，應該沒辦法再通信了。」

「嗯，路茲和普朗坦商會的人很難再這麼做了吧。」

吉魯點點頭後，接近黑色的紫色雙眼轉過來看我。

「可是啊，因為我是神殿的侍從，等那些貴族近侍回去以後，我至少能在睡前向羅潔梅茵大人報告的時候，夾帶點你們的消息給她。」

「吉魯……？」

在大家都認為無可奈何、死了心放棄的時候，吉魯竟然還在試圖尋找其他辦法。察覺到這一點的我十分驚訝。對於我的反應，吉魯的表情顯得有些難為情，但也帶著懊悔。

「但因為信會留下證據，也可能沒地方保管，所以我只能在報告時偷帶消息……」

「但要是被貴族發現就糟了吧？吉魯，你為什麼願意這麼做？」

我忍不住這麼問道。吉魯懷念地瞇起眼睛，看向平民區的方向。

「……以前我曾經和你還有法藍，一起送梅茵大人回到那個家吧？我啊，非常喜歡那段時間喔。到處都傳來了煮飯的香味，走過去的一路上，還會一起討論當天發生了哪些事情。」

我跟著想起了梅茵還是青衣見習巫女時的事。雖然距離現在已經非常遙遠，但結束了在神殿一天的工作後，我們會和法藍還有吉魯一起走回家。

「我記得有一次梅茵還走不動，要法藍抱著她走回去吧？」

「對對，那個時間剛好大道的攤販都開始收拾了，很多東西都賣得很便宜，我們就被絆住了腳步，還因為買了零食吃，結果吃不下晚餐，梅茵大人被家人罵了一頓……」

與法藍還有吉魯一起走在平民區的次數並不多。因為梅茵當青衣見習巫女的時間很短暫，這也是當然的。但是，令人感到懷念的回憶畫面還是不斷地浮現出來。我們好半天邊笑邊聊著往事，但到了最後，我與吉魯都是滿臉的淚水。

「其實啊，那時候我真的很討厭不管我怎麼盡心服侍，梅茵大人還是會回到家人身邊這件事。因為走過去的一路上雖然很開心，但和法藍一起走回神殿時，那段路卻非常寂寞。可是，我很喜歡梅茵大人回到家，說著『我回來了』時的安心笑臉。」

吉魯吐出了真心話後，用手抹掉眼淚，但眼淚根本沒有停下來。這點我也一樣。

「其實我以前也很討厭出入神殿。總覺得梅茵好像會被貴族越帶越遠，我真的很想阻止。可是，梅茵若不進入神殿就無法活命，若不成為貴族，也保護不了許多重要的東西。對此我是真的很感激。可是，再也不能進入秘密房間讓我很難過，也很擔心梅茵。」

我說完，吉魯點了好幾下頭。

「我也很難過。以前在秘密房間裡，看到路茲你們與梅茵大人都沒變，我就會很安心。所以一想到梅茵大人再也沒辦法像那樣大哭和大笑，就覺得很難過，也很不甘心。」

聽見吉魯和我一樣有著失落感，並為此感到生氣，我內心的憤懣漸漸平息。連多莉也無法明白的失落感，如今發現原來也有人和我一樣，讓我感到非常安心。

「所以，就像路茲以前一直幫羅潔梅茵大人與她的家人聯繫在一起，以後換我來維持平民區與羅潔梅茵大人的聯繫吧。」

吉魯粗魯地擦了擦眼淚，臉上到處都紅通通的，得意地挺起胸膛說。聽了他的決心，我吐了口氣。

自己至今做的一切並沒有錯。只是從以前到現在不停改變著形體，但聯繫一直都在。不論從前還是往後，我們能做的，就是盡可能在旁邊支持梅茵。

「吉魯，那就交給你了。」

我往褲子用力擦掉眼淚，然後朝吉魯舉起掌心。吉魯咧嘴一笑，同樣用衣服擦了擦手，與我擊掌。

「嗯，包在我身上。我會趁著貴族注意不到的時候，至少幫忙傳遞消息。」

就這樣，我與吉魯訂下了男人間的新約定。

畢業儀式與祝福之光

今天是貴族院的畢業儀式。結束了上午部分的奉獻舞與劍舞，眾人紛紛離開大禮堂去吃午餐。多數人都往宿舍門扉的方向移動，但由他領的人護送的女性，必須先返回茶會室。由於茶會室也供他領的人進入，便成了會合與解散的場地。這天我是由亞納索塔瓊斯大人護送，所以先走進了庫拉森博克的茶會室。

「艾格蘭緹娜大人，歡迎歸來。」

我的近侍們在茶會室裡迎接我。大概是為了迎接我，先回到這裡來的吧。人數比平常要少。

「如果可以，真不想放開這隻手哪，我的光之女神。」

亞納索塔瓊斯大人依依不捨地輕吻我的指尖。自從得到外祖父大人他們的許可，亞納索塔瓊斯大人便經常像這樣子戲弄我。我的臉頰總是不由自主發燙，很難再佯裝冷靜，所以好幾次都請求他別再這樣做了，他卻一點也不聽。

「哎呀……」感受到了近侍們輕吸口氣的聲音與視線，我難為情得臉龐發熱。這陣子，我經常被亞納索塔瓊斯大人擾亂心神。今天大概是因為穿上了黑暗之神的服裝，他看起來比往常更加英氣風發，反倒顯得我舉止可疑。

「亞納索塔瓊斯大人，請你別再……」

「下午我再來迎接妳。」

我一面抽回手，一面試圖小聲抗議，但亞納索塔瓊斯大人只是輕笑一聲，便轉過身子。對方是王族，我自然不可能追上去抗議，只能在原地目送。我的眼神多半不自覺流露出了些許埋怨，但亞納索塔瓊斯大人仍是笑得十分開心。每當看見他這樣的笑容，我便無法再堅決抗議，只能就這麼算了。
身為王族的亞納索塔瓊斯大人離開後，近侍們像是再也按捺不住，咯咯發出笑聲。
「能夠得到前任領主與奧伯的許可，迎來今天這樣的日子，想必非常高興吧。亞納索塔瓊斯大人真的對艾格蘭緹娜大人一往情深呢。」
「能得到王族那般熱切的求愛，不愧是艾格蘭緹娜大人。」
「兩位真的是郎才女貌。分別扮演黑暗之神與光之女神跳起奉獻舞時，美麗得教人移不開眼光呢。」
眾人你一言我一語地討論著亞納索塔瓊斯大人對我表現出的熱情，害我燒燙的臉頰遲遲無法降溫，整個人坐立難安。
「快點去餐廳吧。外祖父大人他們都在等著了吧？」
我捂著發燙的臉頰，稍微加快腳步走向通往宿舍的門扉。

為了用午餐走進餐廳後，便見外祖父大人、領主夫婦、將成為下任奧伯的表兄夫婦，以及舍監普琳蓓兒老師，都已經開始用餐了。外祖父大人要我與他同桌，因此我走向外祖父大人與普琳蓓兒老師之間的位置坐下。侍從開始在旁服侍，端上熱湯。
「艾格蘭緹娜，妳今天跳的奉獻舞太精彩了。」
「承蒙您不嫌棄，外祖父大人。我自己也覺得今天跳得相當不錯，真高興各位也有相同的感受。」
今天站在舞臺上跳奉獻舞時，某瞬間我有種非常不可思議的感覺，彷彿自己的魔力流往了四周，被諸神所接受。是因為和平常練習時不一樣，有許多人在觀看嗎？還是說，為了祭祀諸神所架設的舞臺有其特別之處？感覺比平常要快就跳完了奉獻舞，甚至還進入了忘我的境界。

……如果可以，真想再一次像那樣跳舞呢。

畢業以後，就要開始準備出嫁事宜，婚後更是沒有多少時間能跳奉獻舞吧。明知如此，那段時間仍幸福到了讓我渴望著能再經歷一次。

「要是被拿來與今天的妳做比較，明年的光之女神真教人有些同情。」

「明年跳光之女神的學生，是多雷凡赫的領主候補生吧？」

領主夫婦這麼說道，我跟著想起了明年要畢業的領主候補生們。通常上位領地的領主候補生都會扮演黑暗之神與光之女神，所以明年的光之女神，很有可能是多雷凡赫的阿道芬妮大人吧。

「亞納索塔瓊斯王子似乎下了不少工夫苦練。和妳站在一起跳奉獻舞時，竟然沒有相形失色。」

「外祖父大人，您這麼說太不敬了。」

「但本就沒有人像妳這般熱中於練舞，我還很同情要與妳一同跳舞的人呢。」

寵愛外孫女的外祖父大人這麼說完，眾人都露出了苦笑。「身為前第三王子的女兒，絕不能有任何失態。」「因為妳總有天會變回王族。」從小聽著這些話長大，肩負著沉重壓力的我，也只能苦笑以對。

「如今妳成年了，也談成了與亞納索塔瓊斯王子的婚事。妳父母在眾神所在的遙遠高處，想必也能放心了吧。」

從前我的家人遭到暗殺，我在受洗前便搬到了庫拉森博克。那一天，尚未受洗的我在兒童房裡，邊接受奶娘的指導邊用晚餐。隨後，前往了家人正在用餐的餐廳，要在睡前向家人道聲晚安。想到哥哥大人不久前都還在兒童房裡與我一同用餐，如今已經能和家人一起坐在餐廳裡，讓我非常羨慕，希望自己也能早點受洗。我還記得那一天，因為規模甚大的紛爭總算告一段落，大家都十分開心，父母與奶娘們的表情也很開朗，餐廳內的氣氛和樂融洽。我如同往常，向父母與兄姊道了晚安。但是，我作夢也沒有想過，睡前的問候竟然成了我與家人的永別。對當時的我來說，明天不過是今天的延續。我以為相似的每一天會永遠持續下去。

然而，我熟悉的日常生活轉眼間不復存在。在我道了晚安後，笑著回應我的哥哥大人忽然「咳」的一聲開始嘔吐，就此失去意識。現場尖叫四起，餐廳內譁然嘈雜。緊接著，姊姊大人、試毒的侍者、下令喊著「快帶艾格蘭緹娜回房！」的母親大人，都接連倒臥在地。奶娘一把將我抱起，一面跑出餐廳，一面以顫抖的話聲重複說著：「沒事的。」但是，我再也沒能見到我的家人。

深夜，歷經了駭人的捉迷藏與鬼抓人後，我在完全不明白發生了什麼事的情況下，就被帶到了全然陌生的地方，在全然陌生的人們包圍下過起新生活。為何我不能再向父親大人與母親大人道早安和晚安？為何姊姊大人與哥哥大人不再聲稱這是茶會，跑來兒童房找我玩耍？直到許久之後，我才曉得原因。

即便後來外祖父大人自豪地說著：「我報仇了。」但在我腦海中，也只是倒下的親人越來越多，一點也不感到高興。在政治鬥爭中，獲勝也好落敗也罷，不過是徒增一堆又一堆的屍骸。我痛切地體認到，無論如何都要避免同樣的慘事再度發生。

「妳長得真是越來越像妳母親了，當初妳母親也同樣受到了王子熱切的追求。」

回憶起往事的人，看來不只有我而已。外祖父大人心情極佳地這麼說道。就連我也覺得自己與母親大人長得十分相像。看在旁人眼裡，更是如出一轍吧。

庫拉森博克領內有父母的肖像畫，是當年為了紀念母親大人嫁入王族，外祖父大人請人畫的。而姊姊大人因為當時也到了要談論婚事的年紀，所以也請人畫了肖像。儘管是幅未完成的畫，仍然送到了庫拉森博克保留下來。不過，哥哥大人並未留下畫像。

……我已經幾乎想不起哥哥大人的長相了呢。但我記得，父親大人曾摸著我們的頭說：「你們的金髮是遺傳自母親。」所以我想應該和我一樣，都有一頭金髮吧。

在庫拉森博克，大家都認為我有朝一日會與王族成婚，變回王族。儘管每個人都十分疼愛我，但與其他領主候補生相比，我受到的待遇更像是客人，所以總顯得有些格格不入，這點我無法否認。

……是因為外祖父大人把我視為特別的存在吧。

我與現在的領主夫婦，也稱不上是能夠坦誠相待的關係。當然，先前他們都視我為未來的王妃，對我以禮相待，但相比於其他領主候補生，並沒有如同家人一般的交流。後來訂婚之際，亞納索塔瓊斯大人又曾明白表示，他想避免與席格斯瓦德王子相爭，所以如今我與他們的關係更是尷尬。雖然外祖父大人只要我能變回王族，他就心滿意足了，但奧伯似乎認為若不當上王妃，只怕會落到多雷凡赫後頭。

畢竟我不是現任領主，而是前任領主，也就是外祖父大人的養女，所以我想這也是莫可奈何吧。但是，見到艾倫菲斯特也是養女的羅潔梅茵大人，與韋菲利特大人的關係那般友好，我還是有些羨慕。

「……對了，這個髮飾與出落得亭亭玉立的艾格蘭緹娜十分匹配哪。聽聞是艾倫菲斯特的領主候補生做的，她今天一樣缺席嗎？」

奧伯問道，眾人的目光一時間皆聚集到我的髮飾上。頭上的髮飾以細線精心編織而成，做工真的非常精巧也教人驚豔。由於亞納索塔瓊斯大人是在貴族院贈送髮飾給我，所以外祖父大人與叔父大人他們，都是在領地對抗戰的早晨才首次見到。

羅潔梅茵大人在庫拉森博克備受矚目。不只是因為她在艾倫菲斯特創造了新流行，也因為她是「改變了亞納索塔瓊斯王子的人」，幫助他得到我。領主夫婦本想與羅潔梅茵大人見上一面，可惜無法如願。普琳蓓兒老師看著兩人，輕嘆口氣。

「畢竟連昨天的領地對抗戰也沒有出席，想必還躺著歇息吧。」

「嗯……因為根據妳提供的情報，早聽說她是今年一年級的最優秀者，本還以為就算有些勉強，她也會出席領地對抗戰……」

因為不僅能當面得到國王的表揚，成績還會在他領領主夫婦皆出席的場合下公開宣布，所以這種時候即便要勉強自己，也應該出席比較好。

「聽說連亞納索塔瓊斯大人召見的時候，羅潔梅茵大人也曾當場失去過意識。那時候似乎昏迷了三天，現在應該快要醒來了吧。」

「昏迷了三天……？」

眾人的語氣會這麼狐疑也是無可厚非。一般而言都已經昏迷了三天沒有醒來，不可能再讓學生進行社交活動，通常都會立即送回有主治醫生在的領地。事實上，我先前也接到過通知，羅潔梅茵大人因為身體不適，要提早返回領地。

「聽說她原先便體弱多病，又曾在尤列汾藥水裡睡了兩年，這件事應該也造成了很大的影響吧。因為似乎早在一開始，羅潔梅茵大人便預計盡快修完課程，返回領地一段時間。說不定當初還計畫著，要讓虛弱的身體好好休息，才能出席領地對抗戰。然而，羅潔梅茵大人卻在茶會上暈倒，這恐怕也不在艾倫菲斯特的預料之中吧。」

雖然這只是我的猜想，但監護人們在安排行程的時候，肯定已經盡可能不為羅潔梅茵大人的身體造成負擔了。然而，艾倫菲斯特卻沒有料到流行推廣開來的速度，所以才對羅潔梅茵大人造成了超出預期的負擔吧。

「我也同意艾格蘭緹娜大人所言。倘若羅潔梅茵大人隨時都有可能暈倒已是常態，那麼先前讓她進入最奧之間，取得思達普時，應該會有人表示擔憂才對。然而，舍監赫思爾與羅潔梅茵大人的近侍都沒有任何提醒，看起來也並不擔心。我想只有現在是特殊時期。」

我與普琳蓓兒老師說完，外祖父大人他們都顯得若有所思。

「昨日領地對抗戰時，往艾倫菲斯特聚集的人潮比預期還要多吧？這名領主候補生可說是倍受矚目。雖然很想盡快與她見上一面……但看這樣子是不容易。」

「父親大人說得沒錯。若能搶在他領之前與她結識，自是再好不過，但目前他領也都沒有這個機會。不過，庫拉森博克也不至於晚人一步，我認為相較於他領，我們透過艾格蘭緹娜與她有著密切的往來。」

奧伯對外祖父大人這麼說完，接著帶有確認之意地看向我們。

「普琳蓓兒、艾格蘭緹娜，根據報告，我聽聞羅潔梅茵大人先前很快就修完課程，返回領地，所以即便是同年級的學生，也極少有人與她有往來，這點至今依然沒變嗎？是否有其他領地透過另一名領主候補生，與艾倫菲斯特加深了交流？」

「與羅潔梅茵大人有關的消息，我並未再接到更多報告。」普琳蓓兒老師點了點頭，如此回答奧伯。

「韋菲利特大人雖與許多領地都有交流，但給人的感覺只是廣結並無深交呢。目前還沒有與特定某個領地頻繁往來、加深交流的跡象。真要說的話，與戴肯弗爾格交流的次數是比較多一些。此外，我也曾透過舍監得知，他與亞倫斯伯罕還有法雷培爾塔克的領主候補生有表親關係，所以三個領地曾一起舉辦過茶會。」

「亞倫斯伯罕與法雷培爾塔克……血緣關係很容易加深交流，得小心防範才行。」

「但舉辦茶會的時候，羅潔梅茵大人並不在貴族院，韋菲利特大人似乎也表示過，推廣髮飾與絲髮精等流行並不是他的分內之事。傅萊芮默老師還抱怨說，沒能打聽到多少有用的消息。」

假使普琳蓓兒老師的這些情報都正確無誤，那麼目前在所有領主候補生中，我確實是與羅潔梅茵大人最有往來的人吧。不過，這時我也想起了還有一名領主候補生，羅潔梅茵大人希望能與她加深交流。

「對了，我記得在茶會上，羅潔梅茵大人好像說過，她很希望能與戴肯弗爾格的漢娜蘿蕾大人多多往來呢。只不過，隨後羅潔梅茵大人便失去了意識，茶會也因此中斷，所以我也不太能肯定……」

「戴肯弗爾格嗎……？這麼說來，確實還有個一年級的女性領主候補生。要是在領地對抗戰上受到矚目的商品全流到那邊去，那可就麻煩了。」

「偏偏交流甚深的艾格蘭緹娜大人在今年畢業，實在教人惋惜呢。今後還有即將入學，年紀相近的女性領主候補生嗎？」

領主夫婦臉色驟變，開始思索今後該如何保有交流，但外祖父大人搖了搖頭。

「對方還只是一年級生。今後再慢慢觀察她是怎樣的人物也無妨。雖然很想獲得有關髮飾與絲髮精的情報，但目前先逐步改變領地間的關係就夠了吧？」

從地圖看來，庫拉森博克與艾倫菲斯特彼此接壤，但是交界處積雪深厚，只有夏季的短暫一段時間才能通行，所以境界門基本上終年緊閉。由於那裡曾是埃澤萊赫的領地，那塊地區如今也被稱作埃澤，從前礦山眾多，也有聚集的人潮。然而，自從礦脈枯竭，也沒有其他資源，如今已是近乎遭到棄置的狀態。每座城鎮間的距離都很遙遠，埃澤那裡也容易出現強大的魔獸，連旅行商人也很少行經此地。

「再加上與貴族區的距離非常遙遠，那塊地區又是不毛之地……」

「但是，我很希望能與艾倫菲斯特建立起交情，也在庫拉森博克製作這種髮飾。是否要試探著問問，讓羅潔梅茵大人與你訂下婚約？」

奧伯看向將成為下任領主的兒子問道，表兄夫婦面色凝重地陷入沉思。雖說早已確定日後將迎娶第二夫人，但這件事太過突然，一時間也不知該如何回答吧。

「考慮到領地的順位與年紀，第二夫人也許正好合適吧……但是，前提是魔力相當的話。」

下任奧伯微微一笑，回答得語帶保留。眾人聽了都發出苦笑。畢竟是第一順位的庫拉森博克領主候補生，與第十三順位的艾倫菲斯特領主候補生，也有可能無法成婚。

「確實也要依她今後的成績而定，但她今年甚至擠下了多雷凡赫的領主候補生，獲選為最優秀者，也許會有辦法吧？總之，我先試著在領主會議上探探艾倫菲斯特的意願。」

決定好了今後的行事方針後，我也用完了午餐，在徵得奧伯的許可後起身離席。接下來為了下午的畢業儀式，必須盡快作好準備。

「請各位再多坐一會兒，恕我先行告退。」

「作為庫拉森博克的領主候補生，以及王族的未婚妻，我很期待妳的表現。」

「我必定竭盡全力，不辜負外祖父大人的期望。」

離開餐廳回到房間後，我不由得疲憊地嘆了口氣。可能是最近與亞納索塔瓊斯大人的茶會太過開心了吧。明明是畢業儀式的午餐，我卻半點感慨也沒有，覺得談話的內容非常乏味。

整理好了跳過舞後有些凌亂的髮絲，重新補上脂粉後，我換上紅色的成年正裝。關於這套正裝的刺繡，外祖父大人不只一次地表達過意見，在庫拉森博克特有的圖案中，還添加了貴為王族的父親大人用過的圖案。當年，我是以庫拉森博克的領主候補生身分舉行洗禮儀式。也就是說，現在的我並非王族。竟然在自己的服裝上使用王族的圖案，我認為恐有不敬之意，外祖父大人卻非常堅持。

「艾格蘭緹娜大人，您戴起來真好看。艾倫菲斯特的工藝師手藝真是精湛呢。彷彿是一起訂做的一樣，髮飾與服裝非常相襯。」

侍從們讚美說道。我看向鏡中的自己，由於盤起頭髮、施了脂粉，看起來比平常的自己還要成熟。看得出紅色的蔻拉蓮耶髮飾不只服裝，也十分適合我。

接著移動至茶會室，我往侍從預先加熱過的陌爾碧椅坐下。陌爾碧是種保溫功能優異的石頭，只要稍微將其溫熱，坐在上頭，整個身體會慢慢變得暖和。有種緊張也慢慢舒緩開來的感覺，所以我相當喜歡。

「艾格蘭緹娜大人，亞納索塔瓊斯王子到了。」

「噢，我的光之女神真是美麗。光芒下璀璨閃耀的秀髮細如絹絲，讓人越來越無法抑制想要觸摸的渴望。就連蔻拉蓮耶的花朵，也只為了襯托妳的美麗而存在吧。身為妳的黑暗之神……」

「亞納索塔瓊斯大人，已經夠了。快往大禮堂移動吧。」

「我倒覺得再怎麼稱讚也不足夠。不過，現在確實該移動了。」

亞納索塔瓊斯大人輕輕一笑，牽起我的手。直直凝睇著我的那雙灰眸太過溫柔，讓人有些難以維持冷靜思緒，卻也不想與他分開，這種心情真是不可思議。

步出茶會室，往大禮堂的方向移動。可以看見畢業生們都依著領地的順位，在迴廊上與陪同的對象並肩排列。由於身為王族的亞納索塔瓊斯大人將第一個入場，我們在其他人的注視之下，來到隊伍的最前方。

「在諸神的祝福下，歡迎將從貴族院畢業的成人們進場。亞納索塔瓊斯・贊恩・君騰・特羅克瓦爾，以及艾格蘭緹娜・多塔・阿多地・庫拉森博克。」

被叫到名字後進入會場，正前方是一道不斷向著高處延伸，直到了天花板附近的階梯，上頭擺有白色神像。階梯上方應該有著天窗，幾道光束灑下，神像拿著的金屬神具與魔石都彷彿發光般燦然生輝。階梯下層擺著的，是獻給眾神的祭品吧。裝飾著鮮花、果實與香爐等東西。我不知道這些供品各自代表什麼意義，但也許羅潔梅茵大人會知道。

中央神殿長身穿白袍，手拿著聖典站在階梯前方，其他神官則穿著藍袍站在周圍。接下來我們得在他們前方的舞臺上並排站立，但是，今天幾乎要在祭壇前站上一整天的他們，想必也十分辛苦。

大禮堂內聚集了不計其數的人，所有人都拍著手迎接畢業生。我油然心生敬畏，先是垂下目光，再抬眼看向亞納索塔瓊斯大人。他內心或許也百感交集吧。只見他露出了懷念的眼神，但也意氣風發地環顧大禮堂，然後低頭看我。

配合著輕輕點頭的亞納索塔瓊斯大人，我踏出步伐。兩人一同緩步前進時，突然間毫無預警，一陣金色光芒灑落到我們眼前。

「什麼?!」

亞納索塔瓊斯大人立即將我攬進懷裡，舉起思達普。我仰頭看向天花板，尋找光芒是從何處灑來。但是，與祭壇上方的構造不同，大禮堂的牆面雖有窗戶，天花板上卻沒有能讓光芒灑下的天窗。方才的金色光芒彷彿是從白色天花板上直接灑落下來。我完全不明白發生了什麼事。

光芒灑下的時間僅僅數秒，卻已足以吸引大禮堂內所有人的目光，連聲音也一併奪走。原先大禮堂內的眾人都歡呼著迎接畢業生，此刻不僅停止了拍手，屋內更是悄然無聲。所有人都來回張望，想找出光芒是從何而來。

「……到底怎麼回事？發生什麼事了？」

「看起來是祝福的光芒。」

有人這麼低聲說了以後，大禮堂內霎時譁聲四起。由於光芒是灑在自己身上，所以我看不清楚，但從觀眾席的角度看來，這似乎就像是初次問候時給予的祝福，只不過祝福量相當龐大。

「……那是祝福嗎？」

亞納索塔瓊斯大人詫異低語，放下了舉著思達普的手。但他似乎仍未放鬆警戒，繼續緊攬著我，目光凌厲地掃視四周。

「倘若是祝福，是神殿長做了什麼嗎？」

不知是誰忽然這樣大聲說道，而眾人以為是祝福給予者的中央神殿長，摸著下巴沉思起來。但是，一直面向前方看著他的我知道。他才是對光芒最感到驚訝、不斷來回環視大禮堂的人。

……這個場面該如何收拾才好呢？

我正如此心想時，中央神殿長也與周遭身穿藍袍的神官們討論完畢，緩緩舉起手來，示意眾人安靜。大家漸漸閉口不語。大禮堂內再度靜默下來後，中央神殿長不疾不徐地開口了。莊嚴肅穆的話聲在場內迴盪。

「這不是我給予的祝福。方才的光芒，是來自諸神的祝福吧。很可能是在祝福艾格蘭緹娜大人的成年與成婚。」

「不是亞納索塔瓊斯大人……而是我嗎？」

中央神殿長堂而皇之地這麼向眾人宣布，我一時間卻完全無法理解。中央神殿長究竟在說什麼呀？單憑這一句話，原本早已宣告要遠離王座的亞納索塔瓊斯大人與我，在王族內的立場又不知道將發生怎樣的變化。他這麼說真是太不負責任了。

我不由得轉頭看向王族所在的位置。從這裡無法看清每個人的表情，但席格斯瓦德王子的內心想必絕不平靜吧。我再也掩飾不了內心的驚慌，緊緊揪住眼前亞納索塔瓊斯大人的黑色披風。他也一臉若有所思。肯定是和我一樣，對未來感到不安吧。我正這樣以為，卻聽見亞納索塔瓊斯大人小聲嘀咕說了：「……是羅潔梅茵嗎？」

「……羅潔梅茵大人？為何在這時候提起她呢？」

亞納索塔瓊斯大人更是將我摟緊，在我耳邊悄聲說道：

「因為我想起了索蘭芝與羅潔梅茵曾說過，她就是因為灑出祝福，才成了圖書館魔導具的主人……也許有這個可能吧。」

由於太過不合常理，我完全不明白亞納索塔瓊斯大人在說什麼。但是，羅潔梅茵大人似乎曾報告過，她本人做過這樣的事情。

「羅潔梅茵大人此刻應該還正躺著歇息吧。但如果她曾向你報告過這件事情，那麼比起中央神殿長聲稱的諸神的祝福，感覺可信度更高呢。」

先前我因為不想與人成婚，曾考慮進入神殿，所以閱讀過城堡圖書室裡的神殿相關資料。庫拉森博克是塊歷史悠久的土地，自然有著數量非常龐大的資料，但似乎大多數都存放在神殿裡頭，城堡裡的數量並不多。

但是，城堡裡為數不多的資料中，曾有這樣的記述：「舉行儀式時，祝福的光芒從天而降。」我一直以為那只是種譬喻，但也許在從前，這是稀鬆平常的景象。

「那個小不點就算不在這裡，也會做出常人難以理解的舉動嗎？只要她還在貴族院，奧伯．艾倫菲斯特便無法出手干涉，只能聽取報告。我實在同情他。」

在貴族院，並沒有課程能夠學習如何施展這般大規模的祝福。但是，艾倫菲斯特甚至還留有讓領主候補生進入神殿的古老習俗，難道現在也還保留著自古傳承的儀式嗎？倘若真是如此，奧伯．艾倫菲斯特或許知情。

在場眾人雖然並不完全相信中央神殿長所言，但也暫且都當作是諸神的祝福，讓畢業儀式繼續進行。在這樣的氛圍下，面色凝重、盤著手臂的奧伯．艾倫菲斯特，令我印象深刻。

「艾格蘭緹娜果然是受到諸神祝福的王族公主，太了不起了。能夠守著妳直到今日，真教我引以為傲。」

我回到宿舍時，外祖父大人正一面喝酒，一面高興地討論著祝福的光芒。

「外祖父大人，您在說什麼啊?!」

「但是，灑在你們兩人身上的祝福光量明顯不一樣吧？」

我彷彿被人當頭澆了一盆冷水。本以為中央神殿長講話未免太不負責任了，但倘若坐在觀眾席的眾人都看見了相同的景象，也與外祖父大人有一樣的想法，情況又將有不同的變化。

「在我們看來，只覺得王子因為是妳選擇的對象，才一起得到了祝福。」

聽見奧伯這麼說，我更是感到一陣暈眩。亞納索塔瓊斯大人是因為向席格斯瓦德王子宣告，他願意讓出王座，才讓王位之爭劃下句點，我也以為可以就此遠離。然而，照現在這樣看來，事態將往我不樂見的方向發展吧？

……雖說事到如今不管外祖父大人再說什麼，國王與席格斯瓦德王子都不可能會推翻亞納索塔瓊斯大人的宣告了吧。

儘管庫拉森博克確實是支持國王的有力後盾，又是大領地，但王族的地位終究比庫拉森博克要高。若是為了奉承我，有過多自作主張的行動，只怕會讓國王第三夫人的出身地戴肯弗爾格，以及將讓阿道芬妮大人嫁予席格斯瓦德王子的多雷凡赫心生反感。

……尤根施密特不需要再有更多的紛爭了。

先前的政變不知道讓國家失去了多少貴族，又導致國力衰退了多少，恐怕沒有半個人明白吧。

「外祖父大人，我並不是王族公主，而是庫拉森博克的領主候補生喔。」

「都已經得到諸神的認可，妳還要與我爭辯嗎？妳無庸置疑是王族的公主，現在也是已故第三王子的女兒。妳能夠藉由成親變回王族，遠比任何事都讓我高興。」

即使外祖父大人說我是王族的公主，但我早在洗禮儀式前便搬至庫拉森博克，至今也都以領主候補生的身分，而非以王族的身分接受教育。記得很小的時候，剛從離宮搬至庫拉森博克時，我曾因為生活與所受教育和以往不同感到困惑。因為王族與領主候補生所受的教育並不一樣。

與王子成婚之際，會接受一些王族該有的教育吧。但我一直以來，都以領主候補生的身分長大，若期待我能表現出與生俱來的王族風範，只會令我困擾。我與從出生起便接受王族教育的席格斯瓦德王子還有亞納索塔瓊斯大人不同，不能相提並論。

……可是，中央神殿的神殿長已經明白宣稱那是諸神的祝福了。也許會發生一些棘手的情況呢。

希望我與亞納索塔瓊斯大人成親後，預計迎娶阿道芬妮大人的席格斯瓦德王子也能獲得大領地的支持，最終繼承王位，這將是最好的結果吧。然而，我總有種不祥的預感，今天的祝福光芒似乎終將變成導火線，讓一切無法順利如願。

屆時，羅潔梅茵大人是否會置身在混亂源頭的中心呢……？

亞納索塔瓊斯大人只是懷疑，還不確定那道祝福的光芒是來自羅潔梅茵大人。但是，毫無根據的我仍是如此深信。

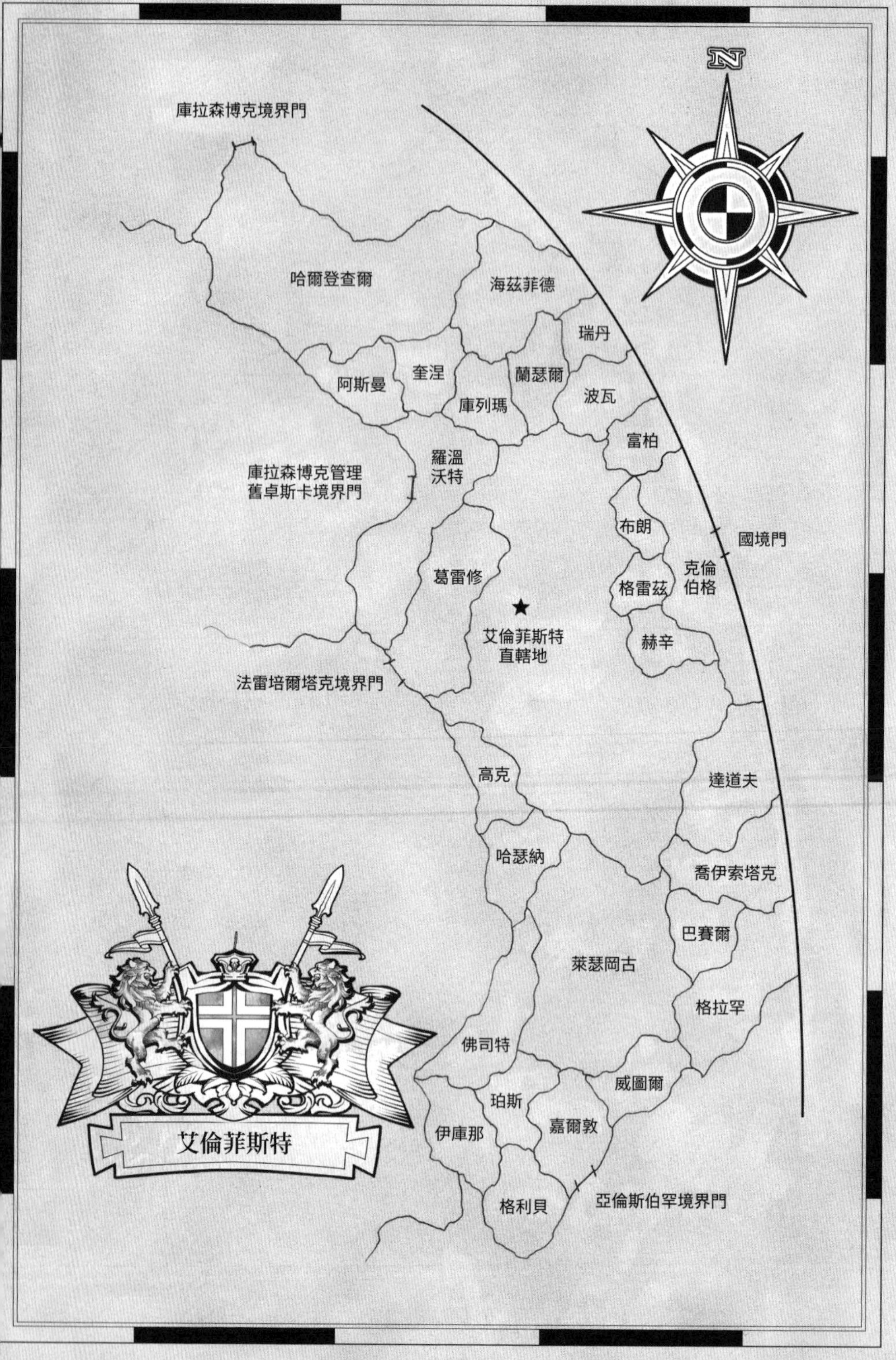
N
庫拉森博克境界門
哈爾登查爾
海茲菲德
瑞丹
阿斯曼
奎涅
蘭瑟爾
庫列瑪
波瓦
富柏
羅溫
沃特
庫拉森博克管理
舊卓斯卡境界門
布朗
國境門
克倫
伯格
格雷茲
葛雷修
艾倫菲斯特
直轄地
赫辛
法雷培爾塔克境界門
高克
達道夫
哈瑟納
喬伊索塔克
巴賽爾
萊瑟岡古
格拉罕
佛司特
威圖爾
珀斯
嘉爾敦
伊庫那
格利貝
亞倫斯伯罕境界門
艾倫菲斯特

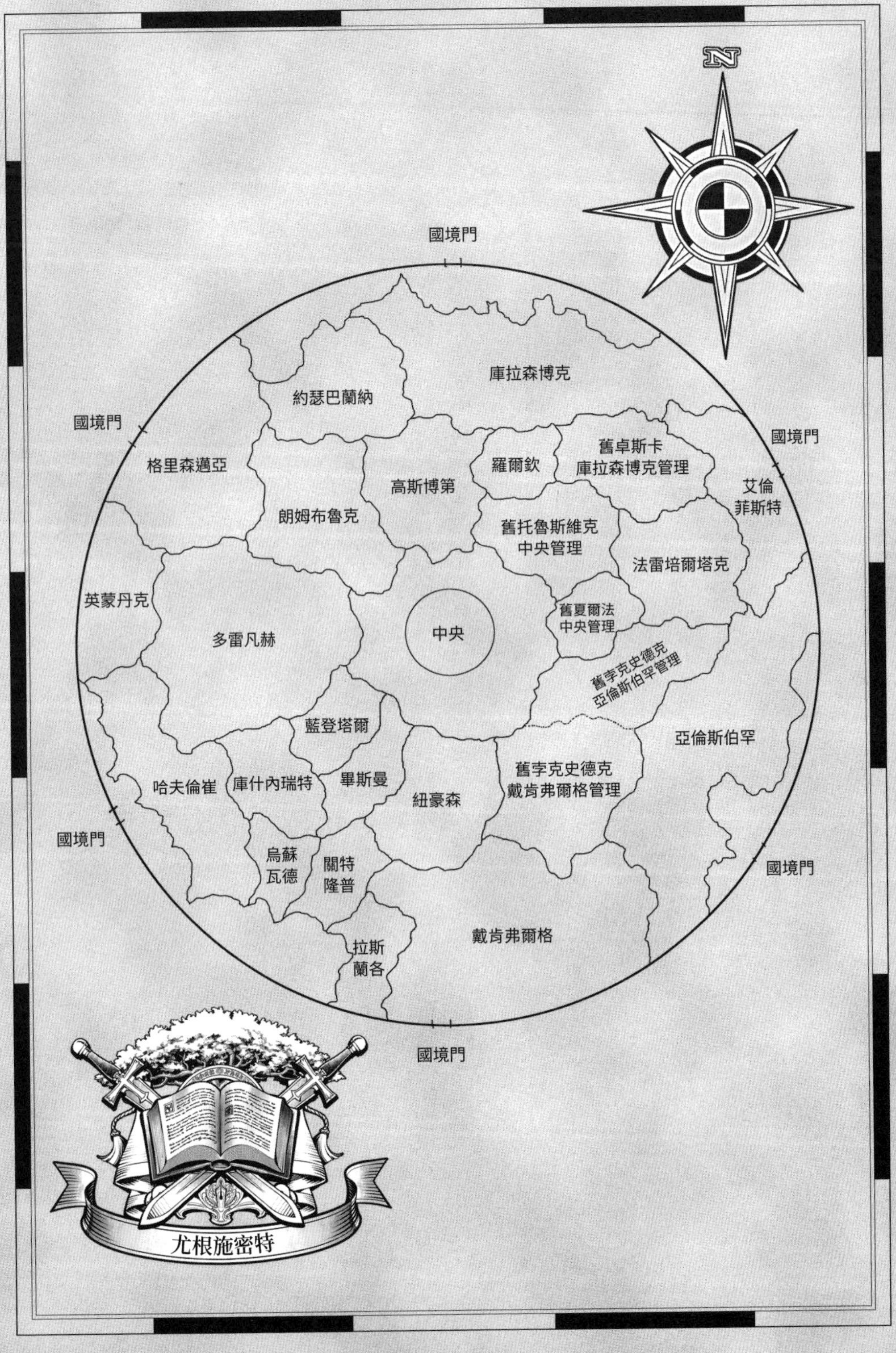
N
國境門
庫拉森博克
約瑟巴蘭納
國境門
格里森邁亞
羅爾欽
舊卓斯卡
庫拉森博克管理
國境門
高斯博第
艾倫
菲斯特
朗姆布魯克
舊托魯斯維克
中央管理
法雷培爾塔克
英蒙丹克
多雷凡赫
中央
舊夏爾法
中央管理
舊孛克史德克
亞倫斯伯罕管理
藍登塔爾
亞倫斯伯罕
哈夫倫崔
庫什內瑞特
畢斯曼
紐豪森
舊孛克史德克
戴肯弗爾格管理
國境門
烏蘇
瓦德
關特
隆普
國境門
戴肯弗爾格
拉斯
蘭各
國境門
尤根施密特

後記

大家好久不見了，我是香月美夜。

非常感謝各位購買本作，《小書痴的下剋上：為了成為圖書管理員不擇手段！【第四部】貴族院的自稱圖書委員（Ⅲ）》。

在貴族院待了一段時間，羅潔梅茵睽違已久再度返回神殿，回到以往的日常生活。安潔莉卡取代了原本的布麗姬娣開始出入神殿，神殿的光景也有了少許變化。無法處理文書工作、從早到晚都負責守在門邊的貴族安潔莉卡。雖然沒有貴族該有的樣子，但也因為不會大擺架子，神殿的侍從們都對她相當有好感。

羅潔梅茵返回領地後，本以為貴族院的社交活動也將告一段落，想了解艾倫菲斯特新流行的女性卻是絡繹不絕，相繼送來茶會邀請函。因為領地排名而無法拒絕的韋菲利特可說是疲於奔命。羅潔梅茵一回到貴族院，也必須舉辦全領地的茶會。

此外，儘管羅潔梅茵無法出席，貴族院還舉辦了畢業儀式。安潔莉卡順利畢業了。父母想必都卸下了心頭大石吧。艾格蘭緹娜與安潔莉卡出席畢業儀式時的模樣，還出現在了拉頁海報上。請快看看閃閃動人的兩人。

與此同時，羅潔梅茵也開始逐一失去與平民區的聯繫。當初梅茵與路茲一起簽訂的魔法契約解除了，今後也不能再使用秘密房間……儘管如此，幸好有路茲罵了她一頓；幸好靠著累積至今的努力，只要守著「約定」繼續向前，就能堅信聯繫依舊存在。羅潔梅茵因此沒有徹底崩潰，能夠抬頭往前看。

本集的短篇，是以路茲與艾格蘭緹娜為主角。

路茲視角的短篇中，描寫到了對於突然要與羅潔梅茵別離，路茲最終是如何接受這個事實，又是如何在心裡作出了結論。除了都以古騰堡的身分一起被派往外地，在這則短篇中，也能看出吉魯與路茲的友誼變得更加深厚。希望透過多莉，各位讀者能夠感受到平民區的家人們也慢慢有所改變。

在艾格蘭緹娜視角的短篇中，描寫到了他領宿舍內部的模樣，以及畢業儀式上從天而降的祝福。一般而言舍監都住在宿舍，領地對抗戰與畢業儀式時會負責接待領主等人，也會為了自己出生長大的領地，在貴族院內蒐集情報。這才是正常現象。艾倫菲斯特不正常。這次寫到一半，不小心越寫越多的段落，應該就是艾格蘭緹娜的過去了吧。這是她心靈創傷的源頭，因為害怕鬥爭，甚至考慮過進入神殿。

本集出現在插圖裡的新角色，有網路版讀者們翹首期盼的戴肯弗爾格領主候補生漢娜蘿蕾。還有菲里妮的弟弟康拉德，以及受到少部分人極大歡迎的女裝尤修塔斯，這時叫作古德倫。對了，還有神殿的侍從薩姆。此外因為已經成年，安潔莉卡與艾格蘭緹娜的髮型都不一樣了。只不過內在一點也沒變（笑）。

在這邊也有消息想通知各位。

廣播劇CD第二輯已同時在TO BOOKS的網路書店上開始販售。劇本內容配合了本集的精彩壓軸。廣播劇CD中，還收錄了以多莉為主角的短篇〈王族的委託〉。試聽片段等資訊請上官網查詢。

www.tobooks.jp/booklove_dramacd2/index.html

此外，《小書痴的下剋上》相關書籍決定四個月連續發行！

九月是《第四部Ⅳ》，十月是《貴族院外傳一年級》，十一月是《資料設定集3》，十二月是《第四部Ⅴ》，連續四個月都將有新書上市。其實八月還會出版漫畫版第七集，如果只要與小書痴有關都算進來，可以說是連續五個月。哇噢！

至於《貴族院外傳一年級》是全新企劃，主要是為了收錄網路上的番外篇放置區中，以漢娜蘿蕾與韋菲利特為主角的短篇。但光靠這些當然不足以發行成冊，所以約莫有三分之二都是全新短篇。主角基本上都是近侍與他領的學生，能夠看見羅潔梅茵視角以外的故事。例如優蒂特視角、安潔莉卡視角，預計讓至今還沒寫過的角色擔任主角，寫出足夠的短篇。之所以說預計，是因為在我寫著後記的現在，原稿都還沒寫完。每天都瞪著截稿日期，拚命絞出腦汁。

還有，《資料設定集3》與《資料設定集1》的收錄內容差不多，將有大量椎名老師繪製的插圖，還有我執筆的全新短篇與Q＆A。也預計刊登鈴華老師與波野老師的全新短篇漫畫，還有去年底在印刷博物館發送的地圖。敬請期待。

本集封面以平民區的角色為主。羅潔梅茵的表情真教人揪心呢。至於彩色拉頁，是以貴族那邊的角色為主。有見習文官們、畢業儀式上的艾格蘭緹娜與安潔莉卡、出席茶會的成員，甚至還有斐迪南與羅潔梅茵的那個場景！椎名優老師，太感謝您了。

最後，要向購買本書的各位讀者獻上最高等級的謝意。

第四部第四集預計在初秋發行。期待屆時再相會。

二〇一八年四月　香月美夜

每回都出場的
卷末漫畫
輕鬆悠閒的家族日常
作畫 椎名優
腦內想像圖
試著把身體強化的魔法變作肉眼可視
呵呵！
這下子就萬事不用擔心!!
用不著說，數小時後就體會到了自己有多麼膚淺。
全身緊身衣防護罩
じゃじゃーん 鏘鏘—
存心欺負
我認為女人味呢，
果然就是要有流水般的圓弧曲線才行。
還有臀部的曲線也是，
是不是再翹一點會比較性感呢？
撬啊
撬啊
照這樣說來，胸部也應該要大一點，
整體會比較平衡吧。
晃動
托勞戈特，你覺得呢？
拜託……拜託您饒了我吧。

超高要求

看來必須好好教育韋菲利特，至少要讓他有椅背的牢靠。

如果可以再有扶手程度的安心感，那就更好了呢。

還有，最好再有鬆鬆軟軟的靠墊也不錯。然後再有一張沙發凳，旁邊還有小桌子放著暖呼呼的熱飲和甜甜的點心，這樣就太完美了！

這樣啊。我會妥善處理。

嗚哇……這意思就是韋菲利特大人絕對會沒命。

這個世界的常識與非常識

羅潔梅茵，妳所謂的那個『攝影機』，究竟是如何運作的？

那種級別的屬於魔法吧。

是靠電池運作的喔。我們會把類似雷電的能量存在一個小容器裡，然後拿來使用。

唔沙——！！

轟隆轟隆

在學校，老師還告訴過我們，根菜類與果實也能拿來代替電池。像是馬鈴薯和檸檬。

劈哩

劈哩劈哩

那樣會爆炸吧。

咦?!

爆炸?!

國家圖書館出版品預行編目資料

小書痴的下剋上：為了成為圖書管理員不擇手段!. 第四部，貴族院的自稱圖書委員 . III / 香月美夜著；許金玉譯 . -- 初版 . -- 臺北市：皇冠，2020.03
面；　公分 . --（皇冠叢書；第 4828 種）(mild；24)
譯自：本好きの下剋上 司書になるためには手段を選んでいられません . 第四部，貴族院の自称図書委員 . III
ISBN 978-957-33-3515-3(平裝)

861.57　　109001031

皇冠叢書第 4828 種
mild 24

小書痴的下剋上

爲了成爲圖書管理員不擇手段！

第四部 貴族院的自稱圖書委員Ⅲ

本好きの下剋上
司書になるためには
手段を選んでいられません
第四部 貴族院の自称図書委員Ⅲ

作　　者—香月美夜
譯　　者—許金玉
發 行 人—平雲
出版發行—皇冠文化出版有限公司
台北市敦化北路 120 巷 50 號
電話◎ 02-27168888
郵撥帳號◎ 15261516 號
皇冠出版社（香港）有限公司
香港銅鑼灣道 180 號百樂商業中心
19字樓1903室
電話◎ 2529-1778　傳真◎ 2527-0904
總 編 輯—許婷婷
責任編輯—陳怡蓁
美術設計—嚴昱琳
著作完成日期— 2018 年
初版一刷日期— 2020 年 3 月
初版三刷日期— 2021 年 1 月
法律顧問—王惠光律師

讀者服務傳真專線◎ 02-27150507
電腦編號◎ 562024
ISBN ◎ 978-957-33-3515-3
Printed in Taiwan
本書特價◎新台幣 299 元 / 港幣 100 元